Ullstein

ZUM BUCH:

Zauberschwerter spielen in der Geschichte von Darkover eine wichtige Rolle. Mit dem des Dom Esteban, eines alten Haudegens, der es zuletzt nicht länger führen konnte, hat es eine spezielle Bewandtnis: Der Matrixstein des Schwertheftes gibt dem Besitzer des Schwerts die Fähigkeiten des Dom Esteban. Und diesem Schwert kommt nun eine besondere Bedeutung zu, als der Terraner Andrew Carr, gänzlich auf sich allein gestellt, den harten Realitäten von Darkover ins Auge blicken muß. Dieses Schwert und ein blutjunges Mädchen, das ihm als Phantombild erscheint, werden sein weiteres Leben entscheidend prägen ...

ZUR AUTORIN:

Marion Zimmer Bradley, Jahrgang 1930, entdeckte ihre Liebe zur Science-Fiction-Literatur bereits im Alter von 16 Jahren. Ihre erste eigene Story erschien 1953 in dem Magazin VORTEX SF, und schon ihr erster Kurzroman BIRD OF PREY (1957) war nicht nur ein Volltreffer – er legte auch den Grundstein für den großangelegten Zyklus um DARKOVER, den Planeten der blutroten Sonne, mit dem die Autorin zu Weltruhm gelangte.
Mit zunehmendem Erfolg und der damit verbundenen Selbständigkeit, dem Zwang zur SF-Massenproduktion entronnen, konnte Marion Zimmer Bradley die Qualität ihrer Romane immer weiter verbessern und auf die Probleme eingehen, die ihr am Herzen liegen – so die Stellung der Frau in der SF und die Beziehungen der Geschlechter unter völlig neuen Bedingungen. Heute ist Marion Zimmer Bradley die mit Abstand bekannteste, erfolgreichste und beliebteste SF-Autorin der Welt. Um ihre DARKOVER-Romane hat sich längst ein regelrechter Kult gebildet, der auch in Deutschland immer mehr Anhänger gewinnt.

MARION ZIMMER BRADLEY

Das Zauberschwert

EIN ROMAN AUS DEM
DARKOVER-ZYKLUS

MOEWIG BEI Ullstein

Moewig bei Ullstein
Amerikanischer Originaltitel:
The Spell Sword
Übersetzt von
Rosemarie Hundertmarck

Ungekürzte Ausgabe

Umschlagentwurf:
Theodor Bayer-Eynck
Umschlagillustration:
Don Maitz
c/o Agentur Schlück

Printed in Germany 1993
Druck und Verarbeitung:
Ebner Ulm
ISBN 3 8118 2807 X

Januar 1994

Gedruckt auf alterungsbeständigem
Papier mit chlorfrei
gebleichtem Zellstoff

Von derselben Autorin
in der Reihe
Moewig bei Ullstein:

Hasturs Erbe (63515)
Die Jäger des Roten Mondes (63528)
Die Flüchtlinge des Roten Mondes (63540)
Reise ohne Ende (63548)
Der verbotene Turm (63553)
Die Zeit der hundert Königreiche (63584)
Landung auf Darkover (63653)
Zauberschwestern (63884)
Die Monde von Darkover (63883)
Das Schwert des Chaos (63702)
Die Herrin der Falken (63886)
Die Winde von Darkover (62803)

Die Deutsche Bibliothek –
CIP-Einheitsaufnahme

Bradley, Marion Zimmer:
Das Zauberschwert: ein Roman aus dem
Darkover-Zyklus / Marion Zimmer
Bradley. [Übers. von Rosemarie
Hundertmarck]. – Ungekürzte Ausg. –
Rastatt: Moewig bei Ullstein, 1994
ISBN 3-8118-2807-X

1

Er war einem Traum gefolgt, und der Traum hatte ihn zum Sterben hierhergebracht.

Nur halb bei Bewußtsein, lag er auf den Steinen und dem dünnen Moos der Klippe, und in seinem benommenen Zustand meinte er, das Mädchen aus seinem Traum stünde vor ihm. *Lach ruhig*, sagte er zu ihrem Phantasiegesicht. *Wärst du nicht gewesen, wäre ich jetzt eine halbe Galaxis weiter.*

Ich läge nicht halbtot hier auf einem gefrorenen Dreckklumpen am Rand des Nirgendwo.

Aber sie lachte nicht. Sie schien an der Kante des Abgrunds zu stehen. Der schneidende Bergwind blies die dünnen blauen Draperien um ihren schlanken Körper, das lange rote Haar schimmerte um ihre zarten Züge. Sie sah ganz so aus, wie er sie in seinem Traum gesehen hatte, aber sie lachte nicht. Ihr Gesicht war blaß und ernst.

Und es war, als spreche sie, obwohl der sterbende Mann wußte – *wußte* –, ihre Stimme konnte nichts anderes sein als das Echo des Windes in seinem fiebernden Gehirn.

»Fremder, Fremder, ich wollte dir nichts Böses. Nicht mein Ruf, nicht mein Tun hat dich auf diesen Paß gebracht! Es ist wahr, ich habe dich gerufen – oder vielmehr habe ich einen Ruf hinausgesandt an jeden, der mich zu hören vermochte, und das warst du. Doch die über uns wissen, daß ich dich damit nicht in Gefahr bringen wollte! Das Wetter, die Stürme folgen meinen Geboten nicht. Ich will tun, was ich kann, um dich zu retten, aber ich habe keine Macht in diesen Bergen.«

Andrew Carr antwortete ihr zornig. *Ich bin verrückt oder*

vielleicht schon tot, dachte er, *daß ich hier liege und Beleidigungen mit einem Geistermädchen tausche.*

»Du sagst, du hast mich gerufen? Und was ist mit den anderen in meinem Flugzeug? Hast du sie etwa auch gerufen? Und hergelockt, daß sie hier in den Wirbelstürmen der Hellers umkommen? Macht dir ein Massensterben Spaß, du Ghoul-Mädchen?«

»Das ist ungerecht!« Die Worte, die zu hören er sich einbildete, waren wie ein qualvoller Aufschrei. Ihr Geistergesicht zuckte, als wolle sie anfangen zu weinen. »Ich habe sie nicht gerufen; sie folgten dem Weg, den ihre Arbeit und ihr Geschick sie führten. Nur du hattest die Wahl, meinem Ruf zu folgen oder nicht. Du entschiedest dich, zu kommen und das Schicksal zu teilen, das die Vorsehung für sie bereithielt. Ich will dich retten, wenn ich kann. Die Zeit der anderen ist zu Ende, und mit ihrem Los habe ich nie etwas zu schaffen gehabt. Dich kann ich retten, wenn du auf mich hörst, aber du mußt aufstehen. Steh auf!« rief sie in wilder Verzweiflung. »Du wirst sterben, wenn du länger hier liegenbleibst! Steh auf und suche dir einen Unterschlupf, denn der Sturm gehorcht mir nicht . . .«

Andrew Carr öffnete die Augen und blinzelte. Wie ihm die ganze Zeit klargewesen war, lag er allein und verletzt auf dem Felssims in den Trümmern des Kartographierungsflugzeugs. Das Mädchen war verschwunden – wenn es überhaupt dagewesen war.

Steh auf und suche dir einen Unterschlupf, denn der Sturm gehorcht mir nicht. Das war natürlich eine verdammt gute Idee, sofern er es fertigbrachte. Unterschlupf. Der Ort, wo er unter einem Fragment der zerschmetterten Flugzeugkabine lag, war nicht der richtige für die bitterkalte Nacht auf diesem seltsamen Planeten. Bei seinem Eintreffen auf Cottman IV war vor dem Wetter hier gewarnt worden – nur ein Wahnsinniger würde in der Jahreszeit der Stürme nachts im Freien bleiben.

Andrew machte eine letzte verzweifelte Anstrengung, seinen Knöchel zu befreien, der wie das Bein eines gefangenen Tieres von verdrehtem Metall festgehalten wurde. Diesmal fühlte er das Metall ein bißchen nachgeben, und obwohl der Schmerz stärker wurde und Haut und Fleisch zerrissen, zerrte er im Dunkeln entschlossen an dem eingeklemmten Fuß. Nun konnte er sich vorbeugen und das Bein mit den Händen anheben. Zerfetzte Kleidung und aufgerissenes Fleisch waren schlüpfrig von dem Blut, das in der eisigen Kälte bereits gefror. Als er das zackige Metall mit den bloßen Händen berührte, brannten sie wie Feuer. Aber es gelang ihm, das verletzte Bein an den schlimmsten Kanten vorbeizuleiten. Er stieß einen Seufzer aus, in dem sich Qual und Erleichterung mischten. Der Fuß war frei. Er war von Blut bedeckt, Stiefel und Kleidung waren zerfetzt, das Fleisch bis auf den Knochen aufgerissen, aber er war frei, saß nicht länger in der Falle. Andrew kämpfte sich auf die Füße, und sofort warf ihn ein eisiger, graupelgeladener Windstoß, der um eine Ecke des Felssimses fegte, wieder auf die Knie.

Kriechend, um dem Wind weniger Körperoberfläche auszusetzen, wand er sich in die Kabine des Kartographierungsflugzeuges. Sie schwankte gefährlich in den heftigen Böen, und sofort gab er jeden Gedanken daran auf, hier Zuflucht zu suchen. Wenn der Sturm noch ein bißchen schlimmer wurde, stürzte das Ding mindestens tausend Fuß tief in das unsichtbare Tal. Ein Teil war dort schon beim Absturz verschwunden, dachte er. Doch da er selbst gegen alle Erwartungen immer noch lebte, wollte er sich vergewissern, ob es keine anderen Überlebenden gab.

Stanforth war natürlich tot. Er mußte gleich beim Aufprall gestorben sein; niemand konnte mit einem solchen klaffenden Loch in der Stirn überleben. Andrew schloß die Augen vor dem grauenhaften Anblick; das gefrorene Gehirn des Mannes war über sein ganzes Gesicht verteilt. Die beiden Kartographen – einer hieß Mattingly, den Namen des anderen hatte er nie erfahren – lagen verkrümmt auf dem Fußboden. Vorsichtig kroch Andrew durch die gefährlich schaukelnde Kabine, um festzustellen, ob in einem von ihnen noch ein Lebensfunke glühte, aber die Leichen waren bereits kalt und starr. Von dem Piloten gab es keine Spur. Sicher war er mit der Nase des Flugzeugs in den schrecklichen Abgrund gestürzt.

Also war er allein. Andrew manövrierte sich aus der Kabine, dann nahm er sich zusammen und betrat sie von neuem. Es waren Lebensmittel in dem Flugzeug – nicht viel, die Rationen für einen Tag, Lunchpakete, Mattinglys Schatz an Süßigkeiten und Bonbons, die er so großzügig ringsherum anzubieten pflegte und die sie alle lachend abgelehnt hatten. Notausrüstungen in einem gekennzeichneten Fach hinter der Tür. Andrew zerrte alles hinaus, und dann machte er sich, zitternd vor Grauen, daran, Mattinglys steif werdender Leiche den Mantel auszuziehen. Der Magen drehte sich ihm dabei um – *einen Toten zu berauben!* –, aber Mattinglys Mantel, ein voluminöser, teurer Pelz, war seinem Eigentümer nicht mehr von Nutzen und mochte für Andrew in der schrecklichen hereinbrechenden Nacht den Unterschied zwischen Leben und Tod bedeuten.

Als er sich das letzte Mal aus der angsterregend schwankenden Kabine stahl, bebte er, und es war ihm übel. Aus seinem aufgerissenen Bein war die gnädige Taubheit verschwunden, und der Schmerz begann mit Klauen an ihm zu reißen. Vorsichtig drückte er sich an den Innenrand des Simses und stapelte seine kostbaren, mit Mühe beschafften Vorräte an der Felswand auf.

Ihm schoß durch den Kopf, daß er einen letzten Vorstoß ins Innere des Flugzeugs machen sollte. Mattingly und der namenlose andere Mann hatten Identifikationsplaketten vom Zivildienst des Terranischen Imperiums getragen. Falls er am Leben blieb, falls er jemals wieder den Raumhafen erreichte, würden sie als Beweis für ihren Tod dienen und von

Bedeutung für ihre Verwandten sein. Müde schleppte er sich voran.

Und da war es wieder, das Mädchen, der Geist, der Ghoul, der ihn hergebracht hatte. Bleich vor Entsetzen stellte sie sich ihm in den Weg. Ihr Mund verzerrte sich im Schrei.

»Nein! Nein!«

Unwillkürlich trat er zurück. Er wußte, sie war nicht da, er wußte, sie war nichts als Luft, aber er trat zurück, und sein gelähmter Fuß knickte unter ihm zusammen. Ein Windstoß traf ihn und schleuderte ihn gegen die Klippe. Das Mädchen war fort, war nirgendwo, doch bevor er sich wieder aufrappeln konnte, mischte sich in das Getöse des Sturms, das wie das Heulen einer verdammten Seele klang, ein donnernder Krach. Mit einem letzten Klappern und Klirren riß sich die Kabine des abgestürzten Flugzeugs von ihrem Ruheplatz los, verlor das Gleichgewicht, kippte, rutschte die Felsen hinunter und verschwand im Abgrund. Ein Brüllen war zu hören wie das einer Lawine, wie das Ende der Welt. Andrew klammerte sich keuchend an die Felswand. Seine Finger versuchten, mit dem Stein zu verschmelzen.

Dann war es still bis auf das Sausen des Sturms und des Schneegestöbers. Andrew hüllte sich in Mattinglys Pelzmantel und wartete darauf, daß sein Herzschlag sich normalisierte.

Wieder hatte ihn das Mädchen gerettet. Sie hatte ihn davor bewahrt, dies letzte Mal in die Kabine zu gehen.

Unsinn, dachte er. *Im Unterbewußtsein muß mir klargewesen sein, daß das Ding gleich abstürzen würde.*

Er verschob den Gedanken auf später. Im Augenblick war er durch das zweite in einer Reihe von Wundern entkommen, aber er war noch längst nicht in Sicherheit.

Wenn dieser Wind ein Flugzeug von einer Klippe blasen konnte, würde es ihm mit einem Menschen auch gelingen, sagte sich Andrew. Er mußte einen besseren Platz zum Ausruhen finden.

Sich immer an der Wand haltend, mühte er sich voran. Zehn Fuß weiter in der einen Richtung verengte sich der Sims zu Nichts und endete in einem dunklen Steinschlag, rutschig von dem fallenden Schneematsch. Unter vielen Schmerzen kehrte Andrew wieder um. Die Dunkelheit verdichtete sich, und der Schneematsch verwandelte sich in weißen, weichen, dicken Schnee. Andrew wünschte sich nichts weiter, als sich hinzulegen, sich in den Pelz zu wickeln und zu schlafen. Er widerstand der Versuchung und schleppte sich in die andere Richtung, wobei er die verbeulten Metallteile umgehen mußte, in die er eingeklemmt gewesen war. Einmal stieß er mit dem gesunden Schienbein gegen einen verborgenen Stein. Er krümmte sich und stöhnte vor Schmerz.

Endlich hatte er die ganze Länge des Simses hinter sich gebracht, und am anderen Ende stellte er fest, daß der Pfad breiter wurde und aufwärts zu einer ebenen Stelle führte, wo dichte Büsche fest verwurzelt waren. Andrew blickte hinauf in die zunehmende Finsternis und nickte. Das dichte, verfilzte Blattwerk würde dem Wind widerstehen – offensichtlich standen die Sträucher hier schon seit Jahren. Alles, was hier wuchs, mußte imstande sein, den Stürmen zu trotzen. Wenn es sein lahmer Fuß ihm jetzt gestattete, die Anhöhe zu gewinnen . . .

Es war nicht leicht, bepackt, wie er war, mit dem Mantel und den Lebensmittelvorräten, mit dem aufgerissenen, blutenden Fuß. Aber bevor es völlig dunkel geworden war, hatte er sich und seine wenigen Besitztümer hinaufgeschafft – zuletzt auf beiden Händen und einem Knie kriechend – und war im Schutz der Büsche zusammengebrochen. Immerhin toste der wahnsinnig machende Wind hier ein bißchen weniger heftig; seine Kraft wurde durch die Zweige gebrochen. Bei der Notausrüstung war eine kleine, batteriebetriebene Lampe, und in ihrem matten Schein fand er Konzentratnahrung, eine dünne Decke nach Raumfahrerart, die seine Körperwärme festhalten würde, und Brennstoff-Tabletten.

Andrew baute sich mit der Decke und seinem eigenen Mantel, die er über die dicksten gekreuzten Äste hängte, ein kleines Zelt. Dann lag er in einer Kuhle zwischen Baumwurzeln, wo ihn nur gelegentlich ein Schneeschauer erreichte. Er wollte nichts anderes mehr als stilliegen, aber bevor die letzte Kraft ihn verließ, schnitt er entschlossen den gefrorenen Hosenstoff und die Überreste seines Stiefels von dem verletzten Bein. Er trug das Antiseptikum aus der Erste-Hilfe-Tasche auf und legte einen Verband an, und der Schmerz dabei war stärker, als er sich je einen Schmerz hatte vorstellen können. Irgendwie brachte er es fertig, obwohl er sich stöhnen hörte wie ein wildes Tier. Endlich ließ er sich völlig erschöpft in seinem Bau niedersinken und streckte nur noch einmal die Hand nach einem von Mattinglys Bonbons aus. Er zwang sich, ihn zu kauen, denn der Zucker würde seinen zitternden Körper erwärmen. Noch während er schluckte, schlief er ein.

Lange Zeit war sein Schlaf wie der der Toten, dunkel und ohne Träume, ein völliges Auslöschen von Geist und Wille. Und dann war er sich lange Zeit trübe des Fiebers und der Schmerzen und des draußen tobenden Sturms bewußt. Als das Geräusch nachließ, erwachte er, immer noch benommen vom Fieber, vor wahnsinnigem Durst. Er kroch hinaus, brach Eiszapfen vom Rand seines Obdachs, an denen er lutschen konnte, und taumelte ein Stück weiter, um sich zu erleichtern. Wieder im Zelt, nahm er ein bißchen Nahrung zu sich und fiel von neuem in schmerzdurchfluteten Schlaf.

Das nächste Mal, als er erwachte, war es Morgen, sein Kopf war klar, er sah helles Licht und hörte nichts als ein leises Murmeln des Windes auf den Höhen. Der Sturm war vorbei. Fuß und Bein taten noch weh, doch es war erträglich. Andrew setzte sich auf, um den Verband zu wechseln, und sah, daß die Wunde sauber war und sich nicht infiziert hatte. Die große blutrote Sonne von Cottman IV hing niedrig am Himmel und stieg langsam höher. Er kroch an die Kante und blickte in das Tal hinab, das in Nebel gehüllt unter ihm lag. Es war ein wildes, einsames Land und schien von menschlichen Händen unberührt zu sein.

Trotzdem war dies eine bewohnte Welt, bevölkert von Menschen, die, soviel er wußte, von Terranern nicht zu unterscheiden waren. Irgendwie hatte er den Absturz des Kartographierungs- und Erkundungsflugzeugs überlebt. Es sollte nicht ganz unmöglich sein, den Weg zurück zum Raumhafen zu finden. Vielleicht waren die Eingeborenen freundlich und halfen ihm, wenn er sich auch eingestehen mußte, daß das nicht sehr wahrscheinlich war.

Doch solange noch Leben ist, ist auch Hoffnung . . . und er lebte noch. Auch früher schon waren Männer in den wilden, unerforschten Gebieten fremder Welten verlorengegangen, hatten es überstanden und später in der Imperiumszentrale auf der Erde davon erzählt. Seine erste Aufgabe war deshalb, sein Bein so hinzukriegen, daß er laufen konnte, seine zweite, aus diesen Bergen hinauszugelangen. *Die Hellers.* Ein guter Name für sie. Höllisch waren sie, das stimmte. Wirbelwinde, Aufwinde, Abwinde, Stürme, die aus dem Nichts losbrachen – das Flugzeug war noch nicht gebaut, das bei schlechtem Wetter unbeschadet hindurchfliegen konnte. Andrew fragte sich, wie die Eingeborenen die Hellers überquerten. Packmaultiere oder ihr hiesiges Gegenstück, dachte er. Jedenfalls gab es Pässe, Straßen, Wege.

Die Sonne stieg höher, der Nebel löste sich auf, und Andrew konnte in das Tal hinabsehen. Die meisten Hänge waren von Bäumen bestanden, aber weit unten war ein Fluß, und über ihn führte ein dunkles Gebilde, das nichts anderes als eine Brücke sein konnte. In einem völlig unbewohnten Land befand er sich also doch nicht. Flecke mochten gepflügte Äcker, umzäunte Felder, Gärten darstellen, eine angenehme und friedliche Gegend, mit Häusern, aus deren Kaminen Rauch aufstieg – nur sehr weit weg, und zwischen dem kultivierten Land und dem Fels, auf dem Andrew lag, dehnten sich endlose Meilen voller Abgründe und Vorgebirgen und Klippen.

Irgendwie würde er es schaffen, hinunter ins Tal und dann zurück zum Raumhafen zu gelangen. Und dann, verdammt noch mal, weg von diesem scheußlich unwirtlichen Planeten, den er am besten gar nicht erst betreten oder, da er nun einmal hier war, innerhalb von achtundvierzig Stunden wieder hätte verlassen sollen. Nun, jetzt würde er ihn verlassen.

Und was war mit dem Mädchen?

Zum Teufel mit dem Mädchen. Es gab sie gar nicht. Sie war ein Fiebertraum, ein Geist, ein Symbol seiner eigenen Einsamkeit . . .

Einsam. Ich bin immer einsam gewesen, auf einem Dutzend Welten.

Wahrscheinlich träumt jeder einsame Mensch davon, eines Tages eine Welt zu erreichen, wo jemand auf ihn wartet, jemand, der ihm eine Hand entgegenstreckt und sagt: »Ich bin hier. Wir sind zusammen . . .«

Natürlich hatte es Frauen gegeben. Frauen in jedem Hafen – wie lautete die alte Redensart, die von den Seeleuten auf die Raumfahrer übertragen worden war? In jedem Hafen eine neue. Und manche Männer hielten, wie er wußte, dies Leben für beneidenswert.

Aber keine der Frauen war die Richtige gewesen, und er kannte alles auswendig, was man ihm in der Psychologischen Abteilung gesagt hatte. Die Leute mußten es schließlich wissen. Sie suchen nach Vollkommenheit bei einer Frau, um sich gegen eine echte Beziehung zu schützen. Sie nehmen Zuflucht zu Phantasien, weil sie die harten Realitäten des Lebens nicht sehen wollen. Und so weiter und so fort. Ihm war sogar schon gesagt worden, im Unterbewußtsein sei er homosexuell und finde normale sexuelle Beziehungen unbefriedigend, weil er im Grunde gar keine Frau wolle und es sich nur nicht eingestehe. Er hatte es hundertmal gehört, und doch war der Traum geblieben.

Nicht einfach eine Frau fürs Bett, sondern eine für sein Herz und seine trostlose Einsamkeit . . .

Vielleicht war es das, worauf die alte Wahrsagerin in der Altstadt angespielt hatte. Vielleicht hatten so viele Männer den gleichen romantischen Traum, daß sie jedem das gleiche erzählte, wie die Psi-Quacksalber auf der Erde romantischen Teenagern von einem großen dunklen Fremden vorfaseln, der ihnen bestimmt eines Tages begegne.

Nein. Es war ein wirkliches Mädchen. Ich habe sie gesehen, und sie – sie hat mich gerufen.

Na gut. Denke darüber nach. Bringe alles in die richtige Ordnung . . .

Er hatte, zu einem neuen Posten unterwegs, auf Cottman IV eine Zwischenlandung gemacht, und der Planet war für ihn nichts weiter als eine der Umsteigestationen im weiten Netzwerk des Terranischen Imperiums gewesen. Der Raumhafen war groß, ebenso die Handelsstadt, die ihn umgab und das Personal versorgte, aber es war keine Imperiumswelt mit etablierten Geschäftsverbindungen, Touren, Besichtigungen. Es war eine bewohnte Welt, aber die meisten Gebiete waren für Erdmenschen verboten. Andrew wußte nicht einmal, wie die Eingeborenen sie nannten. Der Name auf den Karten des Imperiums, Cottman IV, genügte ihm. Er hatte nicht die Absicht gehabt, länger als achtundvierzig Stunden zu bleiben, gerade lange genug, um den Weiterflug zu seinem endgültigen Bestimmungsort zu arrangieren.

Und dann war er mit drei anderen vom Raumdienst in die Altstadt gegangen. Die Schiffskost hatte er satt; immer schmeckte sie nach Maschinen, und die scharfen Gewürze sollten die Schalheit des wiederaufbereiteten Wassers und der Kohlenwasserstoffe übertünchen. Das Essen in der Altstadt war wenigstens natürlich, gut gegrilltes Fleisch, wie er es seit seinem letzten Planetenaufenthalt nicht mehr bekommen hatte, und frisches, aromatisches Obst. Dazu gab es süßen klaren goldfarbenen Wein. Seit Monaten hatte er keine

Mahlzeit mehr so genossen. Und dann waren er und seine Kollegen aus reiner Neugier über den Marktplatz geschlendert, hatten Andenken gekauft, seltsame Stoffe von rauher Textur und weiche Pelze befühlt. Schließlich war er an die Bude der Wahrsagerin geraten, und amüsiert war er bei ihren Worten stehengeblieben.

»Jemand wartet auf Euch. Ich kann Euch das Gesicht Eures Schicksals zeigen, Fremder. Möchtet Ihr das Gesicht derjenigen sehen, die auf Euch wartet?«

Er hatte mit nicht mehr als dem üblichen Hokuspokus für ein paar Münzen gerechnet. Lachend gab er der runzligen alten Frau das Geld, das sie verlangte, und folgte ihr in ihre kleine, mit einer Zeltplane abgedeckte Bude. Drinnen blickte sie in ihren Kristall – merkwürdig, daß Wahrsager auf jeder Welt, die er kennengelernt hatte, vorgaben, mit Hilfe einer Kristallkugel in die Ferne sehen zu können –, und dann schob sie ihm wortlos die Kugel zu. Immer noch halb lachend, halb abgestoßen, zum Fortgehen geneigt, beugte sich Andrew vor und sah das hübsche Gesicht, das leuchtende rote Haar. *Anreißerei für ein erstklassiges Callgirl*, dachte er und wollte schon fragen, was die alte Madame heute für das Mädchen berechne und ob sie für Erdleute Sonderpreise mache. Doch das Mädchen in dem Kristall schlug die Augen auf und begegnete Andrews Blick und . . .

Und es geschah. Es gab keine Worte dafür. Er stand in gebückter Haltung unbeweglich vor der Kristallkugel, so lange, daß er plötzlich einen Muskelkrampf im Hals hatte.

Sie war sehr jung, und sie schien sowohl Angst als auch Schmerz zu leiden. Es war, als rufe sie ihn und bitte um Hilfe, die nur er ihr bringen konnte, und als spiele sie bewußt auf etwas Geheimes an, das nur ihnen beiden bekannt war. Später konnte er sich jedoch nicht besinnen, was das gewesen war, nur daß sie ihn gerufen hatte, daß sie ihn dringend brauchte . . .

Ihr Gesicht verschwand, und sein Kopf schmerzte. Zitternd hielt er sich an der Tischkante fest und versuchte verzweifelt, sie zurückzurufen. »Wo ist sie? Wer ist sie?« fragte er. Die alte Frau sah stirnrunzelnd zu ihm auf. »Wie soll ich denn wissen, was Ihr gesehen habt, Außenweltler? Ich habe nichts und niemanden gesehen, und es warten andere. Ihr müßt jetzt gehen.«

Er stolperte hinaus, krank vor Verzweiflung.

Sie hat mich gerufen. Sie braucht mich. Sie ist hier . . .

Und ich reise in sechs Stunden ab.

Es war nicht gerade leicht gewesen, seinen Vertrag aufzulösen und zu bleiben, aber auch nicht allzu schwierig. Stellen auf der Welt, zu der er unterwegs gewesen war, waren sehr begehrt, und es würde nicht länger als drei Tage dauern, um seinen Posten neu zu besetzen. Er mußte es in Kauf nehmen, daß er um zwei Dienstgrade zurückgestuft wurde, aber das kümmerte ihn nicht. Andererseits, so teilte die Personalabteilung ihm mit, waren Freiwillige für Cottman IV nicht leicht zu finden. Das Klima war schlecht, es gab fast keinen Handel, und obwohl die Bezahlung gut war, hatte kein Mann, dem etwas an seiner Karriere lag, den Wunsch, sich selbst an den Rand des Imperiums auf einen Planeten zu verbannen, der sich hartnäckig weigerte, abgesehen von der Verpachtung des Raumhafens selbst, irgend etwas mit den Terranern zu tun zu haben. Man stellte ihm frei, im Computer-Zentrum oder in der Abteilung Kartographierung und Erkundung zu arbeiten, und für letzteres gab es Gefahrenzulage. Aus irgendeinem Grund hatten die Eingeborenen ihre Welt niemals verlassen, und das Terranische Imperium vertrat den Standpunkt, es könne die Beziehung zu den Bewohnern von Cottman IV fördern, wenn man ihnen fertige Karten lieferte, die ihre eigene Technologie nicht herstellen konnte oder wollte.

Andrew entschied sich für Kartographierung und Erkundung. Er wußte bereits – in der ersten Woche hatte er jedes Mädchen und jede Frau im Raumhafen gesehen –, daß sie nicht in der Medizinischen oder Personal- oder Abfertigungsabteilung arbeitete. Die Leute von Kartographierung und Erkundung erfreuten sich bestimmter Privilegien, aufgrund deren sie das streng begrenzte Imperiumsreservat verlassen durften. *Irgendwo, irgendwie wartete sie da draußen …*

Es war eine Besessenheit, das war ihm klar, aber er konnte den Zauber nicht brechen, und er wollte es nicht einmal.

Beim dritten Mal, als er mit dem Kartographierungsflugzeug hinausgeflogen war, passierte der Absturz … und hier war er seinem Traummädchen nicht näher als zuvor. Wenn sie überhaupt je existiert hatte, was er bezweifelte.

Erschöpft von der Anstrengung seines Gedächtnisses kroch Andrew zurück in sein Zelt, um sich auszuruhen. Morgen war Zeit genug, einen Plan auszuarbeiten, wie er von dem Felsen hinunterkommen konnte. Er aß Notrationen, lutschte Eis, fiel in unruhigen Schlaf …

Sie war wieder da, stand vor ihm, gleichzeitig in und nicht ganz in dem kleinen Zelt, ein Geist, ein Traum, eine dunkle Blume, eine Flamme in seinem Herzen …

Ich weiß nicht, warum du derjenige bist, den ich berührt habe, Fremder. Ich suchte nach meinen Verwandten, nach Menschen, die mich lieben und mir helfen könnten …

Eine Dame in Not, dachte Andrew, *darauf will ich wetten. Was willst du von mir?*

Nur ein schmerzlicher Blick und ein trauriges Verziehen des Gesichts.

Wer bist du? Ich kann dich nicht immer »du Geistermädchen« nennen.

Callista.

Jetzt weiß ich, daß ich ausgeflippt bin, sagte Andrew zu sich selbst. *Das ist ein Erdenname.*

Ich bin keine Erdenzauberin, meine Kräfte sind die der Luft und des Feuers …

Das ergab keinen Sinn. *Was willst du von mir?*

Im Augenblick will ich dir nur das Leben retten, das ich unabsichtlich in Gefahr gebracht habe. Und ich sage dir: Meide das verdunkelte Land.

Abrupt verschwanden Bild und Ton. Andrew war allein. Er blinzelte.

»Callista« bedeutet einfach »schön«, wie ich mich erinnere, dachte er. *Vielleicht ist sie nichts als ein Symbol der Schönheit in meinen Gedanken. Aber was ist das verdunkelte Land? Und wie kann sie mir helfen, mein Leben zu retten? Ach, Blödsinn, schon wieder behandele ich sie, als sei sie wirklich.*

Kapier es endlich. Diese Frau gibt es nicht, und wenn du von hier wegkommen willst, mußt du es allein schaffen.

Und doch, als er sich ausstreckte, um zu ruhen und zu planen, ertappte er sich dabei, daß er versuchte, vor seinen Augen ihr Gesicht heraufzubeschwören . . .

2

Der Blizzard tobte immer noch auf den Höhen, aber hier im Tal kam die Abendsonne durch. Nur die dicken, amboßförmigen Wolken im Westen zeigten, wo die Berggipfel im Schneesturm lagen.

Damon Ridenow ritt mit gesenktem Kopf gegen den Wind, der an seinem Reitmantel zerrte, und ihm war, als sei er auf der Flucht, fliehe vor einem sich zusammenbrauenden Unwetter. Er versuchte sich einzureden: *Das Wetter liegt mir in den Knochen, ich bin eben nicht mehr ganz so jung wie früher*. Er wußte jedoch, es war mehr als das. Irgend etwas machte ihn unruhig, trieb ihn vorwärts, summte in seinem Gehirn. Etwas war verkehrt. War schlecht.

Ihm wurde bewußt, daß er die Augen ständig von den niedrigen, baumbestandenen Hügeln im Osten abgewandt hielt, und um des seltsamen Unbehagens Herr zu werden, drehte er sich entschlossen im Sattel um und ließ seinen Blick die Hänge hinauf- und hinunterwandern.

Das verdunkelte Land.

Quatsch, sagte er ärgerlich zu sich selbst. Im letzten Jahr hatte es dort Krieg mit den Katzenwesen gegeben. Einige seiner Verwandten waren getötet, andere vertrieben worden, gezwungen, sich im Alton-Land rund um die Seen neu anzusiedeln. Ja, die Katzenwesen waren wild und grausam, sie mordeten und sengten und folterten und ließen für tot liegen, was sie nicht gleich töten konnten. Vielleicht plagte ihn nur die Erinnerung an all das Leiden des Krieges. *Mein Geist ist offen für die Geister jener, die gelitten haben ...*

Nein, es war schlimmer als das. Es ging nicht nur um die Untaten der Katzenwesen, von denen er gehört hatte.

Er spähte zurück. Die vier Schwertkämpfer der Garde, seine Eskorte, begannen, sich zusammenzudrängen und zu murmeln. Damon war klar, daß er Halt befehlen müsse, um die Pferde verschnaufen zu lassen. Einer der Männer gab seinem Tier die Sproren und ritt zu ihm heran, und Damon zog die Zügel an und wandte ihm das Gesicht zu.

»Lord Damon!« Der Gardist sprach mit der schicklichen Ehrerbietung, aber er blickte zornig drein. »Warum reiten wir, als sei uns der Feind dicht auf den Fersen? Ich habe kein Wort über einen Krieg oder einen Überfall gehört.«

Damon Ridenow zwang sich, seine Geschwindigkeit zu mäßigen. Es kostete ihn Mühe. Am liebsten hätte er sein Pferd angetrieben, bis er die Sicherheit von Armida erreicht hatte . . .

Ernst antwortete er: »Ich glaube, wir werden tatsächlich verfolgt, Reidel.«

Der Gardist ließ seinen Blick wachsam von Horizont zu Horizont schweifen – es war seine Pflicht, wachsam zu sein –, verbarg jedoch nicht, daß er skeptisch war. »Hinter welchem Busch lauert der Feind Eurer Meinung nach, Lord Damon?«

»Das weiß ich ebensowenig wie Ihr«, seufzte Damon.

Der Mann blieb hartnäckig. »Nun, Ihr seid ein Comyn-Lord, und es ist Eure Sache, wie es meine ist, Eure Befehle auszuführen. Es gibt jedoch Grenzen für das, was Mann und Pferd tun können, Lord, und falls man uns angreift, wenn wir wund vom Reiten und unsere Tiere müde sind, werden wir schlecht kämpfen.«

»Da habt Ihr wohl recht«, gab Damon zu. »Laßt halten, wenn Ihr wollt. Hier auf freiem Feld besteht wenigstens keine Gefahr eines Überraschungsangriffs.«

Er war verkrampft und müde und froh, absteigen zu können, obwohl das alptraumhafte Gefühl der Dringlichkeit ihn weiter quälte. Der Gardist Reidel brachte ihm Essen. Er nahm es, ohne zu lächeln, und sein Dank wirkte zerstreut. Der Gardist verweilte sich mit dem Vorrecht alter Bekanntschaft.

»Riecht Ihr immer noch Gefahr hinter jedem Baum, Lord Damon?«

»Ja, aber ich kann nicht sagen, warum«, antwortete Damon. Zu Fuß war er von wenig mehr als mittlerer Größe, ein dünner, blasser Mann mit dem feuerroten Haar eines Comyn-Lords der Sieben Dämonen. Wie die meisten seines Standes war er bis auf einen Dolch unbewaffnet, und unter seinem Reitmantel trug er die leichte Jacke eines Stubenhockers, eines Gelehrten. Der Gardist sah ihn besorgt an.

»Ihr seid es nicht gewohnt, so lange zu reiten, Lord, und mit solcher Hast. War das unbedingt notwendig?«

»Ich weiß es nicht«, sagte der Comyn-Lord leise. »Meine Verwandte auf Armida schickte mir eine Botschaft, in der sie mich, ohne Einzelheiten anzugeben, flehentlich bittet, in aller Eile zu ihr zu kommen. Sie ist nicht von der ängstlichen Sorte, die vor Schatten erschrickt und nachts wachliegt, weil sie sich vor Räubern im Hof fürchtet, wenn ihr Mannsvolk nicht daheim ist. Ein dringender Hilferuf von Lady Ellemir ist nicht auf die leichte Schulter zu nehmen, deshalb brach ich sofort auf; das mußte ich. Sicher, es mag sich um eine familiäre Angelegenheit handeln, vielleicht Krankheit in ihrem Haushalt. Aber was es auch sein mag, es ist ernst, sonst würde sie allein damit fertig werden.«

Der Gardist nickte bedächtig. »Ich habe gehört, daß die Dame tapfer und geistesgegenwärtig ist. Ein Bruder von mir gehört zu ihrem Personal. Darf ich es meinen Kameraden weitererzählen, Lord? Sie werden weniger murren, wenn sie wissen, es handelt sich um wirkliche Schwierigkeiten und nicht um eine Laune von Euch.«

»Ihr könnt es ihnen gern sagen, es ist kein Geheimnis«, meinte Damon. »Ich hätte es selbst getan, wenn ich daran gedacht hätte.«

Reidel grinste. »Ich weiß, Ihr seid kein Leuteschinder, aber keiner von uns hatte Gerüchte gehört, und durch dies Land reitet ein Mann nur, wenn er muß.« Er wandte sich zum Gehen. Damon legte ihm die Hand auf den Ärmel und hielt ihn zurück.

»Ein Land, durch das ein Mann nur reist, wenn er muß – was meint Ihr damit, Reidel?«

Auf diese direkte Frage hin wurde der Gardist nervös.

»Es bringt Unglück«, stieß er hervor. »Es liegt unter einem Schatten. Man nennt es jetzt das verdunkelte Land, und kein Mann reitet oder fährt darin, wenn es nicht unbedingt erforderlich ist, und auch dann nur, falls er einen mächtigen Schutzzauber besitzt.«

»Unsinn.«

»Ihr mögt lachen, Lord, ihr Comyn werdet durch die Großen Götter geschützt.«

Damon seufzte. »Ich hätte nicht gedacht, daß Ihr so abergläubisch seid, Reidel. Ihr dient seit zwanzig Jahren in der Garde, Ihr wart der Friedensmann meines Vaters. Glaubt Ihr immer noch, wir Comyn seien anders als andere Menschen?«

»Ihr seid glücklicher.« Reidel biß die Zähne zusammen. »Aber jetzt, wenn Männer in das verdunkelte Land reiten, kehren sie nicht wieder zurück, oder sie kehren mit verwirrtem Verstand zurück. Nein, Lord, lacht mich nicht aus, es ist dem Bruder meiner Mutter vor zwei Monaten so ergangen. Er ritt in das verdunkelte Land, um ein Mädchen zu besuchen, das er zu seiner zweiten Frau machen wollte. Den Brautpreis hatte er schon bezahlt, als sie erst neun war. Er kam nicht zur festgesetzten Zeit, und als man mir sagte, er sei für immer in den Schatten gegangen, habe auch ich gelacht und gemeint, zweifellos habe er es hinausgeschoben, mit dem Mädchen ins Bett zu gehen und ihr ein Kind zu machen. Dann eines Abends spät, Lord, zehn volle Tage nach Ablauf seines Urlaubs, kam er in die Wachstube zu Serré. Ich habe nicht viel Phantasie, Lord, aber sein Gesicht ... sein Gesicht ...« Er gab es auf, nach Worten zu ringen, und fuhr fort: »Er sah aus, als habe er geradewegs in Zandrus siebte Hölle geblickt. Und nichts, was er sagte, hatte Sinn, Lord. Er faselte von großen Feuern und vom Tod in den Winden und verdorrten Gärten und Hexenspeise, die einem Mann den Verstand nimmt, und von Mädchen, die mit Katzenklauen an seiner Seele zerrten. Man schickte nach der Zauberin, doch bevor sie kommen und seinen Geist heilen konnte, fiel er um und starb tobend.«

»Irgendeine Krankheit in den Bergen«, sagte Damon. Reidel schüttelte den Kopf.

»Ihr habt mich daran erinnert, Lord, daß ich seit zwanzig Jahren in diesen Bergen Gardist bin, und mein Onkel war es zweimal zwanzig Jahre. Ich kenne die Krankheiten, die Männer umwerfen, und das war keine von ihnen. Auch kenne ich keine Krankheit, die einen Mann nur in einer Richtung befällt. Ich bin selbst ein kleines Stück in das verdunkelte Land hineingeritten, Lord, und habe die verdorrten Gärten und verkommenen Obstbäume mit eigenen Augen gesehen, auch die Leute, die jetzt dort hausen. Es ist wahr, daß sie von Hexenspeise leben.«

Wieder unterbrach Damon: »Hexenspeise? So etwas wie Hexen gibt es nicht, Reidel.«

»Nennt es, wie Ihr wollt, aber es ist keine Speise aus Korn, Wurzeln, Beeren oder bekömmlichen Baumfrüchten, Lord, auch kein Fleisch von uns bekannten Tieren. Ich würde keinen Bissen davon anrühren, und ich glaube, das ist der Grund, warum ich heil entronnen bin. Ich habe es aus der Luft kommen sehen.«

Damon erklärte: »Leute, die ihr Handwerk verstehen, können Essen aus Dingen herstellen, die ungenießbar aussehen, Reidel, und das Essen ist bekömmlich. Ein Matrix-Techniker – wie soll ich es erklären? Er zerbricht die chemische Struktur von Dingen, die nicht genießbar sind, und verändert sie so, daß sie verdaut und vom Körper verwendet werden können. Man kann sich damit nicht viele Monate lang am Leben erhalten, aber in Notfällen bewahrt es über eine kurze Zeitspanne hinweg vorm Verhungern. Ich kann es auch, und es ist keine Hexerei dabei.«

Reidel runzelte die Stirn. »Zauberei mit Eurem Sternenstein . . .«

»Es ist keine Zauberei, verdammt noch mal«, erwiderte Damon empfindlich. »Nur eine Fertigkeit.«

»Warum versteht es dann keiner außer euch Comyn?«

Damon seufzte. »Ich kann die Laute nicht spielen; meine Ohren und meine Finger haben weder das angeborene Talent noch die Ausbildung. Aber Ihr, Reidel, seid mit dem Ohr geboren, und die Finger wurden in Eurer Kinderzeit ausgebildet, und nun macht Ihr Musik, wie es Euch gefällt. So ist es auch hiermit. Die Comyn werden mit dem Talent geboren wie andere mit einer Begabung für Musik, und in der Kinderzeit werden wir ausgebildet, die Struktur von Materie mit Hilfe dieser Matrix-Steine zu verändern. Ich bringe nur ein paar geringe Sache fertig; wer gut ausgebildet ist, vermag vieles. Vielleicht hat jemand in diesem Gebiet mit solchem imitierten Essen experimentiert und, weil er seine Fähigkeiten nicht gut beherrschte, statt dessen Gift erzeugt, ein Gift, das den menschlichen Verstand zerrüttet. Aber das ist eine Angelegenheit für eine der Bewahrerinnen. Warum hat sich niemand an sie um Hilfe gewandt, Reidel?«

»Sagt, was Ihr wollt.« Die geballten Fäuste und das sture Gesicht des Gardisten sprachen Bände. »Das verdunkelte Land liegt unter etwas Bösem, und Menschen guten Willens sollten es meiden. Und nun, wenn es Euch recht ist, Lord, sollten wir wieder aufsteigen, denn sonst erreichen wir Armida nicht mehr bei Tageslicht. Auch wenn wir dem verdunkelten Land fernbleiben, ist dies kein Weg für einen Ritt bei Nacht.«

»Ihr habt recht.« Damon wartete im Sattel darauf, daß

seine Eskorte sich versammelte. Er hatte viel nachzudenken. Tatsächlich hatte er Gerüchte über das Gebiet am Rand des Katzenlandes gehört, doch bisher nichts in der Art dieser Geschichte. War alles Aberglauben, waren es Märchen, entstanden aus dem Geschwätz der Unwissenden? Nein. Reidel war kein Phantast, ebensowenig war sein Onkel, ein alter, erprobter Soldat, ein Mann, der vagen Schatten zur Beute fiel. Etwas sehr Reales hatte ihn getötet, und Damon war überzeugt, der alte Bursche war schwer umzubringen gewesen.

Sie hatten die Kuppe erreicht. Damon blickte ins Tal hinunter und hielt Ausschau nach irgendwelchen Anzeichen für einen Hinterhalt. Mittlerweile war das Gefühl, beobachtet, verfolgt zu werden, bei ihm zur Besessenheit angewachsen. Dies wäre ein guter Platz für einen Überfall.

Aber die Straße und das Tal lagen leer vor ihnen im wolkigen Sonnenschein. Damon runzelte die Stirn und versuchte, seine angespannten Muskeln durch einen Willensakt zu lokkern.

Du kommst noch so weit, daß du vor einem Schatten erschrickst. Wenn du deine Nervosität nicht besiegst, wirst du Ellemir kaum von Nutzen sein!

Seine behandschuhte Hand wanderte an die Kette um seinen Hals; dort, innerhalb eines Lederbeutelchens in Seide eingehüllt, spürte er die harten Umrisse, die merkwürdige Wärme seiner Matrix. Dieser »Sternenstein«, von dem Reidel gesprochen hatte, war ihm gegeben worden, als er gelernt hatte, ihn zu benutzen. Er war auf seinen Geist in einer Weise abgestimmt, die niemand als ein Darkovaner – und Comyn-Telepath – verstehen konnte. Ein langes Training hatte ihn gelehrt, die magnetischen Kräfte seines Gehirns mit der seltsamen kristallinen Struktur des Steins zu verstärken. Jetzt beruhigte die bloße Berührung der Matrix den Aufruhr in seiner Seele. Das war die Disziplin des ausgebildeten Telepathen.

Geh es mit Vernunft an, sagte er zu sich selbst. Er spürte den ruhiger werdenden Puls und die leichte Euphorie, was bedeutete, daß sein Gehirn in dem Basis- oder »Ruhe«-Rhythmus, wie die Comyn es nannten, zu funktionieren begann. In diesem Augenblick über sich hinausgehoben, blickte er auf seine Ängste und die Reidels. Hier war etwas, das untersucht werden mußte, ja. Aber er durfte nicht beim Reiten unablässig darüber grübeln. Vielmehr mußte er es erst einmal zurückstellen, dann systematisch analysieren und dazu Tatsachen statt Ängste, Ereignisse statt Gerüchte heranziehen.

Ein wilder Schrei riß ihn aus seinen Gedanken, zerschmetterte seine künstliche Ruhe wie ein Stein, der durch ein Glasfenster geschleudert wird. Es war ein schmerzlicher, erschütternder Schock, und er schrie laut auf, als Furcht und Qual in sein Gehirn eindrangen, noch bevor er die heisere Männerstimme einen fürchterlichen Laut ausstoßen hörte, einen Laut, wie er nur von sterbenden Lippen kommt. Sein Pferd sprang und bäumte sich. Die Hand immer noch um den Kristall an seiner Kehle, riß Damon verzweifelt an den Zügeln und versuchte, das Tier wieder unter Kontrolle zu bringen. Es blieb plötzlich steifbeinig stehen und zitterte. Entsetzt sah Damon, wie Reidel langsam zu Boden glitt, schlaff und unmißverständlich tot, die Kehle eine einzige lange klaffende Wunde, aus der das Blut in einer roten Fontäne spritzte.

Und niemand war in seiner Nähe! Ein Schwert aus dem Nichts, eine unsichtbare Stahlklaue hatte einem lebenden, atmenden Menschen die Kehle aufgerissen.

»Aldones! Herr des Lichts, rette uns!« flüsterte Damon vor sich hin, umklammerte das Heft seines Messers, rang um Selbstbeherrschung. Die anderen Gardisten kämpften, ihre Schwerter beschrieben große, schimmernde Bögen in der Luft.

Den Kristall umfassend, focht Damon einen stummen Kampf um die Beherrschung dieser Illusion aus – *denn es mußte eine Illusion sein!* Langsam, wie durch einen dichten

Schleier in seinem Geist, erkannte er schattenhafte Gestalten, fremdartig und kaum menschlich. Es war, als scheine das Licht durch sie hindurch, und immer wieder verschwanden sie, sosehr er sich bemühte, sie nicht aus den Augen zu verlieren.

Und er war unbewaffnet! Aber ein Schwertkämpfer war er sowieso nicht.

Damon faßte die Zügel seines Pferdes und zwang den Impuls nieder, sich auf die unsichtbaren Feinde zu stürzen. Rasende Wut packte ihn, aber eine eisige Welle der Vernunft machte ihm klar, daß er unbewaffnet war, daß er sich nur in das Getümmel werfen und mit seinen Männern sterben konnte und daß seine Pflicht gegenüber seiner Verwandten jetzt an erster Stelle stand. Wurde ihr Haus von derartigen Schreckgestalten belagert? Hatten sie vielleicht auf der Lauer gelegen, um keinen ihrer Verwandten zu ihr gelangen zu lassen?

Seine Männer kämpften wild gegen die unsichtbaren Angreifer. Damon wandte sein Pferd und galoppierte den Pfad hinunter, weg von den Feinden. Die Haut seines Halses prikkelte. Nach dem, was er gesehen hatte, mochte eine Klinge aus der leeren Luft kommen und ihm den Kopf von den Schultern trennen. Die heiseren Schreie seiner Männer drangen ihm wie Messer ins Herz, faßten nach ihm, krallten sich in sein Bewußtsein. Er ritt mit gesenktem Kopf, den Mantel um sich gerafft, als werde er tatsächlich von Dämonen verfolgt, und er verminderte seine Geschwindigkeit erst oben auf dem nächsten Hügel, zwei oder drei Meilen von der Stelle des Überfalls entfernt. Über sich sah er die hohen Tore von Armida. Sein Pferd war schweißüberströmt und zitterte, und er selbst atmete in abgerissenen Stößen.

Damon stieg ab, nahm den Kristall aus dem schützenden Lederbeutel und wickelte die Seide auf. *Nackt hätte er uns alle retten können*, dachte er und blickte verzweifelt auf den blauen Stein mit den seltsamen, sich windenden feurigen Linien in seinem Inneren nieder. Mit seiner ausgebildeten telepathischen Kraft, enorm verstärkt durch die resonierenden Magnetfelder der Matrix, hätte er die Illusion außer Kraft setzen können. Seine Männer hätten dann immer noch kämpfen müssen, aber gegen Feinde, die sie sahen und die gezwungen waren, sich ehrlich zu schlagen. Damon ließ den Kopf sinken. Eine Matrix wurde niemals bloß getragen; ihre Schwingungen mußten von ihrer Umgebung isoliert werden. Und bevor er den Stein aus seiner Hülle hätte befreien können, wären seine Männer tot gewesen, und er mit ihnen.

Mit schwerem Herzen wickelte er den Kristall wieder in die Seide und klopfte seinem erschöpften Pferd auf die Flanke. Er stieg nicht auf, denn er wollte dem keuchenden, zitternden Tier jede weitere Anstrengung ersparen. Statt dessen führte er es langsam den Hügel hinauf zu dem Tor. Anscheinend wurde Armida nicht belagert. Der Hof lag ruhig und leer im ersterbenden Sonnenlicht, und der nächtliche Nebel begann, von den Hügeln ringsum herabzuwogen. Bedienstete kamen, ihm das Pferd abzunehmen, und schrien erschrocken auf, als sie sahen, in welchem Zustand es war.

»Seid Ihr verfolgt worden? Lord Damon, wo ist Eure Eskorte?«

Damon schüttelte langsam den Kopf. Er versuchte nicht, ihnen eine Antwort zu geben. »Später, später. Sorgt für mein Pferd und laßt es nicht trinken, bevor es sich abgekühlt hat; es ist zu lange galoppiert. Schickt zu Lady Ellemir und laßt ihr sagen, daß ich angekommen bin.«

Wenn ihr Anliegen nicht von großer Wichtigkeit ist, sagte er grimmig zu sich selbst, *werden wir Streit bekommen. Vier meiner treuen Männer sind gestorben, und schrecklich gestorben. Aber Armida wird nicht belagert, und es gibt keine Spur von irgendwelchen Schwierigkeiten.*

Er hob den Blick und sah Ellemir Lanart vor sich stehen.

»Verwandter«, sagte sie leise. »Ich hörte etwas – nicht genug, um sicher zu sein. Ich dachte, auch du . . .« Die Stimme versagte ihr. Sie warf sich ihm in die Arme.

»Damon! Damon! Ich dachte, auch du seist tot!«

Damon Ridenow hielt das Mädchen behutsam fest, streichelte die bebenden Schultern. Ihr Kopf fiel für einen Augenblick schwer gegen ihn. Dann seufzte sie, gewann die Beherrschung zurück und richtete sich auf. Sie war sehr groß und schlank. Ihr feuerrotes Haar wies sie als Mitglied von Damons Telepathenkaste aus. Sie hatte ein zartes Gesicht und Augen von einem leuchtenden Blau.

»Ellemir, was ist hier geschehen?« fragte er mit wachsender Sorge. »Werdet ihr angegriffen? Hat es einen Überfall gegeben?«

Sie senkte den Kopf. »Ich weiß es nicht. Ich weiß nur, daß Callista fort ist.«

»Fort? In Gottes Namen, was meinst du? Von Räubern entführt? Weggelaufen? Durchgegangen?« Noch während er sprach, wurde ihm klar, daß das Wahnsinn war. Ellemirs Zwillingsschwester Callista war Bewahrerin, eine dieser Frauen, die darin geschult sind, die gesamte Energie eines Kreises aus fähigen Telepathen zu manipulieren. Sie mußten Jungfräulichkeit geloben und wurden mit soviel ehrfürchtiger Scheu betrachtet, daß kein geistig gesunder Mann auf Darkover seine Augen zu einer von ihnen erheben würde. »Ellemir, sprich doch! Ich glaubte sie sicher im Turm von Arilinn. Wo? Wie?«

»Wir können nicht hier auf der Türschwelle reden.« Mühsam faßte sich Ellemir und entzog sich ihm. Damon empfand ein flüchtiges Bedauern – ihr Kopf hatte an seiner Schulter gelegen, als gehöre er dorthin. Aber was sollten solche Gedanken zu dieser Zeit und an diesem Ort! Er widerstand dem Impuls, ihre Hand zu berühren, und folgte ihr gemessenen Schrittes in die große Halle. Kaum waren sie drinnen, als Ellemir sich zu ihm umwandte.

»Sie war hier auf Besuch«, berichtete sie mit schwankender Stimme. »Lady Leonie möchte ihr Amt als Bewahrerin niederlegen und in ihre Heimat nach Valeron zurückkehren, und Callista sollte ihre Stelle im Turm einnehmen. Vorher wollte sie mich besuchen. Sie hätte mich gern überredet, nach Arilinn zu kommen und dort bei ihr zu bleiben, damit sie nicht so schrecklich allein sei, und auf jeden Fall wollte sie ein Weilchen mit mir zusammen sein, bevor sie für die Leitung des Turmkreises isoliert wurde. Alles ging gut, wenn sie auch unruhig wirkte. Ich bin keine ausgebildete Telepathin, Damon, aber Callista und ich sind Zwillinge, und unsere Gedanken berühren sich, ob wir es wollen oder nicht. So spürte ich ihre Nervosität. Sie sagte nur, sie habe schlechte Träume von Katzenhexen und verdorrenden Gärten und sterbenden Blumen. Und dann eines Tages ...« Ellemir erbleichte. Kaum wissend, was sie tat, faßte sie nach Damons Hand und umklammerte sie verzweifelt, als wolle sie sich auf ihn stürzen.

»Ich erwachte und hörte sie schreien. Sonst hatte niemand einen Laut vernommen, nicht einmal ein Flüstern. Vier unserer Leute lagen tot im Hof, und unter ihnen ... unter ihnen war unsere alte Pflegemutter Bethiah. Sie hat Callista genährt, und sie schlief immer auf einer Liege zu ihren Füßen. Jetzt lag sie im Hof, und ihre Augen – ihre Augen waren aus den Höhlen gekratzt, und sie lebte gerade noch.« Ellemir schluchzte laut. »Und Callista war fort! Fort, und ich konnte sie nicht erreichen – meine Gedanken griffen ins Leere! Meine Zwillingsschwester war fort, als habe Avarra sie bei lebendigem Leib in irgendeine Anderwelt geschleudert.«

Damons Stimme klang fest, und mit großer Anstrengung hielt er sie so. »Glaubst du, sie ist tot, Ellemir?«

Ellemir sah ihn mit ihren blauen Augen gerade an.

»Nein. Ich spürte sie nicht sterben, und meine Zwillingsschwester könnte nicht sterben, ohne daß ich an ihrem Tod teilhätte. Als unser Bruder Coryn beim Ausnehmen eines

Falkennestes abstürzte, fühlten Callista und ich ihn beide vom Leben in den Tod hinüberwechseln, und Callista ist *meine Zwillingsschwester*. Sie lebt.« Ihre Stimme brach, und sie weinte heftig.

»Aber wo? Wo? Sie ist fort, fort, fort, als habe sie nie gelebt! Und seitdem bewegen sich nur Schatten – nur Schatten. Damon, Damon, was soll ich tun, was soll ich tun?«

3

Er hatte sich den Abstieg nicht so schwierig vorgestellt.

Den ganzen Tag war Andrew Carr um die scharfen Felsen des Hangs geklettert, gekrochen und gerutscht. Er hatte in eine unglaublich tiefe Schlucht hinuntergeblickt, wo die zerschmetterten Überreste des Kartographierungsflugzeugs lagen, und jede noch vorhandene Hoffnung aufgegeben, Essen, Schutzkleidung und Identitätsplaketten seiner Gefährten zu bergen. Jetzt wurde es dunkel, und ein leichtes Schneetreiben setzte ein. Andrew hockte in seinem dicken Pelzmantel da und lutschte seine letzten Süßigkeiten. Er suchte den Horizont unter sich nach Lichtern oder irgendwelchen anderen Zeichen von Leben ab. Es mußten welche da sein. Dies war ein dichtbesiedelter Planet. Aber hier draußen in den Bergen mochten Meilen oder sogar Hunderte von Meilen zwischen den bewohnten Gebieten liegen. Was er sah, war ein blasses Schimmern vor dem Horizont, eine einzige dichtgedrängte Gruppe von Lichtern, die ein Dorf oder sogar eine Stadt sein mochten. Also war sein einziges Problem, nach dort hinunterzugelangen. Das würde noch allerhand Mühe kosten. Er wußte nichts – eigentlich noch weniger als nichts – über das Leben als Waldläufer oder Überlebenstechniken. Schließlich grub er sich in der Erinnerung an etwas, das er gelesen hatte, zur Hälfte in einen Haufen toter Blätter ein und zog sich den Rockschoß des Pelzmantels über den Kopf. Warm hatte er es nicht, und seine Gedanken verweilten sehnsüchtig beim Essen, großen dampfenden Schüsseln Essens. Dann schlief er ein. Fast stündlich erwachte er schaudernd und wühlte sich tiefer in seinen Blätterhaufen, aber er schlief. Und nirgendwo in seinen verworrenen Träumen tauchte das Gesicht des geisterhaften Mädchens auf, das er mit seiner Vision identifizierte.

Den ganzen nächsten Tag und den übernächsten quälte er sich durch verfilztes dorniges Unterholz einen langen Hang hinunter. Zweimal verirrte er sich in dem bewaldeten Tal am Fuß des Berges, und schließlich arbeitete er sich auf der anderen Seite wieder bergauf. Von unten hatte er keine Möglichkeit, sich über die einzuschlagende Richtung zu vergewissern, und er sah kein Zeichen von menschlicher oder anderer Besiedlung. Einmal geriet er an Überreste eines ganz zerfallenen Zauns aus halbierten Stämmchen und verschwendete zwei Stunden damit, an ihm entlangzuwandern – das Vorhandensein eines Zauns bedeutete für gewöhnlich, daß etwas hatte eingezäunt oder draußen gehalten werden sollen. Der Weg endete jedoch in einer Wirrnis von trockenen Schlingpflanzen, und Andrew sagte sich, welche seltsame Art von Vieh hier auch irgendwann gehalten worden sein mochte, Vieh und Hüter mußten lange, lange verschwunden sein. Nahe der Stelle, wo er den Zaun entdeckt hatte, lag ein trockenes Bachbett. Andrew nahm an, es werde ihn aus dem Gebirge führen. Siedlungen, besonders bäuerliche, wurden immer an Wasserläufen angelegt, und dieser Planet würde kaum eine Ausnahme darstellen. Wenn er dem Lauf des Baches folgte, gelangte er sicher in die Ebene und wahrscheinlich zu den Wohnstätten der Leute, die den Zaun gebaut und das Vieh gehalten hatten. Aber nach ein paar Meilen war das Trockenbett von einem Bergrutsch verschüttet, und soviel Mühe Andrew sich auch gab, er konnte es auf der anderen Seite nicht wiederfinden. Vielleicht war das der Grund, warum die Zaunbauer ihr Vieh an einen anderen Ort gebracht hatten.

Gegen Ende des zweiten Tages fand er ein paar verschrumpelte Früchte an einem knorrigen Baum. Sie sahen aus und schmeckten wie Äpfel, trocken und hart, aber eßbar. Er aß die meisten auf und verwahrte ein paar für später. Er fühlte sich kläglich. Wahrscheinlich existierten rings um ihn andere eßbare Dinge, von der Rinde bestimmter Bäume bis zu den Pilzen und Schwämmen, die er auf totem Holz wachsen ah. Das Problem war, daß er die bekömmlichen Pflanzen nicht von den tödlich giftigen zu unterscheiden vermochte, und deshalb quälte er sich nur, indem er darüber nachdachte.

Spät am Abend, als er nach einem windgeschützten Platz zum Schlafen suchte, begann es wieder zu schneien, und zwar mit einer so merkwürdigen Beharrlichkeit, daß es ihn beunruhigte. Er hatte von den Blizzards der Berge gehört, und der Gedanke, im Freien von einem überrascht zu werden, ohne Essen und Schutzkleidung und Obdach, brachte ihn vor Angst fast um den Verstand. Es dauerte nicht lange, und der Schnee fiel so dicht, daß Andrew kaum noch die Hand vor Augen sehen konnte. Seine Schuhe waren durch und durch naß und verklumpt von der kalten, klebrigen Masse.

Es ist aus mit mir, dachte er bitter. *Das war es schon, als das Flugzeug abstürzte, nur hatte ich nicht Verstand genug, es zu erkennen.*

Meine einzige Chance war gutes Wetter, und damit ist es jetzt vorbei.

Es blieb ihm nichts weiter übrig, als sich ein Plätzchen zu suchen, möglichst geschützt vor dem verdammten Wind, der um die Felsklippen über ihm heulte, es sich bequem zu machen und im Schnee einzuschlafen. Das wäre dann das Ende von allem. So verlassen, wie dieser Teil der Welt aussah, mochte es eine solche Zahl von Jahren dauern, bevor jemand über seine Leiche stolperte, daß niemand mehr sagen konnte, ob er ein Terraner oder ein Eingeborener dieses Planeten gewesen war.

Verdammt sei dieser Wind! Er heulte wie ein Dutzend Windmaschinen, wie ein Chor verlorener Seelen aus Dantes

Inferno, und er brachte eine merkwürdige Illusion mit. Es hörte sich an, als riefe jemand ganz weit weg seinen Namen.

Andrew Carr! Andrew Carr!

Natürlich war es eine Sinnestäuschung. Niemand im Umkreis von dreihundert Meilen um diesen Ort wußte, daß er hier war, ausgenommen vielleicht das Geistermädchen, das er nach dem Absturz des Flugzeugs gesehen hatte. Falls sie sich tatsächlich innerhalb von dreihundert Meilen Entfernung befand. Andrew hatte keine Ahnung, ob sie seinen Namen kannte. Verdammt sollte sie sein, wenn es sie überhaupt gab. Was er bezweifelte.

Carr stolperte und fiel der Länge nach in den tiefen Schnee. Er wollte aufstehen, dann dachte er: *Ach, zum Teufel, was soll's?* Er ließ sich wieder fallen.

Irgendwer rief tatsächlich seinen Namen.

Andrew Carr! Komm hier entlang, schnell! Ich kann dir den Weg zu einem Obdach zeigen, aber mehr vermag ich nicht. Hingehen mußt du selbst.

Er hörte sich der leisen Stimme, die wie ein Echo in seinem Gehirn war, verdrießlich antworten: »Nein. Ich bin zu müde. Ich kann nicht mehr weitergehen.«

»Carr! Sieh mich an!«

Widerwillig, die Augen mit der Hand vor dem heulenden Wind und den scharfen Schneenadeln schirmend, hob Andrew Carr den Blick. Er wußte bereits, was er sehen würde.

Natürlich war es das Mädchen.

Sie war nicht wirklich da. Wie konnte sie auch da sein in ihrem dünnen blauen Gewand, das wie ein zerrissenes Nachthemd aussah, barfuß, das Haar unbewegt von dem eisigen, schneebeladenen Wind?

Laut sagte er, und der Wind riß ihm die Worte vom Mund und trug sie fort, so daß das Mädchen sie aus einer Entfernung von zehn Fuß unmöglich hätte hören können:

»Was hast du jetzt vor? Bist du wirklich hier? Wer bist du?«

Mit dieser gedämpften Stimme, die immer nur gerade bis an sein Ohr und keinen Zoll weiter zu tragen schien, setzte sie ihm auseinander: »Ich weiß nicht, wo ich bin, sonst wäre ich nicht dort, denn es ist kein Ort, an dem zu sein ich mir wünsche. Wichtig ist, daß ich weiß, wo du bist und wo sich der einzige sichere Ort für dich befindet. Folge mir, schnell! Steh auf, du Dummkopf, steh auf!«

Carr stolperte auf die Füße und raffte den Mantel um sich. Sie schien etwa acht Fuß von ihm entfernt im Sturm zu stehen. Immer noch war sie in das dünne, zerrissene Nachthemd gekleidet, aber obwohl ihre bloßen Füße und Schultern blaß durch Risse in dem Gewand schimmerten, zitterte sie nicht in der Kälte.

Sie winkte – jetzt, wo sie seine Aufmerksamkeit geweckt hatte, wollte sie anscheinend keine Mühe mehr darauf verwenden, sich mit Worten verständlich zu machen – und begann, leichtfüßig über den Schnee zu wandern. Ihre Füße, so stellte er mit einem unheimlichen Gefühl der Irrealität fest, berührten den Boden nicht ganz. *Ja, das paßt, wenn sie ein Geist ist.*

Mit gesenktem Kopf taumelte er der entweichenden Gestalt des Mädchens nach. Der Wind riß an seinem Mantel und ließ ihn wild hinter ihm herflattern. Seine Schuhe waren dicke, halb gefrorene Klumpen aus nassem Schnee, und sein Haar und die Bartstoppeln stachen ihn eisig ins Gesicht. Der Boden war jetzt mit einer gleichmäßigen weißen Decke versehen, die Unebenheiten verdeckte. Zwei- oder dreimal stolperte er über eine verborgene Wurzel oder trat in ein Loch und fiel der Länge nach hin. Aber er kämpfte sich wieder hoch und folgte dem ihm vorauseilenden Schatten. Das Mädchen hatte ihm schon einmal das Leben gerettet. Sie mußte wissen, was sie tat.

Die Zeit, die er durch den Schnee taumelte, kam ihm sehr lang vor, obwohl er später schätzte, daß wahrscheinlich nicht mehr als drei Viertelstunden vergangen waren, als er mit voller Wucht gegen etwas stieß, das sich wie eine Ziegelmauer anfühlte. Ungläubig streckte er die Hand aus.

Es *war* eine Ziegelmauer. Oder jedenfalls hatte es den Anschein. Andrew befand sich an der Seitenwand eines Gebäudes. Nach einigem Herumtasten fand er eine Tür aus gehobeltem Holz, glatt vom Alter. Geschlossen war sie mit steifen Lederriemen, die durch eine hölzerne Öse gezogen und verknotet waren. Es dauerte einige Zeit, den nassen Lederknoten zu lösen. Andrew mußte schließlich die Handschuhe ausziehen und mit den erstarrten bloßen Fingern arbeiten. Sie bluteten und waren blaugefroren, bis er die Riemen aufgeknüpft hatte. Quietschend öffnete sich die Tür, und Carr trat vorsichtig ein. Er hätte gern Licht, Feuer und Leute um einen Abendbrottisch vorgefunden. Doch das Haus war dunkel und kalt und verlassen, aber es war drinnen nicht halb so kalt wie im Freien, und wenigstens war es hier trocken. Es lag etwas wie Stroh auf dem Fußboden, und das von dem Schnee draußen reflektierte Licht zeigte ihm deutliche Umrisse, die Viehstände oder Möbel sein mochten. Er hatte keine Möglichkeit, Licht zu machen, aber es war so still, daß weder die Tiere, die einmal hier ihren Stall gehabt hatten, noch ihre Besitzer anwesend sein konnten.

Wieder hatte das Mädchen ihn in die Sicherheit geführt. Er ließ sich auf den so herrlich trockenen Fußboden niedersinken, wühlte sich gemütlich ins Stroh ein, zog seine durchweichten Schuhe aus, trocknete seine gefühllosen Füße an dem Stroh und legte sich zum Schlafen hin. Er hielt Umschau nach der geisterhaften Gestalt des Mädchens. Wie er es erwartet hatte: Sie war fort.

Stunden später erwachte er aus dem tiefen Schlaf der Erschöpfung in einer tobenden weißen Welt, einem heulenden Inferno. Hagel trommelte gegen die Mauern. Durch die festverrammelten hölzernen Läden sickerte genug Licht, daß er das Innere des Gebäudes, in dem er lag, erkennen konnte:

leer bis auf eine dicke Strohschicht und die Pfosten zum Anbinden der Tiere. Es roch ganz schwach nach lange getrocknetem Dung, ein stechender, nicht unangenehmer Geruch.

Neugierig untersuchte Andrew eine dunkle Masse in der hinteren Ecke. Er fand ein paar seltsam geschnittene Kleidungsstücke. Eins davon, einen warmen, deckenähnlichen Mantel aus zerlumptem und verblichenem kariertem Tuch, nahm er an sich. Unter der Kleidung – die abgetragen, aber wegen der Trockenheit des Gebäudes frei von Schimmel und Stockflecken war – kam eine schwere Truhe zum Vorschein, mit einer Haspe verriegelt, nicht verschlossen. Andrew öffnete sie und entdeckte Nahrungsmittel – vergessen oder vielleicht eher von den Besitzern der Tiere, die hier gehalten worden waren, für die nächste Weidezeit zurückgelassen. Eine Art getrocknetes Brot – eigentlich eher wie Zwieback oder Crackers – war in Ölpapier eingewickelt. Ein ledriges Zeug mußte wohl getrocknetes Fleisch sein, nur konnten weder seine Zähne noch sein Gaumen damit fertig werden. Eine aromatische Paste erinnerte ihn an Erdnußbutter, und sie schmeckte gut auf dem Zwieback, der aus gemahlenen Samenkörnern, vermischt mit getrockneten Früchten, gebakken war. Das vorhandene Trockenobst war ebenfalls zu hart, obwohl es gut roch. Andrew sagte sich, daß es lange in Wasser, vorzugsweise heißem, eingeweicht werden mußte, um einigermaßen eßbar zu werden.

Er stillte seinen Hunger mit dem Zwieback und der Nuß- und Obst-Paste, und nach einigem Suchen entdeckte er einen primitiven Wasserhahn über einem Becken, aus dem offenbar die Tiere getränkt worden waren. Er trank und spritzte sich ein bißchen Wasser ins Gesicht. Es war viel zu kalt für eine gründlichere Wäsche, aber danach fühlte er sich doch wohler. Eingehüllt in die karierte Decke, erforschte er das Gebäude von einem Ende zum anderen. Er war sehr erleichtert, als er noch eine notwendige Einrichtung fand, eine am hinteren Ende abgeteilte primitive Erdlatrine. Der Gedanke, sich, und sei es auch nur für einen Augenblick, in den Sturm hinauswagen oder den Innenraum des Gebäudes, dessen Besitzer zurückkehren mochten, beschmutzen zu müssen, hatte ihm gar nicht gefallen. Es schoß ihm durch den Kopf, daß man bei der Anlage des Bauwerks und der Einlagerung von Lebensmitteln sicher an Blizzards wie diesen gedacht hatte, wenn weder Mensch noch Tier ohne Obdach überleben konnten.

Diese Welt war also nicht nur bewohnt, sie war zivilisiert, zumindest auf eine Art. *So gemütlich wie zu Hause*, dachte er und kehrte zu seinem Strohbett zurück. Jetzt hatte er nichts weiter mehr zu tun, als auf das Ende des Blizzards zu warten.

Nach dem tagelangen Klettern und Marschieren war er so müde, und ihm wurde so warm unter der dicken Decke, daß er gar keine Schwierigkeiten hatte, wieder einzuschlafen. Als er erwachte, war das Licht im Schwinden, und das Tosen des Sturms hatte ein bißchen nachgelassen. Aus der zunehmenden Dämmerung schloß er, daß er den größten Teil des Tages verschlafen hatte.

Und es ist früher Herbst. Wie mußte es hier im Winter sein! Dieser Planet würde vielleicht einen großartigen Wintersport-Kurort abgeben, aber sonst eignet er sich für nichts. Mir tun die Leute leid, die hier leben!

Andrew nahm eine weitere magere Mahlzeit aus hartem Zwieback und Nuß- und Obst-Paste zu sich (recht gut, aber als ständige Diät langweilig), und weil es zu kalt und zu dunkel war, um irgend etwas anderes zu tun, wickelte er sich wieder ein und streckte sich im Stroh aus.

Er hatte sich gründlich ausgeschlafen, er fror nicht mehr, und er hatte auch keinen großen Hunger. Es war zu dunkel, als daß er viel hätte sehen können, aber viel zu sehen gab es sowieso nicht. Müßig überlegte er: *Zu schade, daß ich nicht als Xenologe ausgebildet bin. Noch nie ist ein Terraner auf dieser Welt frei herumgelaufen.* Er wußte, ein fähiger Soziologe oder Anthropologe hätte anhand der Artefakte, die er gesehen (und gegessen) hatte, den genauen Stand der Kultur dieses Planeten oder zumindest der Bewohner dieses Gebietes bestimmen können. Die starken, ordentlich vermörtelten Ziegel- oder Steinmauern, die aus Holz gebauten und mit Holzpflöcken zusammengefügten Viehstände, der Wasserhahn aus Hartholz über dem Steinbecken, die nur mit festen Holzläden verschlossenen scheibenlosen Fenster sagten zusammen mit dem Weidezaun und der primitiven Erdlatrine aus, daß es sich um eine Agrargesellschaft auf niedrigem Niveau handelte. Doch Andrew war sich nicht sicher. Schließlich war das hier die Unterkunft eines Viehhirten, eine Schutzhütte bei schlechtem Wetter, und keine Zivilisation verschwendete auf so etwas viel an technischen Errungenschaften. Es war auch die kluge Vorausschau zu berücksichtigen, mit der solche Dinge überhaupt gebaut, für Notfälle mit haltbaren Lebensmitteln versehen und sogar dafür eingerichtet wurden, daß man eines natürlichen Bedürfnisses wegen nicht nach draußen mußte. Die Decke war herrlich gewebt. Soviel handwerkliches Können war in dieser Zeit der synthetischen Stoffe und Wegwerf-Artikel selten geworden. Es mochte also durchaus sein, daß die Bewohner dieses Planeten weitaus zivilisierter waren, als es den ersten Anschein hatte.

Andrew verlagerte sein Gewicht auf dem knisternden Stroh und blinzelte, denn da war das Mädchen wieder in dem zerrissenen, dünnen blauen Gewand, das in dem dunklen Raum mit einem blassen eisartigen Glitzern schimmerte. Obwohl er immer noch halb und halb glaubte, sie sei eine Halluzination, entfuhr ihm die Frage: »Frierst du nicht?«

Dort, wo ich bin, ist es nicht kalt.

Das, sagte Carr zu sich selbst, war absolut verrückt. Langsam fragte er: »Dann bist du nicht hier?«

Wie könnte ich da sein, wo du bist? Wenn du glaubst, daß ich da – nein, hier – bin, dann versuche, mich zu berühren.

Zögernd streckte Carr die Hand aus. Jetzt mußte er ihren

bloßen runden Arm berühren, aber da war nichts. Hartnäckig erklärte er: »Das alles verstehe ich nicht. Du bist hier, und du bist nicht hier. Ich kann dich sehen, und du bist ein Geist. Du sagst, dein Name sei Callista, aber das ist ein Name von meiner eigenen Welt. Ich glaube immer noch, daß ich verrückt bin und mit mir selbst rede, und doch würde ich gern hören, ob du mir das irgendwie erklären kannst.«

Das Geistermädchen gab einen Laut von sich, der wie ein leises, kindliches Lachen klang. »Ich verstehe es auch nicht«, sagte sie ruhig. »Wie ich dir schon einmal klarzumachen versuchte, habe ich nicht dich erreichen wollen, sondern meine Verwandten und meine Freunde. Aber wo ich auch suche, sie sind nicht da. Es ist, als seien ihre Seelen von dieser Welt weggewischt. Lange Zeit bin ich an dunklen Orten umhergewandert, bis ich plötzlich in deine Augen sah. Mir war, als kenne ich dich, obwohl ich dich noch nie erblickt hatte. Und dann zog mich irgend etwas in dir ständig zu dir zurück. Irgendwo, nicht in dieser Welt, haben wir einander berührt. Ich bedeute dir nichts, aber ich hatte dich in Gefahr gebracht, deshalb bemühte ich mich, dich zu retten. Und ich komme zurück, weil . . .« – einen Augenblick sah es aus, als wolle sie anfangen zu weinen – ». . . ich so sehr allein bin, und ein Fremder ist immer noch besser als gar keine Gesellschaft. Möchtest du, daß ich wieder weggehe?«

»Nein«, antwortete Carr schnell, »bleib bei mir, Callista. Aber ich verstehe das alles nicht.«

Sie schwieg eine Minute lang, als überlege sie. *Gott*, dachte Carr, *wie real sie wirkt!* Er sah sie atmen, sah ihre Brust unter dem dünnen, zerrissenen Gewand sich leicht heben und senken. Ihre eine Wange war schmutzig – nein, das waren blaue Flecken und Blut. »Bist du verletzt?«

»Eigentlich nicht. Du fragst mich, wie ich bei dir sein kann. Sicher weißt du doch, daß wir in mehr als einer einzigen Welt leben und daß die Welt, in der du dich jetzt befindest, die feste Welt ist, die Welt der *Dinge*, die Welt stofflicher Körper und physischer Schöpfungen. Doch in der Welt, in der ich bin, lassen wir unsere Körper zurück wie ausgewaschene Kleidung oder abgeworfene Schlangenhäute, und was wir *Ort* nennen, existiert nicht. Ich bin an jene Welt gewöhnt, ich habe gelernt, mich in ihr zu bewegen. Nur werde ich in einem Teil gefangengehalten, wo mich die Gedanken meiner Leute nicht finden können. Als ich über die graue, konturlose Ebene wanderte, berührten deine Gedanken die meinen, und ich nahm dich deutlich wahr, als hätten wir uns im Dunkeln die Hand gereicht.«

»Bist du im Dunkeln?«

»Wo mein Körper gefangengehalten wird, ist es dunkel, ja. In der grauen Welt kann ich dich ebenso sehen, wie du mich siehst. Auf diese Weise sah ich deine Flugmaschine abstürzen und erkannte, daß sie in die Schlucht fallen würde. Und ich sah dich verirrt im Schneesturm und wußte, daß du in der Nähe dieser Hütte warst. Jetzt bin ich gekommen, um dir zu zeigen, wo Lebensmittel liegen, falls du sie noch nicht gefunden hast.«

»Ich habe sie gefunden«, berichtete Andrew. »Und ich weiß nicht, was ich sagen soll. Ich hielt dich für einen Traum, und du benimmst dich, als seist du wirklich.«

Wieder klang das leise Lachen auf. »Oh, ich versichere dir, ich bin ebenso wirklich und stofflich wie du. Und ich würde viel darum geben, wenn ich bei dir in dieser kalten, dunklen Hütte sein könnte, denn sie ist nur wenige Meilen von meinem Zuhause entfernt, und sobald der Sturm aufhörte, wäre ich frei und an meiner eigenen Feuerstelle. Aber ich . . .«

Mitten im Wort verschwand sie, ging aus wie ein Licht. Aus irgendeinem seltsamen Grund überzeugte das Andrew mehr von ihrer Realität als alles, was sie gesagt hatte. Wäre sie eine Halluzination gewesen, erzeugt von seinem Unterbewußtsein, so wie Männer in Gefahr, frierend und allein, tatsächlich nach ihren verborgensten Wünschen fremde Gestalten erscheinen lassen, dann hätte er sie dabehalten. Zumindest hätte er sie ihren letzten Satz beenden lassen. Die Tatsache, daß sie mittendrin verschwunden war, bezeugte nicht nur, daß sie auf unfaßliche Weise hiergewesen war, sondern auch, daß eine unbekannte dritte Partei Macht über ihr Kommen und Gehen hatte.

Sie hatte Angst, und sie war traurig. *Ich bin so allein, und ein Fremder ist immer noch besser als gar keine Gesellschaft.*

Frierend und allein in einer merkwürdigen und unbekannten Welt, verstand Andrew Carr sie nur zu gut. So fühlte er sich auch, genau so.

Nicht etwa, daß es nicht schön wäre, sie tatsächlich zur Gesellschaft zu haben . . .

Sehr viel Befriedigung gibt einem eine Gefährtin, die man nicht berühren kann, nicht gerade. Und trotzdem . . . obwohl seine Hand sie nicht gespürt hatte, war etwas überraschend Zwingendes an dem Mädchen.

Er hatte massenhaft Frauen gekannt, zumindest im biblischen Sinn. Hatte ihre Körper und ein bißchen von ihrer Persönlichkeit gekannt, und was sie sich vom Leben wünschten. Aber niemals hatte ihm eine von ihnen so nahegestanden, daß es ihm leid tat, wenn der Zeitpunkt gekommen war, in entgegengesetzter Richtung davonzugehen.

Ich will ehrlich sein. Von dem Augenblick an, als ich dies Mädchen in der Kristallkugel sah, ist sie für mich so real gewesen, daß ich bereit war, mein ganzes Leben umzukrempeln, nur auf die geringe Wahrscheinlichkeit hin, sie könne mehr sein als ein Traum. Und jetzt weiß ich, sie ist real. Sie hat mir einmal, nein, zweimal das Leben gerettet. In diesem Blizzard wäre es bald mit mir vorbei gewesen. Und sie ist in Not. Sie wird im Dunkeln gefangengehalten, sagt sie, und sie weiß nicht einmal, wo sie ist.

Wenn ich hier lebend herauskomme, werde ich sie finden, und wenn ich den Rest meines Lebens dazu brauche. In seinen Pelzmantel und die Decke gewickelt, in einem muffigen Strohhaufen liegend, allein auf einer fremden Welt, wurde

Andrew Carr plötzlich klar: Die Kehrtwendung in seinem Leben, die begonnen hatte, als er das Mädchen in der Kristallkugel sah und seinen Job hingeworfen hatte, um auf ihrer Welt zu bleiben, war jetzt abgeschlossen. Er hatte seine neue Richtung gefunden, und der Weg führte ihn zu dem Mädchen. Zu *seinem* Mädchen. Zu seiner Frau, jetzt und für sein ganzes Leben. Callista.

Er war zynisch genug, um sich selbst ein bißchen zu verhöhnen. Ja, ja. Er wußte nicht, wo sie war, wer sie war oder was sie war. Sie mochte verheiratet sein und sechs Kinder haben (na, das kaum in ihrem Alter), sie mochte eine schreckliche Person sein – was wußte er schon über die Frauen dieser Welt? Alles, was er über sie wußte, war . . .

Alles, was er über sie wußte, war, daß sie ihn aus irgendeinem Grund brauchte. Das, was er über sie wußte, war vollauf genug: Sie brauchte ihn. Sie hatte niemanden als ihn, und wenn sie sein Leben wollte, konnte sie es haben. Er würde sie aufspüren, würde sie von dem Ort wegholen, wo sie im Dunkeln gefangensaß, wo man ihr weh tat und ihr angst machte. Er würde sie befreien. (*Genau wie der Held*, spottete sein zynisches zweites Ich, *der für seine schöne Dame Drachen erschlägt.* Schnell erstickte er diese innere Stimme.) Und dann, wenn sie frei und glücklich war . . .

Diese Brücke wollen wir überqueren, wenn wir bei ihr angelangt sind, sagte er sich fest und rollte sich wieder zum Schlafen zusammen.

Der Sturm dauerte fünf Tage lang, wenn seine Schätzung stimmte. (Sein Chronometer war bei dem Absturz beschädigt worden und für immer stehengeblieben.) Am dritten oder vierten Tag erwachte er bei trübem Licht und sah die schattenhafte Gestalt des Mädchens dicht neben ihm schlafen. Schlagartig wurde er sich ihrer körperlichen Nähe bewußt. Da lag sie, weiblich, schön, in diesem dünnen, zerrissenen Hemd, das alles zu sein schien, was sie anhatte – er wollte sie in die Arme nehmen, und dann kehrte er in die enttäuschende Wirklichkeit zurück. Es war ja nichts da, was er berühren konnte. Die Intensität seiner Gedanken mußte sie erreicht haben, denn der Ausdruck ihres Gesichts zeigte, daß sie erwachte, und die großen grauen Augen öffneten sich. Erstaunt und ein wenig bestürzt sah sie ihn an.

»Es tut mir leid«, murmelte sie. »Du ... hast mich erschreckt.«

Carr schüttelte den Kopf und versuchte, sich zu orientieren. »Ich bin es, der sich zu entschuldigen hat. Ich muß wohl gedacht haben, daß ich träume und es keine Rolle spielt. Ich wollte dich nicht beleidigen.«

»Ich bin nicht beleidigt«, stellte sie einfach fest und sah ihm gerade in die Augen. »Wenn ich hier so neben dir läge, hättest du jedes Recht zu erwarten – ich meinte nur, es tut mir leid, daß ich unwissentlich ein Begehren erregt habe, das ich nicht befriedigen kann. Ich habe es nicht mit Absicht getan. Ich muß im Schlaf an dich gedacht haben, Fremder. Doch ich kann an dich nicht immer als *Fremder* denken.« Über Callistas Gesicht huschte leichte Belustigung.

»Mein Name ist Andrew Carr«, sagte er, und sie wiederholte den Namen leise.

»Andrew. Es tut mir leid, Andrew. Ich muß im Schlaf an dich gedacht haben und deshalb zu dir gekommen sein, ohne aufzuwachen.« Ohne Hast oder Verlegenheit zog sie das Gewand dichter um ihre bloßen Brüste und glättete die durchsichtigen Falten des Rockes um ihre runden Schenkel. Sie lächelte, und jetzt war fast so etwas wie Schelmerei in ihrem Gesicht zu lesen. »Ach, ist das traurig! Das erste Mal, das allererste Mal liege ich bei einem Mann, und ich bin nicht imstande, es zu genießen! Aber es ist gemein von mir, dich zu ärgern. Bitte, glaube nicht von mir, daß ich schlecht erzogen bin.«

Tief gerührt von ihrem tapferen Versuch zu scherzen, entgegnete Andrew sanft: »Ich könnte nie etwas anderes als Gutes von dir denken, Callista. Ich wünschte nur ...« – und zu seiner eigenen Überraschung brach ihm die Stimme –

»... ich wünschte, ich könnte dir irgendeinen echten Trost geben.«

Sie streckte die Hand aus – beinahe als habe auch sie, dachte Andrew verwundert, einen Augenblick lang vergessen, daß er für sie nicht körperlich anwesend war – und legte sie über sein Handgelenk. Er sah seinen Arm durch ihre zarten Finger, und doch war die Illusion irgendwie tröstlich. Sie sagte: »Es ist doch schon etwas, daß du mir Gesellschaft leistest und ...« – ihre Stimme schwankte; sie weinte – »... und mir, die ich allein im Dunkeln bin, das Gefühl einer menschlichen Präsenz gibst.«

Der Anblick ihrer Tränen zerriß ihm das Herz. Als sie sich ein bißchen beruhigt hatte, fragte er: »Wo bist du? Kann ich dir irgendwie helfen?«

Sie schüttelte den Kopf. »Sie halten mich im Dunkeln, denn wenn ich genau wüßte, wo ich bin, könnte ich anderswo sein. Da ich es aber nicht weiß, kann ich diesen Ort nur im Geist verlassen. Mein Körper muß bleiben, wo sie ihn eingekerkert haben, und das wissen sie. *Verflucht sollen sie sein!*«

»Wer sind *sie*, Callista?«

»Auch das weiß ich nicht genau«, antwortete sie, »aber ich vermute, daß sie keine Menschen sind, denn sie haben mir außer Schlägen und Fußtritten keinen körperlichen Schaden zugefügt. Das ist das einzige, wofür eine Frau der Domänen dankbar sein kann, wenn sie sich in den Händen des anderen Volkes befindet – da braucht sie wenigstens keine Vergewaltigung zu befürchten. Die ersten paar Tage war ich Tag und Nacht außer mir vor Angst. Als nichts geschah, wußte ich, daß ich nicht von Menschen gefangengehalten werde. Jeder Mann in diesen Bergen wüßte, wie er mich meiner Macht berauben könnte ..., wohingegen dem anderen Volk nichts übrigbleibt, als mir meine Juwelen wegzunehmen, für den Fall, daß ein Sternenstein dabei ist, und mich im Dunkeln zu halten, damit ich ihnen mit dem Licht der Sonne oder der Sterne nichts antun kann.«

Andrew begriff nichts davon. Nicht von Menschen gefangengehalten? Von wem dann? Er stellte eine weitere Frage.

»Wenn du im Dunkeln bist, wie kannst du mich dann sehen?«

»Ich sehe dich im Überlicht«, erklärte sie ruhig. Ihm sagte das gar nichts. »So, wie du mich siehst. Nicht im Licht dieser Welt. Du weißt doch sicher, daß die Dinge, die wir fest nennen, nur Erscheinungen sind, winzige Partikel, die wild herumwirbeln, und der leere Raum zwischen ihnen ist viel größer als die Masse.«

»Ja, das weiß ich.« Es war eine seltsame Art, molekulare und atomare Energie zu erklären, aber es war klar, was sie meinte.

»Gut. Diese Energienetze halten deinen festen Körper mit deinen anderen Körpern zusammen, die du, wenn du darin unterwiesen worden bist, in der Welt jener Ebene benutzen kannst. Wie soll ich es dir erklären? Du befindest dich auf der Ebene der Stofflichkeit. Dein fester Körper geht auf dieser Welt, diesem festen Planeten unter deinen festen Füßen, und du brauchst das Licht unserer festen Sonne. Dein Körper wird durch deinen Geist mit Energie versorgt. Dein Geist bewegt dein festes Gehirn, und das feste Gehirn schickt Botschaften, die deine Arme und Beine bewegen und so weiter. Ebenso versorgt dein Geist deine leichteren Körper mit Energie, jeden einzelnen mit seinem eigenen elektrischen Nervennetz. In der Welt des Überlichts, wo wir jetzt sind, gibt es so etwas wie Dunkelheit nicht, weil das Licht nicht von einer festen Sonne kommt. Es kommt von dem Energienetz-Körper der Sonne, der – wie soll ich es beschreiben? – durch den Energienetz-Körper des Planeten scheinen kann. Der feste Körper des Planeten kann das Licht der festen Sonne ausschließen, aber nicht das Energienetz-Licht. Ist das klar?«

»Ich glaube schon.« Er versuchte, ihr zu folgen. Es klang wie die alte Geschichte von den Astral-Duplikaten des Körpers und den Astralebenen, umgesetzt in ihre Sprache, die ihr

Geist, wie er vermutete, direkt in seinen Geist sandte. »Wichtig ist, daß du hierherkommen kannst. Es hat Zeiten gegeben, wo ich mir gewünscht habe, aus meinem Körper hinauszugelangen und ihn hinter mir zurückzulassen.«

»Oh, das tust du ja auch«, meinte sie. »Jeder tut es im Schlaf, wenn die Energienetze auseinanderfallen. Du bist nur nicht darin ausgebildet, es willentlich zu tun. Vielleicht kann ich dich eines Tages lehren, wie man es macht.« Sie lachte ein bißchen kläglich. »Falls wir beide am Leben bleiben, heißt das.«

4

Außerhalb der dicken Mauern des großen Hauses von Armida tobte der weiße Blizzard, heulte und winselte um die Höhen, als belebe ihn Wut auf die starken Steinwände, die ihn in Schach hielten. Drinnen, in der großen Halle, sah man vor den Fenstern nichts als Gräue und hörte den Wind als dumpfes Tosen. Unruhig und nervös schritt Ellemir in der Halle hin und her. Mit einem Blick auf den Sturm draußen sagte sie: »Wir können bei diesem Wetter nicht einmal nach ihr suchen. Und mit jeder Stunde, die verrinnt, kann sie sich weiter und weiter von uns entfernen.« Sie fuhr Damon an: »Wie kannst du da so ruhig sitzen und deine Zehen rösten, wenn Callista irgendwo in diesen Sturm ist?«

Damon hob den Kopf und sagte ruhig: »Komm und setz dich, Ellemir. Wir können so gut wie sicher sein, daß Callista, wo sie auch sein mag, nicht draußen im Schneesturm ist. Wer sich so viel Mühe gemacht hat, sie von hier zu rauben, hat es nicht getan, um sie in der Kälte sterben zu lassen. Und was die Suche nach ihr angeht, könnten wir auch bei gutem Wetter die Kilghardberge nicht zu Pferde durchstreifen und in den Wäldern ihren Namen rufen.« Er hatte mit trockenem Humor gesprochen, aber Ellemir griff ihn zornig an.

»Willst du sagen, daß wir nichts tun können, daß wir hilflos sind, daß wir sie ihrem Geschick überlassen müssen?«

»Ich sage nichts dergleichen«, versicherte Damon ihr. »Du hast gehört, was ich gesagt habe. Wir könnten in diesen Bergen nicht auf gut Glück nach ihr suchen, selbst wenn das Wetter es erlaubte. Wäre sie in einem gewöhnlichen Versteck, könntest du ihren Geist berühren. Laß uns diese Tage des Sturms dazu verwenden, die Suche auf vernünftige Weise zu beginnen, und der beste Weg ist, sich hinzusetzen und nachzudenken. Nun komm schon und setz dich nieder, Ellemir«, bat er. »Wenn du herumläufst und deine Nerven zerfetzt, hilfst du Callista nicht. Das nimmt dir nur die Kraft, ihr zu helfen, wenn die Zeit kommt. Du hast nichts gegessen; du siehst aus, als habest du nicht geschlafen. Komm, Verwandte. Setz dich hier ans Feuer. Ich will dir etwas Wein geben.« Er stand auf und führte das Mädchen zu einem Sitz. Sie blickte mit zitternden Lippen auf und sagte: »Sei nicht freundlich zu mir, Damon, denn dann breche ich zusammen und schmelze.«

»Vielleicht würde es dir guttun, wenn du es könntest.« Er goß ihr ein Glas Wein ein. Sie trank ihn langsam, und er stand am Kamin und sah auf sie nieder. »Ich habe nachgedacht«, sagte er. »Du erzähltest mir, Callista habe über böse Träume geklagt – verdorrende Gärten, Katzenhexen?«

»So war es.«

Damon nickte. »Ich bin von Serrais mit einer Gruppe Gardisten gekommen, und Reidel – ein Mann aus meiner Kompanie – sprach von dem Unglück, das einen Verwandten von ihm befallen hat. Er soll – hör gut zu! – von dem verdunkelten Land phantasiert haben, von großen Feuern und Winden, die Tod bringen, von Mädchen, die wie Katzenhexen an seiner Seele zerrten. Bei vielen Männern hätte ich das als bloßes Geschwätz, als Einbildung abgetan. Aber Reidel habe ich mein ganzes Leben lang gekannt. Er schwatzt nicht, und soviel ich feststellen konnte, hat er nicht mehr Phantasie als eine seiner Satteltaschen. *Hatte*, sollte ich sagen; der arme Kerl ist tot. Er sprach davon, was er gesehen und gehört hatte, und ich halte es für mehr als ein zufälliges Zusammentreffen. Und ich habe dir von dem Überfall unsichtbarer Angreifer mit unsichtbaren Waffen berichtet. Das allein beweist schon, es geht etwas sehr Merkwürdiges auf den Höhen vor, die man beginnt, das verdunkelte Land zu nennen. Es ist sehr unwahrscheinlich, daß sich zwei verschiedene Sorten bizarrer Ereignisse in ein und demselben Teil des Landes abspielen. Deshalb dürfen wir annehmen, das, was meinem Gardisten geschehen ist, steht irgendwie in Zusammenhang mit der Entführung Callistas.«

»So wird es sein«, meinte Ellemir und nickte. »Es erklärt auch etwas anderes. Der alten Bethiah wurden die Augen nicht von einem menschlichen Wesen ausgekratzt, als sie ihre Pflegetochter verteidigte.« Sie erschauerte und schlang die Arme um die Schultern, als sei ihr eisig kalt. »Damon! Ist es möglich, daß Callista sich in den Händen der Katzenwesen befindet?«

»Unmöglich ist es nicht«, mußte Damon zugeben.

»Aber was könnten sie mit ihr tun wollen? Was werden sie mit ihr tun? Was . . . was . . .«

»Wie soll ich das wissen, Ellemir? Ich könnte nur raten. Ich weiß so wenig von diesen Wesen, auch wenn ich gegen sie gekämpft habe. Gesehen habe ich nie eins, außer als Leiche auf dem Schlachtfeld. Manche Leute vertreten die Ansicht, sie seien ebenso intelligent wie Menschen, und manche behaupten, sie ständen nur wenig über Tieren. Ich glaube nicht, daß irgendwer seit den Tagen Varzils des Guten wirklich genaue Kenntnisse über sie gehabt hat.«

»Eins wissen wir sicher«, fiel Ellemir grimmig ein. »Sie kämpfen wie Menschen, manchmal sogar entschlossener.«

»Das stimmt.« Damon verstummte. Er dachte an seine Garde, die jetzt tot auf dem Hang unterhalb von Armida lag. Diese Männer waren gestorben, damit er hier mit Ellemir am Feuer sitzen konnte. Er wußte, es war ihm unmöglich gewesen, sie zu retten, und niemandem hätte es etwas genützt, wenn er ihren Tod geteilt hätte. Trotzdem quälte ihn ein Schuldgefühl und ließ sich nicht unterdrücken. »Sobald der Sturm nachläßt, muß ich es irgendwie fertigbringen, an den Ort zurückzukehren und sie zu begraben.« Nach einer Weile setzte er hinzu: »Falls von ihnen genug zum Begraben übriggeblieben ist.«

Ellemir zitierte ein bekanntes Sprichwort aus den Bergen: »Der Tote im Himmel ist zu glücklich, um sich über die Schändung seines Leichnams zu grämen, und der Tote in der Hölle hat zuviel anderes, über das er sich grämt.«

Damon ließ sich nicht irremachen. »Ihrer Verwandten wegen möchte ich trotzdem tun, was ich kann.«

»Mir geht es jetzt um Callista!« rief Ellemir. »Damon! War das wirklich dein Ernst? Glaubst du, Callista befinde sich in der Gewalt von Nichtmenschen? Abgesehen von allen anderen Befürchtungen, was mögen sie nur von ihr *wollen*?«

»Da weiß ich nicht mehr als du, Kind«, antwortete Damon. »Sie mögen Callista aus Gründen geraubt haben, die nur Nichtmenschen verständlich sind und die wir als Menschen niemals begreifen werden.«

»Das hilft uns überhaupt nicht weiter!« Ellemir wurde zornig. »Es klingt nach den Gruselgeschichten, die ich in der Kinderstube gehört habe! Soundso wurde von Ungeheuern geraubt, und wenn ich fragte, warum die Ungeheuer sie geraubt hätten, antwortete mir die Kinderfrau, weil sie eben Ungeheuer seien, und Ungeheuer seien böse . . .« Sie brach ab und fuhr mit beherrschter Stimme fort: »Es ist wirklich geschehen, Damon! Sie ist meine Schwester! Erzähl mir keine Märchen!«

Damon wandte ihr seinen ruhigen Blick zu. »Nichts liegt mir ferner. Ich habe dir doch gesagt, niemand weiß Genaues über das Katzenvolk.«

»Außer, daß es böse ist.«

»Was heißt böse?« fragte Damon müde. »Sag, daß sie unsern Leuten Böses antun, und ich will dir von Herzen zustimmen.

Aber wenn du sagst, sie seien böse an sich, aus gar keinem Grund und nur des Vergnügens wegen, Böses zu tun, dann machst du aus ihnen diese Ungeheuer der Märchen, von denen du sprachst. Ich habe nur gemeint, da wir Menschen und sie Katzenwesen sind, müssen wir uns damit abfinden, daß wir ihre Gründe für die Entführung Callistas vielleicht niemals begreifen werden. Aber das ist nur etwas, das wir im Gedächtnis behalten sollten – daß jeder Grund, den wir uns zurechtlegen, lediglich eine menschliche Annäherung an *ihre* Gründe sein mag und nicht die ganze Wahrheit. Abgesehen davon, warum stehlen irgendwelche Leute Frauen, und warum Callista im besonderen? Oder warum rauben Tiere menschliche Frauen? Ich habe nie gehört, daß sie kannibalische Fleischfresser sind, und die Wälder sind zu dieser Jahreszeit voll von Wild, so daß wir davon ausgehen können, dieser Grund war es nicht.«

»Willst du mich mit Greuelgeschichten wahnsinnig machen?« Ellemirs Stimme klang immer noch zornig.

»Ganz im Gegenteil. Ich versuche, Schluß mit den Greuelgeschichten zu machen«, antwortete Damon. »Solltest du daran gedacht haben, Callista könne umgebracht und gefressen worden sein, vergiß es. Da sie ihre Leibwache getötet und ihre Pflegemutter verstümmelt haben, wollten sie nicht *irgendeinen* Menschen und auch nicht *irgendeine* Frau. Sie haben Callista geraubt, nicht weil sie menschlich ist, nicht weil sie eine Frau ist, sondern weil sie eine ganz bestimmte menschliche Frau, weil sie Callista ist.«

Ellemir sagte leise: »Räuberbanden entführen manchmal junge Frauen, um sie zu Sklavinnen oder Konkubinen zu machen oder sie in den Trockenstädten zu verkaufen . . .«

»Ich glaube, auch das können wir vergessen«, erklärte Damon fest. »Sie haben alle eure Dienerinnen zurückgelassen, und was sollen Katzenmänner auch mit einer Menschenfrau anfangen? Es wird erzählt, daß es in alten Zeiten Kreuzungen zwischen Menschen und *Chieri* gegeben hat, aber auch da handelt es sich zumeist um Sagen, und heute weiß niemand mehr, ob sie auf Tatsachen beruhen. Dem Katzenvolk bedeuten unsere Frauen nicht mehr, als ihre uns bedeuten. Natürlich kann es sein, daß sie einen menschlichen Gefangenen besitzen, der eine Frau haben will, aber selbst wenn sie so mitfühlend und freundlich sein sollten, ihm eine zu verschaffen, was ich kaum glaube, gab es in den Außengebäuden ein Dutzend Dienerinnen, ebenso jung, ebenso schön wie Callista, und ihre Entführung hätte viel weniger Mühe gemacht. Hätten sie einfach menschliche Frauen als Geiseln oder zum Verkauf als Sklavinnen gewollt, dann hätten sie die Dienerinnen auch mitgenommen. Oder sie mitgenommen und Callista zurückgelassen.«

»Oder mich. Warum haben sie Callista aus ihrem Bett geholt und mich unbeschadet weiterschlafen lassen?«

»Das kommt auch noch dazu. Du und Callista, ihr seid Zwillinge. *Ich* kann euch voneinander unterscheiden, aber ich kenne euch auch schon seit der Zeit, als euer Haar noch zu kurz war, um eingeflochten zu werden. Einem zufällig des Weges kommenden Fremden gelingt es nicht, euch auseinanderzuhalten. Nun ist es aber kaum möglich, daß sie eine Geisel nehmen wollten oder auf Lösegeld aus waren und einfach die packten, die ihnen als erste in die Hände kam.«

»Nein«, pflichtete Ellemir bei, »mein Bett ist der Tür am nächsten, und sie sind sehr leise und vorsichtig um mich herum zu Callista gegangen.«

»Dann läuft es auf den einzigen Unterschied zwischen euch hinaus«, versicherte Damon ihr. »Callista ist Telepathin und Bewahrerin. Du bist es nicht. Wir können nur vermuten, daß sie auf irgendeine Weise festgestellt haben, welche von euch beiden die Telepathin war, und daß sie aus irgendeinem Grund gerade die eine Frau hier haben wollten, die der Beschreibung entsprach. Warum? Ich weiß nicht mehr als du, doch ich bin sicher, daß das dahintersteckt.«

»Und all das bringt uns einer Lösung nicht näher«, stellte Ellemir aufgeregt fest. »Tatsache ist, Callista ist verschwunden, und wir wissen nicht, wo sie ist! Deshalb nützt uns dein ganzes Gerede überhaupt nichts!«

»So? Denk ein bißchen nach«, sagte Damon. »Wir wissen, daß sie wahrscheinlich nicht getötet worden ist, es sei denn durch einen Unfall; wenn sie sich so große Mühe gemacht haben, sie zu rauben, werden sie sie mit großer Rücksichtnahme behandeln, ihr gut zu essen geben, sie warm halten, in ihr eine wertvolle Beute sehen. Sie mag verängstigt und allein sein, aber sie wird weder frieren noch hungern oder Schmerzen leiden, und es ist so gut wie ausgeschlossen, daß man sie vergewaltigt oder belästigt hat. Zumindest dieser Gedanke sollte dir Trost geben.«

Ellemir griff nach dem vergessenen Weinglas und nahm einen Schluck. »Aber er hilft uns nicht, sie zurückzuholen oder auch nur einen Anhaltspunkt zu gewinnen, wo wir suchen sollen.« Dessenungeachtet klang ihre Stimme ruhiger. Damon war froh darüber.

Er fuhr fort: »Eins nach dem anderen, Mädchen. Vielleicht können wir nach dem Sturm . . .«

»Nach dem Sturm wird alles ausgelöscht sein, was sie an Spuren und Hinweisen hinterlassen haben«, unterbrach Ellemir ihn.

»Soviel ich gehört habe, hinterlassen die Katzenwesen keine Spuren, die ein Mensch entdecken könnte, kaum genug für eine andere Katze. Und ein Fährtenleser bin ich sowieso nicht. Wenn ich dir überhaupt zu helfen vermag, dann wäre das nicht der richtige Weg.«

Ihre Augen wurden groß. Plötzlich umklammerte sie seinen Arm.

»Damon! Du bist auch Telepath, da hast etwas Ausbildung gehabt – kannst du Callista mit Telepathie finden?«

Sie sah so aufgeregt, so glücklich und lebendig bei dieser Vorstellung aus, daß es Damon weh tat, diese Hoffnung vernichten zu müssen, doch es ging nicht anders. »So leicht ist das nicht, Ellemir. Wenn du, ihre Zwillingsschwester, ihren Geist nicht erreichst, muß es dafür einen Grund geben.«

»Aber ich habe kein Training, ich weiß so wenig«, meinte Ellemir hoffnungsvoll, »und du bist in einem Turm ausgebildet worden . . .«

Der Mann seufzte. »Das ist richtig. Und ich will es versuchen. Das wollte ich von Anfang an. Aber erhoffe dir nicht zuviel, *Breda.*«

»Wirst du es *gleich* versuchen?« flehte sie.

»Ich werde tun, was ich kann. Bring mir zuerst etwas, das Callista gehört – einen Schmuck, ein Kleidungsstück, das sie häufig trägt, etwas in der Art.«

Während Ellemir es holen ging, zog Damon seinen Sternenstein aus der schützenden Seidenumhüllung und betrachtete ihn grübelnd. Ja, er war Telepath und im Turm in den alten Wissenschaften Darkovers ausgebildet worden – für kurze Zeit. Und die ererbte Gabe, das *Laran* der Ridenow-Familie, war das psychische Wahrnehmen außermenschlicher Kräfte, in das genetische Material der Ridenow-Domäne vor Jahrhunderten für genau solche Aufgaben hineingezüchtet. Aber in dieser späten Zeit wurden die darkovanischen nichtkausalen Wissenschaften wenig benutzt; durch Heiraten zwischen den Familien, durch Inzucht vererbten sich die alten *Laran*-Gaben selten rein.

Damon besaß das familienspezifische Talent in vollem Ausmaß, doch sein ganzes Leben lang hatte er es als einen Fluch betrachtet, nicht als einen Segen, und er scheute davor zurück, es einzusetzen.

Ebenso wie er davor zurückgescheut war – er sah der Tatsache und seiner Schuld jetzt ins Gesicht –, es zur Rettung seiner Männer einzusetzen. Der Ritt, der nach einem friedlichen Ausflug in einer Familienangelegenheit ausgesehen hatte, war zu einem Alptraum geworden, und er hatte die Gefahr geradezu riechen können. Doch er hatte nicht den Mut aufgebracht, seinen Sternenstein zu benutzen, die Matrix, die er im Turm erhalten und so genau auf das telepathische Muster seines Gehirns abgestimmt hatte, daß sie von niemand anderem gebraucht oder auch nur angefaßt werden durfte.

Weil er sie fürchtete ... er hatte sie immer gefürchtet.

Die Zeit kehrte sich um, löschte fünfzehn dazwischenliegende Jahre aus, und ein jüngerer Damon stand mit gesenktem Kopf vor der Bewahrerin Leonie, derselben jetzt alternden Leonie, deren Platz Callista hatte einnehmen sollen. Leonie war auch damals keine junge Frau mehr und alles andere als schön gewesen. Ihr feuerfarbenes Haar ergraute bereits, ihr Körper war flach und dürftig, aber ihre grauen Augen blickten sanft und mitleidig.

»Nein, Damon. Du hast nicht versagt, du hast nicht mein Mißfallen erregt. Und wir alle – auch ich – lieben und schätzen dich. Du bist nur zu sensibel, du kannst dich nicht abschirmen. Wärst du als Mädchen geboren, in einem weiblichen Körper, hätte aus dir eine Bewahrerin werden können, vielleicht eine der größten. Als Mann jedoch –« sie zuckte leicht die Schultern – »würdest du dich selbst zerstören, dich in Stücke reißen. Frei von dem Turm mag es dir gelingen, dich mit anderen Dingen zu umgeben, weniger sensibel, weniger ...« – sie suchte nach dem genau passenden Wort – »... weniger verwundbar zu werden. Ich schicke dich zu deinem eigenen Besten fort, Damon; deiner Gesundheit, deines Glücks, möglicherweise sogar deiner geistigen Gesundheit wegen.« Leicht wie ein Hauch berührten ihre Lippen seine Stirn. »Du weißt, ich liebe dich, und aus diesem Grund möchte ich dich nicht zugrunderichten. Geh, Damon.«

Das machte jede Bitte sinnlos. Damon war gegangen und hatte die Verwundbarkeit, die Gabe, die er wie einen Fluch mit sich schleppte, verwünscht.

Er hatte sich eine neue Karriere im Comyn-Rat aufgebaut, und obwohl er kein Soldat und kein Schwertkämpfer war, hatte er, als die Reihe an ihn kam, die Garde befehligt: ständig von dem Wunsch getrieben, sich zu bewähren. Nicht einmal sich selbst gegenüber gestand er jemals ein, wie tief diese Stunde mit Leonie ihn in seiner Männlichkeit getroffen hatte. Vor jeder Arbeit mit dem Sternenstein war er in Entsetzen und Panik zurückgewichen. Doch er trug ihn immer noch, denn er war zu einem Teil von ihm geworden.

Und jetzt mußte er mit ihm arbeiten, obwohl sein Gehirn, seine Nerven, alle seine Sinne schreiend revoltierten . . .

Ellemirs Frage: »Damon, bist du eingeschlafen?« riß ihn in die Gegenwart zurück.

Er schüttelte den Kopf, um die Phantome des Versagens und der Furcht zu vertreiben. »Nein, nein. Ich bereite mich vor. Was bringst du mir aus Callistas Besitz?«

Ellemir öffnete die Hand. Darin lag ein Schmetterling aus Silberfiligran, zierlich besetzt mit vielfarbenen Edelsteinen. »Das hat Callista immer im Haar getragen«, sagte Ellemir, und tatsächlich hatten sich ein oder zwei lange, seidige Haare in der Spange verfangen.

»Bist du sicher, daß das ihr gehört? Vermutlich habt ihr wie alle Schwestern eure Schmucksachen geteilt – meine Schwestern beschwerten sich ständig darüber.«

Ellemir drehte sich um und zeigte ihm die schmetterlingsförmige Spange an ihrem eigenen Nacken. »Vater ließ Callistas Schmucksachen immer in Silber und meine in Gold anfertigen, damit wir sie auseinanderhalten konnten. Diese Spangen kaufte er vor Jahren in Carthon für uns, und Callista hat ihre seitdem täglich im Haar gehabt. Sie macht sich nicht viel aus Schmuck, deshalb schenkte sie mir das dazu passende Armband, aber die Spange trug sie Tag für Tag.«

Das war überzeugend. Damon nahm die silberne Spange zwischen die Finger, schloß die Augen und versuchte, etwas wahrzunehmen. »Ja, sie gehört Callista«, stellte er kurz darauf fest, und Ellemir fragte: »Kannst du das wirklich spüren?«

Damon zuckte die Schultern, »Gib mir einmal deine.« Ellemir zog das Gegenstück zu Callistas Spange aus ihrem

Haar, wobei sie sich keusch abwandte, so daß Damon nur einen ganz flüchtigen Blick auf ihren bloßen Nacken erhaschte. Er war in diesem Augenblick so auf sie eingestimmt, daß dies allein eine sexuelle Reaktion bei ihm hervorrief. Entschlossen drückte er sie auf eine tiefere Bewußtseinsebene hinunter. Dafür war jetzt keine Zeit. Ellemir legte ihm das vergoldete Schmuckstück in die Hand. Es war so aufgeladen mit ihrer Persönlichkeit, daß es prickelte. Damon holte tief Atem und verdrängte das Gefühl ein zweites Mal. Er sagte: »Schließe die Augen.«

Wie ein Kind kniff sie sie zusammen.

»Streck deine Hände aus . . .« Damon legte in jede rosa Handfläche eine Spange. »Wenn du mir nicht sagen kannst, welche dir gehört, bist du kein Kind der Alton-Domäne.«

»Ich bin als Kind auf *Laran* getestet worden«, protestierte Ellemir, »und man sagte mir, ich hätte keins, verglichen mit Callista . . .«

»Vergleiche dich niemals mit jemand anders!« befahl Damon. »Konzentriere dich, Ellemir.«

In ihrer Stimme schwang ein merkwürdiger Ton der Überraschung mit. »Das da ist meine – ich bin sicher.«

»Sieh nach.«

Sie öffnete die Augen und betrachtete staunend die vergoldete Schmetterlingsspange in ihrer Hand. »Tatsächlich! Die andere fühlte sich fremd an, die hier . . . Wie habe ich das gemacht?«

»Deine Spange ist geprägt von deiner Persönlichkeit, deinen Schwingungen«, erläuterte Damon. »Noch einfacher wäre es gewesen, wenn du und Callista keine Zwillinge wäret, denn Zwillinge haben manches an Schwingungen gemeinsam. Deshalb wollte ich ganz, ganz sicher sein, daß du Callistas Spange niemals getragen hast, denn es ist so schon schwierig genug, den einen Zwilling von dem anderen allein durch sein telepathisches Prägemuster zu unterscheiden. Natürlich ist Callistas Muster deutlicher, da sie Bewahrerin ist.«

Er brach ab. Zorn wallte in ihm auf. Ellemir hatte immer im Schatten ihrer Zwillingsschwester gelebt. Und sie war zu gut, zu edel und zu gut, um deswegen zu grollen. War sie nicht zu bescheiden?

Gewaltsam bezwang er die irrationale Anwandlung und sagte ruhig: »Ich glaube, daß du mehr *Laran* hast, als dir bewußt ist, obwohl die Erfahrung lehrt, daß bei Zwillingsschwestern eine immer mehr als ihren gerechten Anteil von der Gabe erhält und die andere weniger. Deshalb sind die besten Bewahrerinnen oft die eine Hälfte eines Zwillingspaares, die zu ihrem eigenen Psi-Potential noch etwas von ihrer Schwester dazubekommen haben.«

Er legte den Sternenstein auf seine Handflächen. Er blinzelte ihm zu, blau und geheimnisvoll. In seinen Tiefen wanden sich kleine Feuerbänder. *Feuer, die seine Seele zu Asche brennen konnten* . . . Die Angst erfüllte Damon mit kalter Übelkeit. Er biß die Zähne zusammen. »Du mußt mir helfen«, sagte er rauh.

»Aber wie? Ich verstehe nichts davon.«

»Hast du nie für Callista Wache gehalten, wenn sie *hinaus*gegangen ist?«

Ellemir schüttelte den Kopf. »Sie hat mit mir nie über ihre Ausbildung und ihre Arbeit gesprochen. Sie sagte, das sei sehr schwer, und solange sie hier sei, möchte sie es lieber vergessen.«

»Zu schade.« Damon setzte sich in seinem Sessel bequem zurecht. »Nun gut, dann muß ich es dir beibringen. Es wäre leichter, wenn du Erfahrung hättest, aber du wirst tun können, was du mußt. Es ist einfach. Hier. Lege deine Hände um meine Handgelenke, so daß ich den Sternenstein noch sehe – ja, da, am Puls. Nun . . .« Vorsichtig versuchte er, einen telepathischen Kontakt herzustellen. Ellemir zuckte körperlich zurück, und er lächelte. »Ja, das ist gut, du nimmst den Kontakt wahr. Deine ganze Aufgabe ist es, über meinen Körper zu wachen, solange ich ihn auf der Suche nach Callista verlassen habe. Wenn ich *hinaus*gehe, werde ich mich unter deinen Händen kalt anfühlen, mein Herz und mein Puls werden sich etwas verlangsamen. Das ist normal; hab keine Angst. Aber wenn wir unterbrochen werden, laß nicht zu, daß mich irgendwer berührt. Vor allem verhindere, daß mich irgendwer bewegt. Wenn mein Puls anfängt, sich zu beschleunigen und zu rasen oder wenn die Adern an meinen Schläfen anschwellen oder mein Körper entweder eiskalt oder sehr warm wird, mußt du mich aufwecken.«

»Wie soll ich das machen?«

»Ruf meinen Namen und lege deine ganze Kraft hinein«, wies Damon sie an. »Du brauchst nicht laut zu sprechen, sende mir nur deine Gedanken zu, indem du meinen Namen rufst. Gelingt es dir nicht, mich zu erreichen, und wird es schlimmer – zum Beispiel, wenn sich Schwierigkeiten in der Atmung zeigen –, weckst du mich *sofort*; zögere es nicht länger hinaus. Als letzte Möglichkeit berührst du den Stein. Das darfst du aber nur tun, wenn alle anderen Mittel versagt haben.« Er wand sich innerlich dabei. »Das ist der letzte verzweifelte Ausweg; er ist schmerzhaft und kann einen Schock bei mir erzeugen.« Ihre Hände auf seinen Handgelenken zitterten, und er spürte ihre Angst und ihr Zögern wie einen leichten Nebel, der die Klarheit seiner eigenen Gedanken verschleierte.

Armes Kind. Wenn ich ihr das nur nicht antun müßte! Verdammtes Pech. Mußte Callista sich unbedingt in diese Patsche ... Er zwang sich, gerecht zu sein, und versuchte, sein hämmerndes Herz zu beruhigen. Callistas Schuld war es auch nicht. Er sollte sich seine Flüche für die Entführer sparen.

Ellemir sagte schüchtern: »Sei nicht böse, Damon«, und er dachte: *Sie spürt, daß ich böse bin; das ist ein gutes Zeichen.* Laut sagte er: »Ich bin nicht böse auf dich, *Breda*.« Er benutzte das intime Wort, das einfach *Verwandte*, aber auch *Liebling* bedeuten konnte. Noch einmal rückte er sich zurecht, konzentrierte sich auf das Gefühl, das ihm Callistas Haarspange zwischen seinen Händen vermittelte, und den Sternenstein darüber, der sanft im gleichen Rhythmus wie seine Nervenströme pulsierte. Alles andere schloß er aus, Ellemirs kalte Hände an seinen Handgelenken und ihren warmen Atem an seiner Kehle, den zarten Duft ihrer ihm so nahen Weiblichkeit. Er löschte das Flackern des Feuers und der Kerze neben ihnen aus, sänftigte die Schatten im Raum, ließ sich in das Pulsieren des Sternensteins einsinken. Sein Geist nahm wahr, wie sich seine Muskeln lockerten, als sein Körper gefühllos wurde. Einen Augenblick existierte nichts außer dem blauen Stein, der den Schlag seines Herzens wiedergab. Dann blieb sein Herz stehen, oder zumindest war er sich seines Herzens nicht mehr bewußt, nur noch der sich ausdehnenden Bläue: ein Gleißen, eine blaue Flamme, ein heranbrausendes Meer, das ihn ertränken wollte ...

Ein kurzer Schock, und er hatte seinen Körper verlassen. Er stand über ihm, blickte von oben mit einer gewissen ironischen Losgelöstheit auf den dünnen, im Sessel zusammengesunkenen Mann hinunter, auf das zarte, ängstlich wirkende Mädchen, das neben ihm kniete und seine Handgelenke umfaßte. Das sah er nicht wirklich, sondern er nahm es auf eine merkwürdige, dunkle Weise durch geschlossene Augenlider wahr.

In dem Überlicht, das sich um ihn bildete, blickte er schnell an sich herab. Wie immer, wenn er *hinaus*ging, fühlte er sich größer, stärker, muskulöser, und er bewegte sich mühelos. Die Wände der Halle lösten sich auf und verschwanden. Der Mann im Sessel hatte eine schäbige Weste und lederne Reithosen getragen. Dieser Körper, wenn es ein Körper genannt werden durfte, war in eine schimmernde Tunika aus Gold und Grün gekleidet, die in einem schwachen feurigen Glühen flackerte. Leonie hatte ihm einmal gesagt: »So sieht dein Geist sich selbst.« Seine Arme und Füße waren bloß, und das belustigte ihn. *So will ich in den Blizzard* *hinausgehen?* Aber natürlich war der Blizzard nicht *hier*, obwohl er, wenn er lauschte, das schwache Heulen des Windes hörte. Wie heftig mußte der Sturm toben, daß sein Echo bis in die Überwelt eindrang! Während er diesen Gedanken formulierte, erschauderte er, und schnell verbannte er jeden Gedanken an den Blizzard. Denn wenn er daran dachte, war es möglich, daß er ihn auf diese Ebene holte.

Damon bewegte sich nicht Schritt für Schritt, er glitt dahin. Callistas Schmetterlingsspange flatterte zwischen seinen Händen wie ein lebendes Wesen, pulsierte im Widerhall ihrer mentalen »Stimme«. Oder vielmehr, da sich das Schmuckstück selbst in den Händen seines Körpers »da unten« befand, war es das mentale Gegenstück, das er »hier« bei sich trug. Er stimmte sich auf die speziellen Schwingungen dieser »Stimme« ein und legte solchen Nachdruck in seinen Ruf, daß er ihn wie ein befehlendes Brüllen empfand.

»Callista!«

Es kam keine Antwort. Er hatte eigentlich auch nicht damit gerechnet; wenn es so einfach wäre, hätte Ellemir den Kontakt mit ihrer Zwillingsschwester bereits hergestellt. In der Überwelt war es totenstill. Damon blickte ringsum und war sich die ganze Zeit bewußt, daß die Welt und er selbst nur Visualisierungen für eine nicht zu begreifende Ebene der Realität waren . . . Er sah seine Umgebung als »Welt«, weil es bequemer war, sie auf diese Weise zu sehen und zu fühlen, statt als ein nicht faßbares mentales Reich. Er sah sich selbst als einen Körper, der über eine große, leere Ebene dahinschritt, weil es leichter und weniger beunruhigend war als die Vorstellung von einem körperlosen Gedankenpunkt, der in anderen Gedanken dahintrieb. Im Augenblick sah er eine gewaltige Fläche, die sich trüb und kahl und still in endlose Räume und Himmel erstreckte. Weit weg schwebten Schatten, und das weckte seine Neugier. Rasch trieb er in ihre Richtung.

Als er sich ihnen näherte, wurden sie deutlicher, menschliche Gestalten, die seltsam grau und unscharf wirkten. Er wußte, sobald er sie ansprach, würden sie deutliche Konturen annehmen, wenn sie mit ihm und seiner Suche etwas zu schaffen hatten, wenn nicht, verschwinden. Die Überwelt war niemals leer: Immer wanderten irgendwelche Seelen aus dem einen oder anderen Grund auf der Astralebene umher, auch wenn es nur Schläfer waren, die ihren Körper verlassen hatten und in dies formlose Reich der Gedanken übergewechselt waren. Er sah Gesichter, verwischt wie Spiegelungen in Wasser, von ein paar Leuten, die er zu kennen glaubte. Das mußten Verwandte und Bekannte sein, die schliefen oder tief in Meditation versunken waren, und irgendwie war er in ihre Gedanken geraten. Der eine oder andere von ihnen würde mit der Erinnerung aufwachen, ihn im Traum gesehen zu haben. Damon ging stumm an ihnen vorbei. Von keinem konnte er sich eine Auskunft erhoffen.

Dann sah er ein großes glänzendes Gebäude, das er aus früheren Besuchen in dieser Welt als den Turm erkannte, in dem er vor Jahren ausgebildet worden war. Für gewöhnlich hütete er sich bei solchen Reisen, ihm nahe zu kommen. Jetzt spürte er, wie er näher und näher an ihn herantrieb, und währenddessen gewann der Turm Form und Festigkeit. Generationen von Telepathen hatter hier gearbeitet und die Überwelt von dieser Basis aus erkundet. Kein Wunder, daß der Turm so fest wie eine Landmarke auf der grauen Ebene stand. War Callista hier draußen und frei, dachte Damon, hätte sie ihn bestimmt aufgesucht.

Jetzt stand er vor dem hochaufragenden Gebilde. Gras, Bäume und Blumen hatten begonnen, sich um ihn zu bilden, seine eigene Erinnerung und die vereinigten Visualisierungen aller, die vom Turm in die Überwelt kamen, hielten sie hier verhältnismäßig beständig. Damon ging zwischen den vertrauten Bäumen und den duftenden Blumen mit einem schmerzlichen Gefühl des Verlustes, der Sehnsucht, fast des Heimwehs einher. Er passierte das mattleuchtende Tor und blieb kurz auf den erinnerten Steinen stehen. Plötzlich erschien vor ihm eine Frau. Sie war verschleiert, und doch erkannte er sie: Das war Leonie, die Zauberin-Bewahrerin des Turms in der Zeit seiner Anwesenheit dort. Ihr Gesicht war ein bißchen undeutlich, und Damon wußte: Teils waren es die Züge, die er im Gedächtnis hatte, teils Leonies heutiges Gesicht.

»Leonie«, sagte er, und die schattenhafte Gestalt verfestigte sich. Einzelheiten wurden erkennbar bis auf die kupfernen Zwillingsarmreifen, wie Schlangen geformt, die sie immer trug. »Damon«, fragte sie mit leisem Vorwurf, »was tust du heute nacht hier draußen auf dieser Ebene?«

Er hielt ihr die silberne Schmetterlingsspange hin, die sich kalt und fest zwischen seinen Fingern anfühlte. Seine Stimme klang in seinen eigenen Ohren merkwürdig dünn. »Ich suche nach Callista. Sie ist verschwunden, und ihre Zwillingsschwester kann sie nirgendwo finden. Hast du sie hier gesehen?«

Leonie blickte beunruhigt drein. »Nein, mein Lieber. Auch wir haben gesucht, und sie ist auf keiner Ebene, die wir erreichen können. Von Zeit zu Zeit spüre ich sie irgendwo, ihre lebende Präsenz, doch ganz gleich, wo ich nach ihr Ausschau halte, ich komme nicht zu ihr.«

Das machte Damon Sorge. Leonie war eine mächtige Telepathin, und alle zugänglichen Ebenen der Überwelt waren ihr bekannt. Sie wanderte in dieser Welt so selbstverständlich umher wie in der festen Welt des Körpers. Die Tatsache, daß Callistas Not ihr bekannt war und daß sie ihre Schülerin und Freundin nicht aufzuspüren vermochte, ließ Schlimmes befürchten. Wo versteckte Callista sich?

»Vielleicht gelingt es dir eher als mir, sie zu finden«, meinte Leonie freundlich. »Blutsverwandtschaft ist ein starkes Band und bewährt sich, wo Freundschaft und Gleichklang der Seelen versagen. Ich habe das Gefühl, sie ist dort.« Leonie hob einen schattenhaften Arm und zeigte. Damon drehte sich in die angedeutete Richtung und sah nur eine dichte, klumpige Dunkelheit.

»Die Dunkelheit ist neu auf dieser Ebene«, berichtete Leonie, »und keiner von uns hat es bisher geschafft, ihr nahe zu kommen. Wenn wir uns in diese Richtung bewegen, werden wir mit Gewalt zurückgeschleudert. Ich weiß nicht, welche neuen Personen auf dieser Ebene wandern, aber sie sind nicht mit unserer Erlaubnis hergekommen.«

»Und du meinst, Callista könne sich dorthin verirrt haben und werde jetzt festgehalten, unfähig, die Schatten mit ihrem Geist zu durchdringen?«

»Ich fürchte es«, antwortete Leonie. »Hätte man sie betäubt oder hypnotisiert oder ihr ihren Sternenstein weggenommen, oder wäre sie so mißhandelt worden, daß sie den Verstand verloren hat, dann würde es für uns auf dieser Ebene so aussehen, als sei sie in einer großen, undurchdringlichen Dunkelheit gefangen.«

Damon berichtete Leonie mit der Schnelligkeit des Gedankens, wie Callista aus ihrem Bett in Armida weggeholt worden war.

»Das gefällt mir nicht«, erklärte Leonie. »Was du mir erzählst, macht mir angst. Ich habe gehört, die Hasturs hätten fremden Männern von einer anderen Welt die Genehmigung gegeben, sich in Thendara anzusiedeln. Hin und wieder gerät einer im Traum in die Überwelt, aber Gestalt und Geist sind merkwürdig bei ihnen, und meistens verschwinden sie, sobald man sie anspricht. Sie sind hier nur Schatten, und sie scheinen ganz harmlos zu sein, Menschen wie andere auch, ohne viel Geschick, sich in den Reichen des Geistes zu bewegen. Mir fällt es schwer zu glauben, daß diese Terraner – so nennen sie sich – irgendwie an dem, was Callista zugestoßen ist, beteiligt sein sollen. Welchen Grund könnten sie haben? Und da sie auf unserer Welt nur geduldet sind, warum sollten sie uns durch ein solches Verhalten provozieren? Nein, es muß ein zweckmäßiges Handeln dahinterstecken.«

Damon kam zu Bewußtsein, daß er vor Kälte zitterte. Die Ebene schien unter seinen Füßen zu beben. Wenn er in der Überwelt bleiben wollte, mußte er weiterziehen. Es war ihm ein Trost gewesen, mit Leonie zu sprechen, aber er durfte hier nicht länger verweilen; er mußte seine Suche nach Callista fortsetzen. Leonie folgte seinen Gedanken und sagte: »Dann suche sie. Nimm meinen Segen.« Noch während sie die Hand in der rituellen Geste hob, verblaßte ihre Gestalt, und Damon entdeckte, daß er um eine weite Strecke zurückversetzt worden war. Er stand nicht mehr in dem vertrauten Hof des Turms, sondern war der Dunkelheit ein großes Stück über die graue Ebene nähergerückt.

Die Kälte wuchs, und er erschauerte unter den Stößen, die wie eisige Winde aus der Schwärze kamen. Das verdunkelte Land, dachte er grimmig. Zum Schutz gegen die Kälte stellte er sich vor, daß er einen dicken Mantel in Grün und Gold trage. Ihm wurde wärmer, aber nur wenig, und seine Bewegung auf die finstere Wolke zu wurde immer langsamer, als entströme ihr eine Kraft, die ihn zurückdrücke und immer weiter zurück. Er kämpfte dagegen an, rief von neuem Callistas Namen. *Wenn sie irgendwo hier draußen auf der Ebene ist, wird sie mich hören,* dachte er. Doch wenn Leonie vergeblich gesucht hatte, wie konnte *er* hoffen, Erfolg zu haben?

Die Dunkelheit wogte wie eine dicke, kochende Masse und bevölkerte sich plötzlich mit finsteren, verkrümmten Gestalten, undeutlichen bösen Gesichtern, drohenden Gesten, vollführt von körperlosen Gliedern, die einen Augenblick sichtbar waren und wieder verschwanden. Damon wurde von Furcht gepackt, einem qualvollen Verlangen nach der festen Welt und seinem festen Körper und der Feuerstelle in Armida ... Die Welt schien voll zu sein von halb gehörten Warnrufen: *Kehre um! Kehre um, oder du wirst sterben!*

Er mühte sich unter Schmerzen vorwärts, erzwang sich den Weg gegen den heftigen Druck. Callistas Schmetterlingsspange zwischen seinen Händen leuchtete und flatterte und vibrierte, ein Zeichen, daß er ihr näher kam, näher . . .

»Callista! Callista!«

Für einen Augenblick verdünnte sich die dicke schwarze Wolke, und ganz flüchtig sah er sie, einen Schatten, einen Nebelschwaden, in einem zerrissenen Nachtgewand, das Haar aufgelöst und verwirrt, das Gesicht verzerrt von Schmerz oder Tränen. Sie streckte flehend die Hände nach ihm aus, und ihr Mund bewegte sich, aber er hörte nichts. Dann brodelte die Dunkelheit wieder zusammen, und Damon hatte den Eindruck, es blitzten seltsam geformte Schwertklingen auf.

Schnell wechselte Damon wieder seinen Standort und verwandelte den dicken warmen Mantel durch die Kraft seiner Gedanken in eine schimmernde Rüstung. Es geschah gerade noch rechtzeitig. Er hörte die halb sichtbaren Schwertklingen gegen den Panzer klirren. Ein alptraumhafter Schmerz durchfuhr ihn in der Nähe des Herzens und verging wieder.

Die Schwerter zogen sich in die Dunkelheit zurück, und von neuem versuchte Damon vorzudringen. Die Schwärze geriet in Bewegung wie ein Wirbelsturm, und aus dem Mahlstrom kam eine dünne, boshafte Stimme.

»Kehre um. Hier herein kannst du nicht kommen.«

Damon blieb stehen. Er kämpfte darum, der Oberfläche unter seinen Stiefeln eine feste Struktur zu geben, normale Pflastersteine zu visualisieren, damit er und sein unsichtbarer Gegner auf von ihm gewähltem Boden standen. Aber die Ebene wellte sich und floß wie Wasser, bis ihm schwindelte, und wieder sprach die Stimme des Unsichtbaren in befehlendem Ton.

»Geh, sage ich dir. Geh, solange du es noch kannst.«

»Mit welchem Recht heißt du mich gehen?«

Die gleichgültige Antwort lautete: »Ich weiß nichts von einem Recht. Ich habe die Macht, dich zum Gehen zu zwingen, und ich werde sie gebrauchen. Warum provozierst du einen solchen Streit ohne Not?«

Damon behauptete seine Stellung, obwohl er in übelkeiterregendem Rhythmus auf und nieder geschaukelt wurde und der Schmerz in seinem Kopf hämmerte. Er sagte: »Ich werde gehen, wenn meine Verwandte mit mir kommt.«

»Du wirst sofort gehen, und das ist alles, was ich zu sagen beabsichtige«, erklärte die Stimme. Ein gewaltiger Stoß ließ Damon taumeln. Er rief in die wogende Finsternis hinein: »Zeig dich mir! Wer bist du? Mit welchem Recht kommst du hierher?« Der Sternenstein – beziehungsweise sein mentales Gegenstück – lag noch in seinen Fingern; er schwang ihn über den Kopf wie eine Laterne, und die Dunkelheit wurde von einem blendenden blauen Licht erhellt. Darin erblickte er eine hohe, seltsam gekleidete Gestalt mit einem wilden Katzenkopf und großen Klauen . . .

Gleichzeitig erhielt er einen weiteren heftigen Stoß. Die Dunkelheit wich zurück, hinein in einen heulenden, kreischenden Wind. Damon fand sich allein an einem Ort wieder, der sich wie ein glitschiger Abhang anfühlte. Um ihn toste der Wind, trieb ihm rasiermesserscharfe Eisnadeln ins Gesicht . . .

Mit Mühe blieb Damon auf den Füßen. Ihm war etwas begegnet, das es auf dieser Ebene noch nie gegeben hatte. Es überlief ihn vor Grauen. Jetzt mußte er um seinen Verstand, um sein Leben kämpfen . . .

Die Telepathen von Darkover wurden darin ausgebildet, mit den Sternensteinen zu arbeiten. Diese hatten mit Hilfe des menschlichen Geistes die Macht, Energien direkt von einer Form in die andere umzuwandeln. Auf den Ebenen, wo diese Arbeit vollbracht wurde, gab es eigentümliche Erscheinungen, Intelligenzen, die nicht menschlich oder auch nur materiell waren, sondern aus anderen Existenzbereichen kamen. Die meisten hatten mit der Menschheit überhaupt nichts zu tun. Andere entwichen sofort, wenn ihnen ein menschlicher Geist begegnete. Ein paar jedoch blieben in Kontakt, wenn sie von einem Menschen, der ihre Ebenen erreichen konnte, berührt wurden. Sie wurden als Dämonen oder gar als Götter visualisiert. Die Ridenow-Gabe, Damons Gabe, war zielstrebig in seine Familie hineingezüchtet worden, damit ihre Mitglieder diese fremden Präsenzen aufspüren und die Verbindung mit ihnen herstellen konnten.

Aber Damon hatte noch nie eine gesehen, die diese Gestalt annahm ... *die große Katze* ... Sie war entschieden boshaft, nicht einfach gleichgültig. Sie hatte ihn hierhergeschleudert, auf die Ebene des Blizzards ...

Seine Vernunft kam ihm zu Hilfe. Der Blizzard war nicht real. Es war ein Gedanken-Blizzard, durch Gedanken gerufen, und Damon konnte Zuflucht in anderen Reichen finden, wo der Sturm nicht tobte. Er visualisierte warmen Sonnenschein, eine sonnenbeschienene gebirgige Landschaft ... einen Augenblick lang hagelten die Eisnadeln spärlicher, dann wüteten sie mit neuer Kraft. Jemand projizierte sie auf ihn ... jemand oder *etwas*. Die Katzenwesen? Befand sich Callista in ihrer Gewalt?

Der Wind nahm an Stärke zu und zwang seinen schwächer werdenden Körper in die Knie. Er kämpfte, rutschte aus, fiel auf das zerklüftete Eis, das ihn schnitt. Er spürte, daß er blutete, in der Kälte erstarrte, die Kraft verlor ...

Daß er starb ...

Mit eiskalter Logik dachte er: *Ich muß von dieser Ebene, ich muß in meinen Körper zurückkehren.* Wenn er hier, außerhalb seines Körpers, festgehalten wurde, würde sein Körper eine Weile, hilflos und mit dem Löffel gefüttert, weiterleben, langsam verwelken und schließlich sterben.

Ellemir, Ellemir, schickte er einen Ruf hinaus, der wie ein Schrei war. *Weck mich auf, hol mich zurück, hol mich hier heraus!* Wieder und wieder rief er, und der heulende Wind trug die Worte in das finstere Schneetreiben. Sein Gesicht war zerschnitten, seine Hände bluteten, weil er immer wieder und wieder versuchte, aufzustehen, sich auf die Knie zu erheben, zu kriechen ...

Seine Gegenwehr erlahmte, und ihn überkam ein Gefühl völliger Hoffnungslosigkeit, beinahe der Resignation. *Ich hätte mich nicht auf Ellemir verlassen dürfen. Sie ist nicht stark genug. Ich werde nie mehr herauskommen.* Ihm war, als sei er stundenlang, tagelang in dem alptraumhaften Schneesturm umhergetaumelt ...

Todesangst packte ihn, und ein eisiger Schmerz preßte seinen Kopf zusammen. Ein blaues Licht zuckte wild um ihn auf, dann kam ein Schock wie ein Donnerschlag, und Damon, schwach und keuchend und erschöpft, lag in dem Lehnstuhl in der großen Halle zu Armida. Das Feuer war längst heruntergebrannt, und es war kalt im Raum. Ellemir, blaß und verängstigt, die Lippen blau und bebend, blickte auf ihn herab. »Damon, oh, Damon! Oh, wach auf, wach auf!«

Er holte mühsam Atem. »Ich bin hier, ich bin zurück.« Irgendwie hatte sie in den Alptraum der Überwelt hineingelangt und ihn herausgeholt. Sein Kopf und sein Herz hämmerten, seine Zähne klapperten. Er sah sich um. Das Tageslicht begann, sich durch die langen Fenster zu stehlen. Der Hof lag ruhig und friedlich im Morgengrauen; der Sturm war vorbei, drinnen und draußen. Damon blinzelte und schüttelte den Kopf. »Der Blizzard«, sagte er benommen.

»Hast du Callista gefunden?«

»Nein, aber ich habe gefunden, was sie festhält, und beinahe hätte es mich auch gefangen.«

»Es gelang mir nicht, dich zu wecken – und du warst blau und keuchtest und stöhntest so. Zum Schluß griff ich nach dem Sternenstein«, gestand Ellemir. »Da dachte ich, du hättest einen Schlaganfall. Ich glaubte, ich hätte dich umgebracht ...«

Beinahe hatte sie das auch, dachte Damon. Aber besser da, als wenn sie ihn zum Sterben in dem tobenden Blizzard der Überwelt gelassen hätte. Sie hatte geweint. »Armes Mädchen, du mußt meinetwegen vor Angst fast den Verstand verloren haben«, sagte er zärtlich und zog sie zu sich herab. Sie lag auf seinen Knien, immer noch zitternd; sie war beinahe so kalt wie er. Über der Rückenlehne des Sessels lag ein Pelz, den wickelte er um sie beide. Nachher wollte er das Feuer neu anzünden, aber im Augenblick genügte es ihm, sich in den mollig warmen Mantel zu kuscheln und zu spüren, wie die Erstarrung langsam von dem Mädchen wich und ihr Zittern nachließ. »Mein armes Liebchen, ich habe dir angst gemacht, und du bist halbtot vor Kälte und Schrecken«, murmelte er, sie fest an sich drückend. Er küßte ihre kalten, tränennassen Wangen, und es kam ihm zu Bewußtsein, daß er sich das schon lange, lange Zeit gewünscht hatte. Die Küsse wanderten zu ihren Lippen, die er mit den seinen zu erwärmen versuchte. »Nicht weinen, Liebling. Nicht weinen.«

Sie regte sich an seiner Brust, nicht protestierend, sondern in der Wiederkehr des Bewußtseins, und sagte beinahe schläfrig: »Die Diener sind noch im Bett. Wir sollten Feuer anzünden, sie rufen . . .«

»Zur Hölle mit den Dienern.« Niemand sollte dies Beisammenstein stören, diese neue und schöne Nähe. »Ich möchte dich nicht gehenlassen, Ellemir.«

Sie hob den Kopf und küßte ihn auf den Mund. »Das brauchst du auch nicht«, flüsterte sie. Dann lagen sie ruhig und dicht beieinander unter dem großen Pelzmantel, sich kaum berührend und sich doch gegenseitig wärmend. Damon war zu Tode erschöpft und halb verhungert, eine unvermeidliche Folge der schrecklichen Anstrengung, die telepathische Arbeit bedeutet. Sein Verstand sagte ihm, daß er aufstehen, Feuer machen, sich Essen bringen lassen müsse, denn andernfalls mochte er mit Stunden und Tagen der Mattigkeit und Krankheit zu bezahlen haben. Doch er konnte sich nicht dazu aufraffen, sich zu bewegen, Ellemir loszulassen. Für eine Weile gab er der Erschöpfung nach und fiel in Schlaf oder Bewußtlosigkeit.

Ellemir schüttelte ihn, und in der hellen Halle war ein

Klopfen und ein merkwürdiges Rufen zu hören. »Da ist jemand an der Tür«, stellte Ellemir verwundert fest. »Zu dieser Stunde? Und die Diener . . .? Was . . .?«

Damon befreite sich von dem Pelz und stand auf, ging durch die Halle in den Innenhof und trat an das große verriegelte Eingangstor. Steif, mit ungeübten Fingern kämpfte er mit dem Riegel und zog ihn zurück.

Vor dem Tor stand ein Mann, eingehüllt in einen Pelzmantel von fremdartigem Schnitt und einen eigentümlichen, zerfetzten Anzug. Er erklärte mit auffälligem Akzent: »Ich bin ein Fremder und habe mich verirrt. Ich war mit der Kartographierungsexpedition aus der Handelsstadt unterwegs. Könnt Ihr mir Obdach geben und meinen Leuten eine Botschaft schicken?«

Damon betrachtete den Mann eine Weile verwundert. Endlich antwortete er langsam: »Ja, kommt herein, kommt herein, Fremder; seid willkommen.« Er wandte sich Ellemir zu: »Es ist nur einer von den Terranern aus Thendara. Ich habe von ihnen gehört, sie sind harmlos. Es ist der Wunsch Hasturs, daß wir ihnen Gastfreundschaft erweisen, wenn es nötig ist, obwohl der hier sich wirklich sehr weit ins Land hinein verirrt hat. Ruf die Diener, *Breda;* er braucht dringend Essen und Feuer.«

Ellemir hatte sich wieder gefaßt. »Kommt herein; seid willkommen auf Armida und laßt Euch die Gastfreundschaft der Alton-Domäne gefallen, Fremder. Wir werden Euch helfen, so gut wir können . . .« Sie brach ab, denn der Fremde starrte sie mit aufgerissenen Augen verängstigt an. Mit bebender Stimme stieß er hervor. »Callista! Callista! Du bist wirklich!«

Sie musterte ihn, ebenso verwirrt wie er. Dann stammelte sie: »Nein. Nein, ich bin nicht Callista, ich bin Ellemir. Aber wie – wie ist es möglich, daß Ihr etwas von Callista wißt?«

5

»Ich will Euch rundheraus sagen, daß ich kein Wort davon glaube«, erklärte das Mädchen, das sich Ellemir nannte.

Ich kann es immer noch kaum fassen, daß sie nicht Callista ist. Sie sind sich so verdammt ähnlich! dachte Andrew Carr. Er setzte sich auf der schweren Holzbank vor dem Feuer zurück und trank die wachsende Wärme in sich hinein. Es tat gut, wieder innerhalb eines richtigen Hauses zu sein, auch wenn der Sturm vorbei war. Er roch das irgendwo kochende Essen, und auch das war herrlich. Es wäre ganz und gar herrlich gewesen ohne dies Mädchen, das genau wie Callista aussah und es merkwürdigerweise nicht war. Sie stand vor ihm, blickte mit unverhohlener Feindseligkeit auf ihn nieder und wiederholte: »Ich glaube es nicht.«

Der schlanke rothaarige Mann, der vor dem Kamin kniete und Holz nachlegte (er sah ebenfalls müde und durchgefroren aus, und Carr fragte sich, ob er krank sei), sagte, ohne den Kopf zu heben: »Das ist unfair, Ellemir. Du weißt, was ich bin. Ich merke es, wenn ich angelogen werde, und er lügt nicht. Er hat dich *erkannt.* Deshalb muß er entweder dich oder Callista gesehen haben. Und wo hätte einer der *Terranan* Gelegenheit gehabt, Callista zu sehen? Da muß sein Bericht schon stimmen.«

Ellemir blieb hartnäckig bei ihrer Meinung. »Woher sollen wir wissen, daß es nicht *seine* Leute sind, die Callista gefangenhalten? Er kommt zu uns mit einer wilden Geschichte, Callista habe ihn irgendwie erreicht, ihn geführt, als er sich in den Bergen verirrt hatte, und ihn vor dem Sturm gerettet. Willst du mir weismachen, Callista könne diesen Außenweltler, diesen Fremden erreichen, wenn du nicht imstande warst, sie in der Überwelt zu finden, und sie nicht zu mir, ihrer Zwillingsschwester, durchkommen konnte? Tut mir leid, Damon, ich kann es einfach nicht glauben.«

Carr sah das Mädchen offen an. »Wenn Ihr mich einen Lügner nennen wollt, sagt es mir ins Gesicht, nicht über meinen Kopf weg. Es ist kein Vergnügen, diese meine Geschichte, wie Ihr sie nennt, zu erzählen. Denkt Ihr, ich stelle mich gern als Verrückten hin? Anfangs dachte ich, wie ich schon erwähnte, das Mädchen sei ein Geist oder ich sei bereits gestorben und sähe etwas, das nach dem Tod kommt. Aber als sie mich davor bewahrte, mit dem Flugzeugwrack abzustürzen, und mich dann an einen sicheren Ort führte, wo ich das Ende des Sturms abwarten konnte, glaubte ich, daß sie wirklich war. Ich *mußte* es glauben. Ich verübele es Euch nicht, daß Ihr an mir zweifelt. Das habe ich lange genug selbst getan. Doch es ist wahr. Und ich nehme an, Ihr seid Callistas Verwandte. Der Himmel weiß, Ihr seid ihr ähnlich genug für eine Zwillingsschwester.«

Er ertappte sich bei dem Gedanken: *Zu schade, daß die hier kein bißchen von Callistas sanftem Wesen hat.* Nun, wenigstend der Mann schien ihm zu glauben.

Damon stand auf, überließ das Feuer, das jetzt hell brannte, sich selbst und wandte sich Carr zu. »Ich entschuldige mich für den Mangel an Höflichkeit bei meiner Cousine, Fremder. Sie hat ein paar schwere Tage hinter sich, seit ihre Schwester bei Nacht und unbemerkt entführt wurde. Es ist nicht leicht für sie zu akzeptieren, Callista habe Euren Geist erreicht, während es ihr unmöglich war, ihre eigene Zwillingsschwester zu erreichen. Das Band zwischen Zwillingen soll das stärkste sein, das es gibt. Auch ich vermag es nicht zu erklären, aber ich bin alt genug, um zu wissen, daß es im Leben zu viele Dinge gibt, als daß ein Mann oder eine Frau sie alle verstehen könnte. Vielleicht seid Ihr imstande, uns mehr zu erzählen.«

»Ich weiß nicht, was ich noch sagen soll«, antwortete Carr. »Ich verstehe es doch auch nicht.«

»Ihr mögt Kenntnisse haben, die Euch nicht bewußt sind«, meinte Damon. »Hör für jetzt auf, ihn zu plagen, Ellemir. Wer und was er auch sein mag und was die vielen Wahrheiten von all dem sein mögen, er ist ein Gast, er ist müde und friert, und solange er nicht genug an Wärme und Essen und Schlaf, falls er ihn braucht, bekommen hat, ist es ein Bruch der Gastfreundschaft, ihn auszufragen. Du machst der Alton-Domäne keine Ehre, Verwandte.«

Carr folgte dem allen bruchstückhaft. Manche Wörter waren ihm fremd, obwohl er in Thendara gelernt hatte, die *lingua franca* der Handelsstadt zu sprechen, und sich darin recht gut verständlich machen konnte. Immerhin bekam er mit, daß Damon dem Mädchen, das wie Callista aussah, ins Gewissen redete. Sie errötete bis an die Wurzeln ihres kupferfarbenen Haars. Langsam, damit er sie auch bestimmt verstand, erklärte sie: »Fremder, ich wollte Euch nicht beleidigen. Ich bin überzeugt, jedes etwaige Mißverständnis wird sich mit der Zeit aufklären. Nehmt vorerst die Gastfreundschaft unseres Hauses und unserer Domäne an. Hier ist Feuer: Essen wird Euch gebracht werden, sobald es gekocht ist. Habt Ihr sonst noch einen Wunsch, den zu erfüllen ich vernächlässigt habe?«

»Ich würde gern diesen nassen Mantel ausziehen«, gestand Carr. Der Pelz begann in der zunehmenden Wärme des Feuers zu dampfen und zu tropfen. Damon kam, half ihm heraus und legte den Mantel beiseite. Er sagte: »Nichts von Eurer Kleidung eignet sich für die Schneestürme unserer Berge, und diese Schuhe sind reif für den Abfallhaufen. Für eine Bergwanderung sind sie nicht gemacht worden.«

Carr verzog das Gesicht. »Eigentlich hatte ich diesen Ausflug auch nicht geplant. Und der Mantel gehört einem Toten, aber ich war verdammt froh, daß ich ihn hatte.«

»Es war nicht meine Absicht, Euch wegen Eurer Art, Euch zu kleiden, zu kränken, Fremder«, begütigte Damon. »Doch die Tatsache bleibt, daß Ihr schon für das Haus unzweckmäßig gekleidet seid, und die Rückreise könnt Ihr so auf gar keinen Fall antreten. Meine Sachen würden Euch kaum passen...« – mit einem Lachen blickte Damon zu dem hochgewachsenen Terraner auf, der einen Kopf größer war als er und wahrscheinlich das Anderthalbfache an Gewicht und Umfang besaß – »... aber wenn Ihr nichts dagegen habt, den Anzug eines Dieners oder Aufwärters zu tragen, kann ich Euch etwas besorgen, das Euch warm hält.«

»Das ist sehr freundlich von Euch«, erwiderte Andrew Carr. »Ich trage dies Zeug seit dem Absturz, und es wäre schön, wenn ich mich umziehen – und waschen könnte.«

»Das glaube ich gern. Nur wenige Menschen, selbst wenn sie Bewohner dieser Berge sind, überleben einen Schneesturm, der sie im Freien überrascht«, sagte Damon.

»Ich hätte ihn auch nicht überlebt, wenn Callista nicht gewesen wäre«, antwortete Andrew.

Damon nickte. »Ich glaube es. Allein die Tatsache, daß Ihr, ein Fremder in unserer Welt, einen unserer Stürme überlebt habt, beweist die Wahrheit Eurer Worte. Kommt mit mir, und Ihr sollt frische Kleider und ein Bad bekommen.«

Andrew folgte Damon durch die breiten Korridore und großen Räume und eine lange Treppe mit flachen Stufen hinauf. Schließlich gelangten sie in eine Zimmerflucht mit Fenstern, die der Kälte wegen mit schweren gewobenen Vorhängen verhängt waren. An eins der Zimmer schloß sich ein geräumiges Bad mit einer riesigen Steinwanne an, tief in den Boden eingelassen. Dampf stieg aus einem Springbrunnen in der Mitte des Raums.

»Nehmt ein heißes Bad und wickelt Euch in eine Decke

oder so etwas«, empfahl Damon. »Ich werde ein paar Diener wecken und Kleidungsstücke auftreiben, die Euch passen. Soll ich jemanden schicken, der Euch beim Baden hilft, oder kommt Ihr allein zurecht? Ellemir hält wenig Personal, aber ich kann sicher jemanden finden, der Euch bedient.«

Andrew versicherte Damon, er sei es gewohnt, ohne Hilfe zu baden, und der junge Mann zog sich zurück. Der Terraner weichte sich lange und genüßlich bis zum Hals in brühheißem Wasser ein. *(Und ich habe diese Welt für primitiv gehalten, großer Gott!)* Dabei machte er sich Gedanken über das Heizsystem. Die alten Römer und Kreter auf der Erde hatten die kunstvollsten Bäder der Geschichte gehabt, also warum sollten diese Leute nicht Ähnliches besitzen? Unten hatten sie ein Holzfeuer angezündet – nun, warum nicht? Feuerstellen galten in manch einer Gesellschaft, die sie nicht brauchte, als Gipfel des Luxus. Vielleicht benutzten sie hier natürliche heiße Quellen. Jedenfalls tat das Wasser ihm gut. Er blieb lange darin liegen und vertrieb die Steifheit der Glieder, die er sich beim Schlafen auf Steinböden und beim Herumklettern in den Bergen zugezogen hatte. Schließlich stieg er, sich unglaublich erfrischt fühlend, aus der tiefen Wanne, trocknete sich ab und wickelte sich in eine Decke.

Bald darauf kehrte Damon zurück. Er sah aus, als habe auch er die Zeit dazu genutzt, ein Bad zu nehmen und sich umzuziehen, denn er wirkte jünger und weniger erschöpft. Er brachte einen Armvoll Kleidungsstücke mit und sagte beinahe entschuldigend: »Das hier kann man einem Gast kaum anbieten; es ist der Feiertagsanzug des Hallen-Aufwärters.«

»Wenigstens ist er trocken und sauber«, meinte Andrew. »Deshalb dankt ihm, wer er auch sein mag, in meinem Namen.«

»Kommt in die Halle herunter, wenn Ihr fertig seid«, bat Damon. »Bis dahin ist das Essen aufgetragen.«

Allein gelassen, warf sich Andrew in den »Sonntagsanzug des Hallen-Aufwärters«. Das Unterhemd und die knielangen

Unterhosen bestanden aus grobem Leinen, darüber kamen eine wildlederartige Hose, die vom Knie zum Knöchel etwas ausgestellt war, ein langärmeliges, fein besticktes Hemd mit weiten, an den Handgelenken eingekräuselten Ärmeln und eine Lederweste. Gestrickte Strümpfe wurden unter dem Knie zusammengebunden, die niedrigen Stiefel waren mit Pelz gefüttert. In dieser Ausstaffierung, die viel bequemer war, als er auf den ersten Blick geglaubt hatte, fühlte sich Andrew zum ersten Mal seit Tagen warm. Er hatte Hunger, und als er die Tür öffnete, um nach unten zu gehen, brauchte er nur den aufsteigenden Essensdüften zu folgen. Etwas spät fragte er sich, ob sie ihn in die Küche statt in die Halle führen würden, aber die Treppe endete in einem Korridor, von dem aus er die Tür zur Großen Halle, wo man ihn willkommen geheißen hatte, sehen konnte.

Damon und Ellemir saßen an einem kleinen Tisch, an den ein dritter leerer Stuhl gezogen war. Damon hob den Kopf und bat: »Verzeiht uns, daß wir nicht auf Euch gewartet haben; ich war die ganze Nacht auf und sehr hungrig. Kommt und setzt Euch zu uns.«

Andrew nahm den dritten Stuhl. Ellemir sah ihn ein bißchen erstaunt an und meinte: »In diesem Anzug seht Ihr ganz wie einer von uns aus. Damon hat mir ein bißchen über Euch Terraner erzählt. Ich hätte gedacht, Menschen von einer anderen Welt würden sich sehr von uns unterscheiden, mehr als die Nichtmenschen in den Bergen. Seid ihr in jeder Beziehung menschlich?«

Andrew lachte. »Nun, ich komme mir recht menschlich vor. Ebensogut könnte ich Euch diese Frage stellen. Die meisten Welten des Imperiums haben Bewohner, die einen mehr oder weniger menschlichen Eindruck machen, zumindest für das Auge des flüchtigen Betrachters. Es wird allgemein angenommen, daß diese Planeten vor ein paar Millionen Jahren von der gleichen menschlichen Rasse kolonialisiert wurden. Natürlich haben sich die Bewohner an ihre jeweilige Umwelt angepaßt. Auf Planeten, die Terra ähnlich sind, scheint der menschliche Organismus allerdings ziemlich stabil zu bleiben. Ich bin kein Biologe, deshalb kann ich über Dinge wie Chromosomen und dergleichen keine Auskunft geben, aber bevor ich herkam, wurde ich informiert, die dominierende Rasse auf Cottman Vier sei menschlicher Abstammung, obwohl es dort ein paar intelligente Gruppen gäbe, die es nicht seien.« Wie ein Schock kam die Erinnerung an Callistas Worte, sie befinde sich in der Gewalt von Nichtmenschen. Sicher wollte sie, daß ihre Verwandten es erfuhren. Doch sollte er ihnen das Frühstück verderben? Später war noch Zeit genug, es ihnen zu berichten.

Damon hielt ihm eine Schüssel hin, und er bediente sich mit etwas, das wie ein Omelett aussah und auch so schmeckte. Es waren Kräuter und ihm unbekanntes Gemüse darin, aber es war gut. Auch Obst gab es – am ehesten glich es noch Äpfeln und Pflaumen – und ein Getränk, das er schon in der Handelsstadt probiert hatte. Es schmeckte nach bitterer Schokolade.

Beim Essen bemerkte er, daß Ellemir immer wieder zu ihm hinsah. Ob seine Tischmanieren nach ihren Begriffen entsetzlich schlecht waren? Oder gab es kompliziertere Gründe?

Ellemir machte ihn immer noch nervös. Sie war Callista so ähnlich und doch in einer unfaßlichen Weise unähnlich. Er studierte jeden Zug ihres Gesichts und fand nichts, das anders als bei Callista war; die breite, hohe Stirn mit den zarten Löckchen am Haaransatz, zu kurz, um in die ordentlichen Zöpfe am Hinterkopf geflochten zu werden, die hohen Wangenknochen und die kleine gerade Nase mit dem Hauch von bernsteinfarbenen Sommersprossen, die kurze Oberlippe, der kleine, feste Mund und das runde Grübchenkinn. Mit Callista hatte er auf diesem Planeten zum ersten Mal eine Frau gesehen, die nicht warm angezogen war, ausgenommen die Frauen, die in den zentralgeheizten Raumhafenbüros arbeiteten, und die gehörten zum Imperium.

Ja, das war der Unterschied. Jedesmal, wenn Callista ihm

erschienen war, hatte sie nichts weiter als ihr dünnes blaues Nachtgewand getragen. Er hatte so gut wie alles von ihr gesehen, was es zu sehen gab. Wenn sich ihm irgendeine andere Frau in dieser Aufmachung gezeigt hätte – nun, Carr war sein ganzes Leben lang ein Mann gewesen, der mitnahm, was sich ihm bot, ohne sich dabei sonderlich zu engagieren. Doch als er erwachte und Callista neben sich liegen sah und, noch halb im Schlaf, nach ihr gefaßt hatte, war er beschämt gewesen und ebenso verlegen wie sie. Auf diese Weise wollte er sie nicht. Nein, das stimmte nicht ganz. Selbstverständlich wollte er sie. Es war ihm ganz natürlich vorgekommen, daß er die Arme nach ihr ausstreckte, und so hatte auch sie es akzeptiert. Aber er wollte mehr. Er wollte sie kennenlernen, sie verstehen. Er wollte, daß sie ihn kennenlernte und verstand und Anteil an ihm nahm. Bei dem bloßen Gedanken, er habe ihr Veranlassung gegeben, sich vor einem groben oder gedankenlosen Annäherungsversuch zu fürchten, war Andrew heiß und kalt geworden, als könne sein tölpelhaftes Verhalten etwas sehr Süßes und Kostbares, etwas Vollkommenes zerstören. Noch jetzt, als er sich an ihren tapferen kleinen Scherz erinnerte (»Ach, ist das traurig! Das erste Mal, das allererste Mal liege ich bei einem Mann, und ich bin nicht imstande, es zu genießen!«), spürte er einen Klumpen in der Kehle, eine ungeheure und ihm ganz neue Zärtlichkeit.

Für dies Mädchen Ellemir empfand er nichts dergleichen. Wenn er sie beim Aufwachen in seinem Bett entdeckte, würde er sie wie jedes andere ihm über den Weg gelaufene hübsche Mädchen behandeln, es sei denn, sie weigerte sich entschieden – und in dem Fall wäre sie wahrscheinlich gar nicht erst gekommen. Aber mehr hätte es ihm nicht bedeutet, und wenn es vorüber gewesen wäre, hätte sie ihm nicht mehr bedeutet als die verschiedenen anderen Frauen, die er gekannt und mit denen er sich für kurze Zeit amüsiert hatte. Wie konnte es zwischen Zwillingen einen so subtilen Unterschied geben? War es einfach diese nicht greifbare Sache, die man *Persönlichkeit* nannte? Doch er wußte von Ellemir so gut wie nichts.

Also wie war es möglich, daß Callista in ihm dies bedingungslose *Ja* wachrief, diese absolute Selbstaufgabe, und Ellemir nur ein Schulterzucken?

Ellemir legte den Löffel hin und fragte nervös: »Warum starrt Ihr mich an, Fremder?«

Andrew senkte die Augen. »Es war mir gar nicht bewußt, daß ich es getan habe.«

Sie errötete bis an die Haarwurzeln. »Oh, entschuldigt Euch nicht. Ich habe auch gestarrt. Ich glaube, als ich von Menschen hörte, die von anderen Planeten gekommen sind, bildete ich mir halb und halb ein, sie seien fremdartig und unheimlich wie die seltsamen Geschöpfe aus den Gruselgeschichten, mit Hörnern und Schwänzen. Und hier seid Ihr und seht ganz so aus wie ein Mann aus dem nächsten Tal. Aber ich bin nur ein Mädchen vom Lande und nicht so an neue Dinge gewöhnt wie die Leute, die in Städten leben. Deshalb starrte ich wie ein Bauer, der niemals etwas anderes sieht als seine eigenen Kühe und Schafe.«

Zum ersten Mal spürte Andrew eine schwache, eine sehr schwache Ähnlichkeit Ellemirs mit Callista: die liebenswerte Direktheit, die gerade Ehrlichkeit ohne Koketterie oder Hintergedanken. Trotz aller Feindseligkeit, die sie ihm vorhin gezeigt hatte, wurde sie ihm dadurch sympathisch.

Damon beugte sich vor, legte seine Hand auf die Ellemirs und sagte: »Kind, er kennt unsere Sitten nicht. Er sah darin keine Kränkung . . . Fremder, bei uns gilt es als Beleidigung, ein junges Mädchen anzustarren. Wäret Ihr einer von uns, geböte es mir meine Ehre, Euch zum Kampf herauszufordern. Doch einem Kind oder einem Fremden verzeiht man Unwissenheit, und ich halte Euch nicht für einen Mann, der einer Frau willentlich zu nahe tritt. Deshalb sage ich es Euch im guten.« Er lächelte, seine freundliche Absicht betonend.

Verlegen wandte Carr den Blick von Ellemir ab. Das war eine verdammte Sitte, an die er sich erst würde gewöhnen müssen.

»Ich hoffe, es ist nicht unhöflich, Fragen zu stellen«, sagte Andrew. »Ich könnte ein paar Antworten brauchen. Ihr wohnt hier ...«

»Es ist Ellemirs Heim«, antwortete Damon. »Ihr Vater und ihre Brüder nehmen zu dieser Jahreszeit an den Sitzungen des Comyn-Rates teil.«

»Ihr seid ihr Bruder? Ihr Gatte?«

Damon schüttelte den Kopf. »Ein Verwandter. Als Callista entführt worden war, bat Ellemir mich zu kommen. Aber wir möchten Euch auch gern ein paar Fragen stellen. Ihr seid ein Terraner aus der Handelsstadt – was hattet Ihr in unsern Bergen zu tun?«

Andrew erzählte ihm ein bißchen über die Kartographierungs- und Erkundungsexpedition. »Mein Name ist Andrew Carr.«

»Ann'dra«, wiederholte Ellemir langsam, den Namen etwas abwandelnd. »Das klingt nicht besonders ausländisch. Es gibt Anndras und MacAnndras oben in den Kilghardbergen, MacAnndras und MacArans ...«

Das ist ein weiterer Punkt, dachte Andrew, *die Namen auf diesem Planeten. Sie haben viel Ähnlichkeit mit terranischen Namen.* Doch soviel er wußte, war dieser Planet keine der Kolonien, die von Schiffen und sozialen Gruppen des terranischen Imperiums besiedelt worden waren. Nun, das war jetzt nicht wichtig.

»Habt Ihr genug zu essen gehabt?« erkundigte sich Damon. »Bestimmt? Die Kälte hier zehrt die Reserven sehr schnell auf; Ihr müßt gut essen, um Euch wieder zu erholen.«

Ellemir naschte von einem Teller mit Trockenobst, das Rosinen ähnelte, und bemerkte: »Damon, du ißt, als seist du tagelang draußen im Blizzard gewesen.«

»Glaub mir, genauso war es auch«, stellte Damon fest und

schüttelte sich. »Ich habe dir noch nicht alles erzählt, weil Andrew kam und wir abgelenkt wurden. Ich wurde an einen Ort geschleudert, wo der Sturm weitertobte, und hättest du mich nicht zurückgeholt . . .« Sein Blick war auf etwas gerichtet, das für Carr und die junge Frau unsichtbar war. »Setzen wir uns doch ans Feuer, und machen wir es uns gemütlich«, schlug er vor. »Dann wollen wir miteinander reden. Jetzt, wo Ihr warm geworden seid und Euch, wie ich hoffe, wohl fühlt . . .« Er hielt inne.

Andrew erriet, daß von ihm irgendeine höfliche Antwort erwartet wurde. »Ja, sehr. Danke.«

»Jetzt ist es Zeit, Eure Geschichte noch einmal durchzugehen, von Anfang an und in allen Einzelheiten.« Sie setzten sich ans Feuer, Andrew auf eine der hochlehnigen Bänke, Ellemir auf einen niedrigen Sessel. Damon ließ sich auf dem Teppich zu ihren Füßen nieder und bat: »Nun erzählt uns alles. Ich möchte im besonderen jedes Wort hören, das Ihr mit Callista gewechselt habt. Auch wenn Ihr es nicht versteht, mag darin ein Hinweis enthalten sein, der für uns von Bedeutung ist. Ihr sagtet, zum ersten Mal hättet Ihr sie nach dem Absturz Eures Flugzeugs gesehen . . .?«

»Nein, das war nicht das erste Mal.« Andrew berichtete ihnen von der Wahrsagerin in der Handelsstadt und der Kristallkugel und wie ihm Callistas Gesicht erschienen war. Er wußte nicht recht, ob er versuchen sollte, ihnen genau zu schildern, welche tiefe Wirkung dieser zufällige Kontakt auf ihn gehabt hatte, und dann ließ er es doch lieber bleiben.

Ellemir fragte: »Und habt Ihr sie damals als wirklich akzeptiert?«

»Nein«, gestand Andrew. »Ich hielt es für einen Trick. Die alte Dame hätte ja eine Kupplerin sein können, die mir Frauen aus den üblichen Gründen zeigte. Für gewöhnlich ist die Wahrsagerei Schwindel.«

»Ausgeschlossen!« protestierte Ellemir. »Jede Frau, die Psi-Kräfte vortäuscht, die sie nicht tatsächlich besitzt, würde als Verbrecherin behandelt! Das ist ein sehr schweres Vergehen!«

Andrew sagte trocken: »Meine Leute glauben nicht, daß es Psi-Kräfte gibt, die *nicht* vorgetäuscht sind. Damals dachte ich, das Mädchen sei ein Traum. Ein Wunschtraum, wenn Ihr so wollt.«

»Und doch war sie für Euch wirklich genug, daß Ihr Eure Pläne ändertet und den Entschluß faßtet, hier auf Darkover zu bleiben«, meinte Damon listig.

Andrew fühlte sich unbehaglich unter seinem wissenden Blick. »Ich hatte gar kein besonderes Ziel. Ich bin – wie lautet doch die alte Redensart? ›Ich bin die Katze, die allein umherwandert, und alle Orte sind für mich gleich.‹ Deshalb war diese Welt für mich ebenso gut wie jede andere und besser als die meisten.« (Während er das sagte, erinnerte er sich an Damons Worte: »Ich merke, wenn man mich anlügt«, aber er konnte es nicht erklären und wäre sich dumm vorgekommen, wenn er es versucht hätte.)

»Wie dem auch sei, ich bin dageblieben. Mir schien es seinerzeit eine gute Idee zu sein. Nennt es eine Laune.«

Zu Carrs Erleichterung verfolgte Damon das Thema nicht weiter. Er sagte: »Ihr seid also dageblieben, aus was für Gründen auch immer. Wann genau war das?« Andrew rechnete den Tag aus, und Ellemir schüttelte verwirrt den Kopf.

»Da war Callista noch sicher im Turm und hätte niemals eine Psi-Botschaft um Hilfe ausgesandt, schon gar nicht an einen Fremden!«

Carr ließ sich nicht beirren. »Ich bitte Euch nicht, mir zu glauben. Ich versuche nur, Euch genau zu berichten, was geschah und wie ich es empfand. Angeblich seid *ihr* es doch, die dergleichen Psi-Angelegenheiten verstehen.« Wieder trafen sich ihre Blicke in dieser merkwürdigen Feindseligkeit.

Damon bemerkte: »In der Überwelt gerät die Zeit oft aus den Fugen. Es mag bei beiden von euch ein Element der Vorausschau mitgewirkt haben.«

Ellemir flammte auf: »Du benimmst dich, als glaubtest du seine Geschichte, Damon.«

»Ich nehme im Zweifelsfalle die günstigere Auslegung an, und ich schlage vor, daß du es auch tust. Vergiß nicht, Ellemir: Weder du noch ich können Callista erreichen. Wenn dieser Mann es geschafft hat, mag er unsere einzige Verbindung zu ihr darstellen. Wir sollten ihn nicht verärgern.«

Sie schlug die Augen nieder und sagte kurz: »Sprecht weiter. Ich werde Euch nicht wieder unterbrechen.«

»Und Euer nächster Kontakt mit Callista fand statt, als das Flugzeug abstürzte?« fragte Damon.

»Nachdem das Flugzeug abgestürzt war. Ich lag halb bewußtlos am Rand des Abgrunds, und sie rief mich und forderte mich auf, mir einen Unterschlupf zu suchen.« Langsam, sich bemühend, Wort für Wort wiederzugeben, was Callista zu ihm gesagt hatte, berichtete Andrew, wie sie ihn davor bewahrt hatte, das Flugzeug noch einmal zu betreten, das gleich darauf in die Schlucht fiel.

»Glaubt Ihr, Ihr könntet den Ort wiederfinden?« wollte Ellemir wissen.

»Ich weiß es nicht. Die Berge sind verwirrend, wenn man nicht an sie gewöhnt ist. Natürlich könnte ich es versuchen, obwohl der Weg von dort nach hier schon schlimm genug war.«

»Ich sehe keine Notwendigkeit dafür«, erklärte Damon. »Fahrt fort. Wann erschien sie Euch das nächste Mal?«

»Als das Schneetreiben eingesetzt hatte. Gerade wuchs es sich zu einem richtigen Blizzard aus, und ich wollte schon aufgeben und sagte mir, es sei hoffnungslos, am besten suchte ich mir einen bequemen Platz, um mich hinzulegen und zu sterben.«

Damon dachte eine Weile darüber nach. »Dann ist die Verbindung zwischen euch zweiseitig. *Ihre* Not mag den Kontakt hergestellt haben, aber *Eure* Not und Gefahr brachte sie zumindest bei dieser Gelegenheit zu Euch.«

»Aber wenn Callista in der Überwelt frei ist«, rief Ellemir aus, »warum ist sie dann nicht fähig, dort zu dir zu kommen, Damon? Warum konnte Leonie sie nicht erreichen? Das ergibt keinen Sinn!«

Sie sah so verzweifelt, so aufgeregt aus, daß Carr es nicht ertrug. Sie war der weinenden Callista zu ähnlich. »Sie sagte mir, sie wisse nicht, wo sie sei – sie werde im Dunkeln gehalten. Vielleicht tröstet es Euch, Ellemir, daß sie nur zu mir kam, weil sie sich vergebens bemüht hatte, Euch zu erreichen.« Er forschte in seinem Gedächtnis nach dem genauen Wortlaut ihres Gesprächs. Es war nicht leicht, und langsam kam ihm der Verdacht, Callista habe direkt zu seinem Geist gesprochen und keine Worte gebraucht. »Sie sagte etwas wie – ich glaube – es sei, als habe man die Gedanken ihrer Verwandten und Freunde von der Oberfläche dieser Welt weggewischt. Sie sei lange Zeit im Dunkeln umhergewandert und habe nach Euch Ausschau gehalten, bis sie sich plötzlich mit mir verbunden fand. Und dann sagte sie, sie komme immer wieder zu mir zurück, weil sie Angst habe und allein sei ...« – er merkte, wie heiser seine Stimme wurde – »... und weil ein Fremder besser sei als überhaupt niemand. Sie vermutete, sie werde in einem Teil jener Ebene – nennt ihr sie Überwelt? – gefangengehalten, wo die Gedanken ihrer Leute sie nicht finden.«

»Aber wie? Warum?« fragte Ellemir.

»Es tut mir leid«, gestand Carr demütig, »darüber weiß ich gar nichts. Eure Schwester hatte große Schwierigkeiten, mir auch nur dieses Wenige zu erklären, und ich bin mir nicht sicher, ob ich es richtig verstanden habe. Wenn mein Bericht nicht exakt ist, dann nicht, weil ich lüge, sondern weil mir die richtigen Ausdrücke fehlen. Als mir Callista davon erzählte, schien mir alles klar zu sein. Es ist jedoch etwas ganz anderes, wenn ich es euch in eurer Sprache wiedergeben muß.«

Ellemirs Gesichtsausdruck wurde ein bißchen sanfter. »Ich glaube nicht, daß Ihr lügt, Ann'dra.« Wieder sprach sie seinen Namen auf diese seltsame weiche Art falsch aus. »Wäret Ihr mit irgendeinem bösen Vorsatz hergekommen, dann hättet Ihr Euch bestimmt viel bessere Lügen ausgedacht. Bitte, versucht, uns irgendwie alles mitzuteilen, was Ihr über Callista wißt. Ist sie verletzt, schien sie Schmerzen zu leiden, hat man sie mißhandelt? Habt Ihr sie tatsächlich gesehen, und wie sah sie aus? Oh, Ihr müßt sie ja gesehen haben, wenn Ihr mich erkannt habt.«

Andrew sagte: »Verletzt schien sie nicht zu sein, obwohl sie ein Mal auf ihrer Wange hatte. Sie trug ein dünnes blaues Gewand, das ein Nachthemd sein mochte; niemand, der seinen Verstand beisammen hat, wäre damit ins Freie gegangen. Es war daran ...« – er schloß die Augen, damit er sie sich besser vorstellen konnte »... eine Stickerei um den Saum in Grün und Gold, aber sie war zerrissen, und ich konnte das Muster nicht erkennen.«

Ellemir erschauerte leicht. »Ich kenne das Hemd. Ich habe auch so eins. Callista hatte es in der Nacht, als wir – überfallen wurden, im Bett an. Sagt mir mehr, schnell!«

»Das ist ein Beweis für die Wahrheit seiner Geschichte«, fiel Damon ein. »Callista ist mir in der Überwelt für einen kurzen Augenblick erschienen. Sie war immer noch in diesem Nachtgewand. Das verrät mit zweierlei. Er hat Callista tatsächlich gesehen. Und – das ist mir rätselhaft – sie kann sich aus irgendeinem Grund nicht einmal in Gedanken zweckmäßiger kleiden, obwohl sie in der Überwelt wie in ihrem eigenen Garten umherspaziert. Wenn ich sie früher in der Überwelt getroffen habe, hatte sie die Kleidung einer *Leronis* an – einer Zauberin«, setzte er als Erklärung für Andrew hinzu. »Sie trug ihre rote Robe und war verschleiert, wie es sich für eine Bewahrerin schickt.« Zögernd wiederholte er, was Leonie gesagt hatte: »Hätte man sie betäubt oder hypnotisiert oder ihr ihren Sternenstein weggenommen, oder wäre sie so mißhandelt worden, daß sie den Verstand verloren hat ...«

»Das glaube ich nicht«, widersprach Andrew ihm. »Alles, was sie tat, war zu ... zu vernünftig, zu *zielstrebig,* wenn Ihr wollt. Sie führte mich in dem Blizzard zu einem ganz bestimmten Gebäude, und sie kam zurück, um mir zu zeigen, wo die für Notfälle eingelagerten Lebensmittel waren. Ich fragte sie, ob sie friere, und sie antwortete, da, wo sie sich befinde, sei es nicht kalt. Und als ich die Verletzung in ihrem Gesicht bemerkte und mich danach erkundigte, versicherte sie mir, mißhandelt worden sei sie eigentlich nicht.«

»Versucht Euch an alles zu erinnern, was sie zu Euch gesagt hat«, forderte Damon ihn auf.

»Sie sagte mir, daß die Hirtenhütte, in der ich Zuflucht vor dem Sturm fand, nur ein paar Meilen von hier entfernt sei. Sie wünschte, im Körper bei mir zu sein, denn dann wäre sie, sobald der Sturm sich gelegt hätte, in kurzer Zeit« – Andrew runzelte die Stirn und rief sich eine Kommunikation ins Gedächtnis zurück, die sich, wie er jetzt merkte, mehr in Gedanken als in Worten abgespielt hatte – »warm und sicher und zu Hause.«

»Ich kenne die Hütte«, sagte Damon. »Coryn und ich haben als Jungen auf Jagdausflügen darin übernachtet. Es ist schon etwas, daß Callista in Gedanken dorthinkommen konnte.« Er bemühte sich, alle Einzelheiten zu einem Gesamtbild zusammenzufügen. »Was hat Callista sonst noch zu Euch gesagt?«

Danach geschah es, daß ich aufwachte und sie beinahe in meinen Armen schlafend vorfand, dachte Andrew. *Aber verdammt will ich sein, wenn ich euch davon erzähle. Das geht nur mich und Callista an.* Aber wenn nun irgendeine zufällige Bemerkung von ihr Damon einen Hinweis auf ihren Aufenthaltsort geben würde? Andrew hielt unentschlossen inne.

Damon las ihm den Widerstreit seiner Empfindungen vom Gesicht ab und folgte seinen Gedanken genauer, als Andrew es sich hätte träumen lassen. In dem Wunsch, den Fremden zu schonen, meinte Damon freundlich: »Ich kann mir gut vorstellen, daß ihr allein im Dunkeln, beide von euch in unbekannter und gefährlicher Umgebung, Trost in dem Austausch von . . .« Er brach ab, und Andrew, empfänglich für seine Stimmung, erkannte, daß Damon nach einem Wort suchte, das nicht zu emotional aufgeladen war. »Im Austausch von – Geständnissen gefunden habt. Davon braucht Ihr uns nichts zu erzählen.«

Komisch, wie diese Leute einem ins Herz blicken können, fast als läsen sie Gedanken. Andrew war sich bewußt, daß Damon nicht in seine Privatsphäre eindringen und ihn nicht über die intimeren Dinge aushorchen wollte, die er mit Callista geteilt hatte. *Intim . . . ein seltsames Wort, wo ich sie doch nie mit Augen gesehen habe. Und trotzdem sind wir uns so nahegekommen.* Auch Ellemirs verdrossenes Gesicht entging ihm nicht. Irgendwie mußte auch sie spüren, in welcher Beziehung er zu ihrer Zwillingsschwester stand, und sie mißbilligte es.

Noch deutlicher nahm Damon Ellemirs Groll wahr. »Kind, du solltest dankbar sein, daß irgend jemand, überhaupt irgend jemand, Callista erreicht hat. Willst du, nur weil du selbst nicht zu ihr kommen und sie trösten konntest, einem Fremden übelnehmen, daß es ihm gelang? Möchtest du lieber, daß sie ganz allein in ihrem Gefängnis wäre?« Er wandte sich wieder Andrew zu und sagte, als wolle er sich für Ellemir entschuldigen: »Sie ist noch sehr jung, und sie sind Zwillinge. Aber Eurer Freundlichkeit gegen meine Verwandte wegen bin ich bereit, Euer Freund zu sein. Bitte, überlegt, hat sie irgend etwas über ihre Entführer erwähnt . . .«

»Sie sagte, sie sei im Dunkeln«, antwortete Andrew. »Sie wisse nicht, wo sie sei, aber wenn sie es wüßte, könne sie den Ort irgendwie verlassen. Das verstand ich nicht so recht. Sie sagte, da sie es nicht wisse, müsse ihre Körper – sie schien da einen Unterschied zu machen – bleiben, wo er gefangengehalten werde. Und sie verfluchte ihre Entführer.«

»Hatte sie keine Ahnung, wer sie sind?«

»Ihre Worte hatten keinen Sinn für mich«, gestand Andrew. »Sie sagte, es seien keine Menschen.«

»Woher wußte sie das? Hat sie sie gesehen?« forschte Damon eifrig.

Andrew schüttelte den Kopf. »Nein. Sie hat sie *nicht* gesehen. Sie glaubte, man halte sie im Dunkeln, weil sie sie nicht sehen solle. Auf den Gedanken, es seien keine Menschen, kam sie, weil . . .« Wieder zögerte er. Wie sollte er es umschreiben? Und dann dachte er: *Ach, zum Teufel, wenn es Callista nichts ausmachte, darüber zu einem Fremden zu sprechen, braucht es mir nicht so furchtbar peinlich zu sein.* »Sie schloß es daraus, daß keiner versucht hatte, sie zu vergewaltigen. Sie setzte als selbstverständlich voraus, daß es jeder menschliche Mann getan hätte, was ein merkwürdiges Licht auf die Männer Eures Planeten wirft!«

Damon stellte fest: »Wir waren bereits zu der Überzeugung gelangt, daß Wesen, die sich nicht scheuen, eine *Leronis,* eine Bewahrerin, zu rauben, keine Freunde der Domänen sein können. Ich war der Meinung, man habe sie nicht wie irgendeine beliebige Frau entführt, um Rache zu nehmen oder sie als Sklavin zu verkaufen, sondern daß es speziell auf Callista als ausgebildete Telepathin abgesehen war. Den Feinden muß klargewesen sein, daß sie Callista nicht zwingen können, ihre Macht als Bewahrerin gegen ihre eigenen Leute einzusetzen. Aber wenn sie sie gefangenhalten und ihr ihren Sternenstein weggenommen haben, kann Callista diese Macht auch nicht gegen sie benutzen. Und wenn die Entführer Menschen wären, wüßten sie, daß eine Bewahrerin immer Jungfrau ist und es einen einfacheren, weniger gefährlichen Weg gibt, einer Bewahrerin ihre Macht zu nehmen. Eine Bewahrerin in der Gewalt der Feinde ihres Volkes würde nicht lange Jungfrau bleiben.«

Carr schüttelte sich vor Abscheu. *Was für eine Hölle von*

einer Welt, wo diese Art Krieg gegen Frauen gang und gäbe ist!

Wieder folgte Damon seinen Gedanken und meinte mit einem leichten Zucken des Mundwinkels: »Oh, es ist weder so leicht noch so einseitig, Andrew. Der Mann, der eine *Leronis* zu schänden versucht, findet in ihr kein hilfloses Opfer, sondern riskiert sein Leben, ganz zu schweigen von seinem Verstand. Callista ist eine Alton, und wenn sie mit ihrer Gabe voll zuschlägt, kann sie lähmen oder gar töten. Das ist möglich, das ist schon geschehen, und es ist ein Kampf mit einem ausgeglicheneren Kräfteverhältnis, als Ihr es Euch vorstellt. Kein geistig gesunder Mann legt Hand an eine Comyn-Zauberin, außer es ist ihr eigener Wunsch. Aber jemand, der guten Grund zu der Befürchtung hat, die Macht einer Bewahrerin werde sich gegen ihn kehren, mag geneigt sein, das Risiko auf sich zu nehmen.«

»Aber«, unterbrach Ellemir, »man hat sie nicht angerührt, sagtet Ihr.«

»So weiß ich es von Callista.«

»Dann muß meine ursprüngliche Annahme richtig sein«, schloß Damon. »Callista ist in der Gewalt der Katzenwesen, und jetzt wissen wir auch, warum. Als ich mit Reidel sprach, kam mir schon der Verdacht, irgend jemand oder irgend etwas experimentiere in dem verdunkelten Land mit illegalen Matrix-Steinen, versuche, mit telepathischen Kräften zu arbeiten, sich diese Kräfte ohne Erlaubnis der Comyn und der Sieben Domänen nutzbar zu machen. Es hat schon Menschen gegeben, die das versucht haben. Soviel ich weiß, ist dies jedoch das erste Mal, daß es eine nichtmenschliche Rasse wagt.«

Plötzlich erschauerte Damon wie vor Kälte oder Angst. Er faßte blindlings nach Ellemirs Hand, als wolle er sich vergewissern, daß sie fest und warm war.

Als ob, dachte Andrew, *er sich im Dunkeln fürchte wie Callista.*

»Und sie haben es gewagt! Sie haben das verdunkelte Land für die Menschheit unbewohnbar gemacht! Sie können mit unsichtbaren Waffen über uns herfallen, und nicht einmal Leonie ist es gelungen, Callista in der von ihnen erzeugten Dunkelheit zu finden! Und wie stark sind sie! Zandru peitsche sie mit Skorpionen! Sie sind stark. Ich bin im Turm ausgebildet, aber sie warfen mich aus ihrer Ebene in einen Sturm, den ich nicht zu besiegen vermochte. Sie wurden so leicht mit mir fertig wie mit einem Kind! Götter! Götter! Sind wir also wehrlos gegen sie? Ist es hoffnungslos?«

Er vergrub sein Gesicht in den Händen. Andrew sah ihn erstaunt und bestürzt an. Dann legte er die Hand auf Damons Schultern und sagte bedächtig:

»Laßt das. Das hilft niemandem. Ihr habt doch eben erst betont, daß Callista ihre Macht, was das auch sein mag, noch besitzt. Und sie kann *mich* erreichen. Vielleicht, nur vielleicht – ich weiß gar nichts über diese Sachen, über die Kriege und Fehden, die ihr in eurer Welt habt, aber ich weiß Bescheid über Callista, und ihr Geschick ... liegt mir sehr am Herzen. Vielleicht gibt es einen Weg, wie ich herausfinden kann, wo sie ist – helfen kann, sie zu euch zurückzuholen.«

Damon hob das bleiche, erschöpfte Gesicht und betrachtete den Terraner völlig verblüfft. »Wißt Ihr, Ihr habt recht«, sagte er zu Andrew. »Daran hatte ich nicht gedacht. *Ihr* könnt Callista immer noch erreichen. Ich weiß nicht, warum oder wie es geschah, ich weiß nicht einmal, was es uns nützen wird, doch es ist unsere einzige Hoffnung. *Ihr könnt Callista erreichen.* Und sie kann zu Euch kommen, wenn eine andere Bewahrerin es nicht schafft, zu ihr vorzudringen, wenn ihre eigene Zwillingsschwester keinen Weg zu ihr findet. Dann ist es vielleicht doch nicht ganz hoffnungslos.«

Er ergriff Andrews Hände, und der Terraner spürte, daß das für Damon etwas sehr Ungewöhnliches war, daß unter Telepathen eine Berührung eine sehr intime Geste bedeutete.

Es brachte ihn in einen fast unerträglichen Rapport mit Damon – seine Erschöpfung, seine verzweifelte Sorge um seine junge Cousine, seine tieferliegenden Ängste, er werde sich der Herausforderung nicht gewachsen zeigen, sein Entsetzen vor der Überwelt, seine quälenden Zweifel an seiner Männlichkeit . . . Andrew wollte sich zurückziehen, diesen ungewollten intimen Kontakt zurückweisen, den Damon, am Ende seiner Kraft angelangt, ihm aufgezwungen hatte. Doch dann sah er in Ellemirs Augen. Es stand keine Verachtung mehr darin, sie glichen jetzt so sehr denen Callistas, sie flehten, sie waren voller Angst um Damon *(Sie liebt ihn ja!* durchfuhr es Andrew wie ein Blitz. *Mir kommt er nicht gerade besonders männlich vor, aber sie liebt ihn, auch wenn sie es selbst noch nicht weiß),* daß er es nicht fertigbrachte, ihre Bitte auszuschlagen. Sie waren Callistas Verwandte, und er liebte Callista, und was auch daraus werden mochte, er war in ihre Angelegenheiten verwickelt. *Am besten fange ich gleich an, mich daran zu gewöhnen,* dachte er. In einer unbeholfenen Aufwallung, die fast wie Zuneigung war, legte er Damon den Arm um die Schultern und drückte den anderen Mann rauh. »Sorge dich nicht so sehr«, sagte er. »Ich werde tun, was ich kann. Setz dich jetzt hin, bevor du zusammenbrichst. Was zum Teufel hast du dir übrigens angetan?«

Er schob Damon auf die Bank vor dem Feuer. Der unerträgliche Kontakt milderte sich, verging. Die Heftigkeit des plötzlichen Gefühls hatte Andrew ein bißchen aus der Fassung gebracht.

Damon sagte: »Es tut mir leid. Ich war die ganze Nacht auf der Suche nach Callista draußen in der Überwelt. Ich – ich habe versagt.«

Mit einem Gefühl großer Erleichterung seufzte er. »Jetzt wissen wir, wo sie ist, oder zumindest, wie wir uns mit ihr in Verbindung setzen können. Mit deiner Hilfe . . .«

Andrew warnte: »Ich weiß gar nichts über all diese Dinge.«

»Oh, das.« Damon tat es mit einem Schulterzucken ab. Er wirkte völlig ausgelaugt. »Ich hätte vernünftiger sein sollen; ich bin an die Überwelt nicht mehr gewöhnt. Ich muß mich ausruhen und es von neuem versuchen. Im Augenblick habe ich keine Kraft mehr. Aber wenn ich wieder hinausgehe . . .« – er straffte seinen Rücken – ». . . sollen die verdammten Katzenwesen sich hüten! Jetzt weiß ich, was wir tun können.«

Und das, dachte Andrew, *ist sehr viel mehr, als ich weiß. Aber vermutlich weiß Damon, was er tut, und das genügt mir vorerst.*

6

Damon Ridenow erwachte, blieb einen Augenblick liegen und sah an die Decke. Das Licht schwand schon; nach der anstrengenden nächtlichen Suche in der Überwelt und der Begegnung mit Andrew Carr hatte er fast den ganzen Tag verschlafen. Seine Müdigkeit war verschwunden, die Sorge jedoch nicht. Der Erdenmann war ihre einzige Verbindung mit Callista, und es kam ihm so unwahrscheinlich, so bizarr vor, daß einer dieser Leute von einer anderen Welt imstande sein sollte, den subtilen telepathischen Kontakt mit einer Frau seiner Kaste herzustellen. Terraner mit den *Laran*-Kräften der Comyn! Unmöglich! Nein, nicht unmöglich. Es war *geschehen.*

Er fühlte sich nicht von Andrew persönlich abgestoßen, nur von dem Gedanken, daß der Mann ein Fremder, ein Außenweltler war. Den Mann selbst mochte er eigentlich. Natürlich war das zumindest teilweise eine Folge des mentalen Kontaktes, in dem sie einen Augenblick lang gestanden hatten. In der Telepathenkaste entschied oft der zufällige Besitz von *Laran*, der spezifischen telepathischen Gabe, darüber, wie eng eine Beziehung wurde. Kaste, Familie, soziale Stellung, alles wurde unwesentlich im Vergleich mit der einen beherrschenden Tatsache. Man hatte die angeborene Kraft, oder man hatte sie nicht, und dementsprechend war man ein Fremder oder ein Verwandter. Nach diesem Kriterium, dem wichtigsten auf Darkover, war Andrew Carr einer von ihnen, und daneben spielte es keine Rolle, daß er von der Erde kam.

Auch Ellemir hatte plötzlich einen neuen Stellenwert in seinem Leben gewonnen.

Damon, dessen angeborene telepathische Begabung im Turm ausgebildet worden war, erlebte die Berührung der Gedanken als eine Verbundenheit, wie sie durch nichts anderes erreicht werden konnte. So hatte er für Leonie empfunden – und Leonie war zwanzig Jahre älter als er, durch das Gesetz verpflichtet, Jungfrau zu bleiben, und niemals schön gewesen. Während seiner Zeit im Turm und noch lange danach hatte er sie mit einer hoffnungslosen Leidenschaft geliebt, die ihn für andere Frauen untauglich machte. Wenn Leonie es gewußt hatte – und sie hatte kaum umhin gekonnt, es zu wissen, da sie war, was sie war –, dann hatte es für sie keinen Unterschied bedeutet. Bewahrerinnen wurden mit Methoden, die normalen Männern und Frauen unverständlich waren, dazu erzogen, die Sexualität aus ihrem Leben auszuschließen.

Das Nachdenken darüber brachte ihn wieder zu Callista – und zu Ellemir. Er kannte sie fast ihr ganzes Leben lang. Aber er war beinahe zwanzig Jahre älter als sie. Seine Eltern hatten ihn oft gedrängt zu heiraten, doch die Liebesfähigkeit seiner ersten Jugend war in der weißen Hitze einer rauchlosen Flamme für die unerreichbare Leonie aufgegangen. Später hatte er immer gemeint, er habe einer Frau nicht viel zu bieten. Die Intimität, die er mit anderen, Männern und Frauen, im Turmkreis kennengelernt hatte, wo die Seelen und Herzen einander offenstanden – sieben Personen in einer Gemeinschaft, in der nichts, und sei es noch so geringfügig, verborgen blieb und nichts verweigert oder zurückgewiesen wurde –, hatte ihn für weniger enge Kontakte verdorben. Dann hatte man ihn aus dem Turm hinausgeworfen, und nichts hatte seine trostlose Einsamkeit lindern können.

Einsam, einsam, mein ganzes Leben allein. Und ich hätte mir nie träumen lassen ... Ellemir, meine Verwandte, noch ein Kind, nichts als ein kleines Mädchen ...

Damon erhob sich rasch von seinem Bett, ging ans Fenster

und blickte in den Hof hinunter. *So* jung war Ellemir gar nicht mehr. Sie war alt genug, um diese große Domäne zu verwalten, wenn ihre Verwandten beim Comyn-Rat waren. Sie mußte fast zwanzig sein. Alt genug, einen Liebhaber zu haben, alt genug zu heiraten, wenn sie wollte. Sie war *Comynara* kraft eigenen Rechts und ihre eigene Herrin.

Aber jung genug, um etwas Besseres zu verdienen als mich, der ich von Furcht und Unfähigkeit zerrissen bin . . .

Hatte sie je an ihn als Liebhaber gedacht? Hatte sie vielleicht schon andere Liebhaber gehabt? Er hoffte es. Denn er wollte von Ellemir nicht die Verliebtheit eines unerweckten Mädchens, die sich leicht verflüchtigen konnte, wenn sie andere Männer kennenlernte. Sie sollte sich bewußt für ihn entscheiden, aufgrund ihrer Erfahrung mit Männern. Er überlegte, daß ihr als Zwillingsschwester einer Bewahrerin etwas von Callistas anerzogener Gleichgültigkeit Männern gegenüber angeflogen sein mochte.

Auf jeden Fall waren jetzt zwischen ihnen Tatsachen geschaffen, denen es ins Gesicht zu sehen galt. Die gegenseitige fast sexuelle Einstimmung war etwas, das sie nicht länger ignorieren konnten, und natürlich lag auch kein Grund vor, es zu ignorieren. Ihre Fähigkeit, bei der vor ihnen liegenden Aufgabe zusammenzuarbeiten, wurde dadurch sogar gesteigert. Sie mußten Callista finden, und der Rapport zwischen ihnen würde ihnen Kraft geben. Danach – nun, es gelang ihnen wohl nie mehr, sich voneinander zu lösen. Mit leichtem Lächeln sagte Damon sich, daß sie wahrscheinlich würden heiraten müssen; eine Trennung nach einem so engen telepathischen Kontakt war nicht mehr vorstellbar. Ihm sollte es recht sein, wenn nur Ellemir nicht aus irgendeinem Grund zu unglücklich darüber war.

Er stieg die Treppe hinunter und grübelte immer noch, aber in dem Augenblick, als er Ellemir in der Großen Halle sah, verflogen alle Bedenken. Noch ehe sie den ernsten Blick zu ihm hob, erkannte er, daß auch sie all dies überdacht und akzeptiert hatte. Sie ließ ihre Handarbeit fallen, lief ihm entgegen und schmiegte sich wortlos in seine Arme. Vor Erleichterung holte er tief Atem. Nach langer Zeit, in der keiner von ihnen laut sprach und sie nur, die Finger ineinander verflochten, vor dem Feuer standen, fragte er: »Es macht dir doch nichts aus, *Breda* – daß ich beinahe alt genug bin, dein Vater zu sein?«

»Du? O nein, nein – nur wenn du zu alt wärest, um Kinder zu zeugen, wie es der armen Liriel erging, als man sie mit dem alten Dom Cyril Ardais verheiratete; *das* würde mich ein bißchen stören. Aber bei dir hat sich mir die Frage nie gestellt, ob du alt oder jung bist«, sagte sie sehr einfach. »Ich glaube nicht, daß ich einen Liebhaber möchte, von dem ich keine Kinder haben könnte. Das wäre zu traurig.«

Damon hätte fast unpassenderweise herausgelacht. Auf das Problem hatte er nie einen Gedanken verschwendet. Wirklich, man durfte sich darauf verlassen, daß eine Frau die wichtigen Dinge im Auge behielt. Er sagte: »Darüber brauchen wir uns sicher keine Sorgen zu machen, *Preciosa,* wenn die richtige Zeit kommt.«

»Vater wird nicht erbaut sein«, meinte Ellemir langsam, »mit Callista im Turm. Ich glaube, er hat gehofft, ich würde hierbleiben und ihm den Haushalt führen, solange er lebt. Aber ich habe mein neunzehntes Jahr vollendet, und nach Comyn-Recht steht es mir frei zu tun, was ich will.«

Damon zuckte die Schultern. Er dachte an den einschüchternden alten Mann, der der Vater der Zwillinge war. »Ich habe nie gehört, daß Dom Esteban mich nicht mag«, erwiderte er, »und wenn er es nicht erträgt, dich zu verlieren, braucht das ja nicht zu sein. Wir können auch hier leben. Liebe ...« Er brach ab und fragte bestürzt: »Warum weinst du?«

Ellemir drückte sich fester an ihn. »Ich habe mir immer vorgestellt«, schluchzte sie, »daß ich es Callista als erster erzählen würde, wenn ich gewählt hätte.«

»Ihr steht euch sehr nahe, Geliebte?«

»Nicht so nahe wie andere Zwillinge«, antwortete Ellemir, »denn als sie in den Turm ging und Jungfräulichkeit gelobte, stand fest, daß wir niemals einen Liebhaber oder Gatten teilen würden, wie es so viele Schwestern tun. Trotzdem finde ich es traurig, daß sie dies, was mir so viel bedeutet, nicht erfahren wird.«

Damon schloß sie fester in seine Arme.

»Sie wird es erfahren«, beruhigte er sie. »Verlaß dich darauf: Sie wird es erfahren. Jetzt wissen wir doch, daß sie lebt, und es gibt einen Menschen, der sie erreichen kann.«

»Glaubst du wirklich, dieser Erdenmann, dieser Ann'dra, kann uns helfen, sie zu finden?«

»Ich hoffe es. Leicht wird es nicht sein, doch das haben wir von Anfang an gewußt. Jetzt wissen wir zumindest, daß es möglich ist.«

»Wie denn?« fragte Ellemir. »Er ist keiner von uns. Selbst wenn er irgendwelche Kräfte oder Talente wie unser *Laran* hat, weiß er doch nicht, wie er sie anwenden soll.«

»Wir müssen es ihn lehren«, sagte Damon. Auch das würde nicht leicht sein, dachte er. Seine Hand schloß sich um den Sternenstein, der ihm an einem Riemen um den Hals hing. Es mußte sein, wenn sie nicht jede Hoffnung aufgeben wollten, zu Callista vorzudringen, und er, Damon, mußte es ausführen. Aber wie er sie fürchtete, Zandrus Höllen, *wie* er sich davor fürchtete! Dessenungeachtet erklärte er ruhig, um Ellemir Zuversicht einzuflößen: »Bis gestern abend hast du auch nicht geglaubt, daß du *Laran*-Kräfte einsetzen könntest, und dann hast du es getan und mir damit das Leben gerettet.«

Ihr Lächeln war zitterig, aber wenigstens lächelte sie wieder. Damon fuhr fort: »Deshalb laß uns für den Augenblick genießen, was wir an Glück haben können, und es uns nicht mit Sorgen verderben, Ellemir. Was das Gesetz und die Formalitäten angeht, so rechne ich damit, daß Dom Esteban bald zurückkehren wird.« Bei diesen Worten überkam ihn eine böse Vorahnung. Er hielt den Atem an. *Früher als ich denke, und es wird ein Unglück für uns alle sein,* dachte er. Er verschloß seinen Geist vor dem Zukunftsbild und hoffte, Ellemir habe den Gedanken nicht aufgefangen. »Wir werden deinem Vater unsere Pläne vorlegen. In der Zwischenzeit müssen wir Andrew so viel beibringen wie möglich. Wo steckt er?«

»Schläft vermutlich noch. Er war ebenfalls sehr müde. Soll ich ihn holen lassen?«

»Das wirst du schon müssen. Wir haben wenig Zeit zu verlieren. Ach, jetzt, wo wir uns gefunden haben, wäre ich viel lieber eine Weile mit dir allein.« Er lächelte dabei. Sie teilten bereits mehr miteinander, als es ihm je bei einer anderen Frau widerfahren war, und alles übrige eilte nicht. Er war kein grüner Junge mehr, der sein Mädchen in aller Hast packt. Sie konnten warten. Er nahm den schüchternen Gedanken Ellemirs wahr: *Aber nicht zu lange,* und es machte ihm das Herz warm. Doch er ließ sie los und sagte: »Schicke einen Diener zu ihm und laß ihn bitten, zu uns herunterzukommen, wenn er ausgeschlafen hat. Und nun muß ich nachdenken.« Er ging von Ellemir weg und blickte in die blaugrünen Flammen, die von dem harzgetränkten Holz der Feuerstelle hochschossen.

Carr war Telepath, und ein potentiell starker dazu. Er hatte eine fremde Frau, nicht einmal eine Blutsverwandte, gefunden und den Rapport mit ihr gehalten. Ein Teil der Überwelt, der sogar Turmleuten verschlossen war, mochte ihm zugänglich sein. Andererseits war er völlig untrainiert, ohne alle Kenntnisse, und er war nicht einmal geneigt, richtig an diese merkwürdigen Kräfte zu glauben. Von ganzem Herzen wünschte sich Damon, jemand anders sei hier, der diesen Mann unterrichten könne. Das Erwecken latenter Psi-Kräfte war auch für solche, die darin geschult waren, keine leichte Aufgabe, und bei einem Außenweltler mit einem unvorstellbar fremdartigen Background, der nicht einmal durch Glauben und Vertrauen mithalf, wurde es wahrscheinlich eine schwierige und schmerzhafte Angelegenheit. Damon hatte derartige Kontakte vermieden, seit er aus dem Turmkreis entlassen worden war. Jetzt war er gezwungen, seine Barrieren für diesen Fremden fallenzulassen. Denn es war kein anderer da.

Suchend blickte er sich in der Halle um. »Habt ihr *Kirian* hier?« *Kirian*, eine starke Droge, hergestellt aus den Pollen einer seltenen Bergpflanze, senkte in sorgfältig abgemessenen Dosen die Barrieren gegen einen telepathischen Rapport. Damon wußte selbst nicht recht, ob er das Mittel Andrew Carr geben oder es selbst nehmen sollte, aber so oder so mochte die Droge ihm helfen, zu dem Fremden durchzukommen. Die gezielte telepathische Ausbildung wurde meistens von den Bewahrerinnen vorgenommen, aber *Kirian* konnte die Psi-Kräfte vorübergehend so verstärken, daß sogar mit Nichttelepathen ein Kontakt möglich wurde.

Ellemir antwortete voller Zweifel: »Ich glaube nicht. Als Domenic die Schwellenkrankheit überwunden hatte, haben wir auch keinen mehr hergestellt. Callista hat nie *Kirian* gebraucht, und ich auch nicht. Ich will nachsehen, aber ich fürchte, es ist vergebens.«

Damon spürte den kalten Schauer der Furcht in seinen Eingeweiden. Ein bißchen von *Kirian* betäubt, hätte er es vielleicht ertragen, das erwachende *Laran* des Fremden zu leiten und zu disziplinieren. Der Gedanke, die Tortur ohne jede Hilfe durchmachen zu müssen, brachte ihn fast um. Und doch, wenn es Callistas einzige Chance war . . .

»Du hast einen Sternenstein«, sagte Ellemir. »Du hast ihn benutzt, um mich das bißchen zu lehren, das ich fertigbringe . . .«

»Kind, du bist meine Blutsverwandte, und wir stehen uns emotional nahe – und noch unter diesen günstigen Bedingungen war es, als du den Stein anfaßtest, eine Qual für mich, die ich nicht in Worten ausdrücken kann«, erklärte Damon ernst. »Sag mir, besitzt Callista noch irgendwelche anderen Matrix-Juwelen, die unbenutzt sind?« Falls er Carr einen leeren, noch nicht eingestimmten Stein beschaffen konnte, wäre das ein großer Vorteil.

»Ich bin mir nicht sicher«, antwortete Ellemir. »Sie hat viele Sachen, die ich nie gesehen und nach denen ich mich nie erkundigt habe, weil sie mit ihrer Arbeit als Bewahrerin zusammenhängen. Ich wunderte mich nur, daß sie sie mitgebracht hat, statt sie im Turm zu lassen.«

»Vielleicht weil ...« Damon zögerte. Es fiel ihm schwer, von seiner eigenen Zeit im Turmkreis zu sprechen; davor scheute er zurück wie ein verängstigtes Pferd. Aber irgendwie mußte er diese Furcht überwinden. »Vielleicht weil ein *Leronis* oder auch ein bloßer Matrix-Techniker ihre oder seine Arbeitsgeräte gern ständig zur Hand hat. Ich weiß nicht recht, wie ich es erklären soll – man fühlt sich irgendwie besser, wenn sie in Reichweite sind. Ich benutzte früher meinen Sternenstein keine zweimal im Jahr«, setzte er hinzu, »aber ich trage ihn um den Hals, einfach weil er – zu einem Teil von mir gemacht worden ist. Es bereitet mir Unbehagen, ja, körperliche Schmerzen, wenn er zu weit von mir weg ist.«

Ellemirs Antwort bestätigte seine Vermutung über ihre eigene sich schnell entwickelnde Sensibilität. Sie flüsterte: »Oh, die arme Callista! Sie hat Andrew erzählt, man habe ihr ihren Sternenstein weggenommen ...«

Der Mann nickte grimmig. »Und deshalb leidet sie, auch wenn sie nicht vergewaltigt oder mißhandelt worden ist.« *Kann ich nicht ein bißchen mehr Schmerz oder Angst auf mich nehmen, wenn ich ihr damit Schlimmeres erspare?* dachte er. »Führe mich in ihr Zimmer. Ich werde ihre Sachen durchsehen.«

Ellemir gehorchte ohne eine Frage, aber als sie inmitten des gemeinsamen Raums mit den beiden schmalen Betten an den gegenüberliegenden Wänden standen, fragte sie in ängstlichem Ton: »Was du da gesagt hast – wird es Callista nicht weh tun, wenn du diese Dinge berührst, die sie als Bewahrerin benutzt?«

»Das ist möglich«, gab Damon zu, »aber es ist nicht schlimmer, als ihr bereits weh getan worden ist, und es mag unsere einzige Chance sein.«

Meine Männer starben, weil ich zu feige war, mich als das zu bekennen, was ich bin: ein im Turm ausgebildeter Telepath. Ließe ich Callista leiden, nur weil ich mich fürchtete, meine Fähigkeiten zu benutzen ... dann wäre ich Ellemirs unwürdig, dann wäre ich weniger wert als irgendein Außenweltler ... aber, Gott, ich habe Angst, Angst ... Gesegnete Cassilda, Mutter der Sieben Domänen, steh mir jetzt bei ...

Seine ruhige, gleichmütige Stimme verriet nichts. »Wo hebt Callista ihre Besitztümer auf? Ich kann deine von ihren nach dem Gefühl unterscheiden, aber darauf möchte ich weder Zeit noch Kraft verschwenden.«

»Der Ankleidetisch dort mit den silbernen Bürsten ist ihrer. Meiner ist der andere, der mit den gestickten Schärpen und den Bürsten und Kämmen mit Elfenbeinrücken.« Ellemirs Stimme verriet ihre Anspannung und Furcht, doch sie gab sich Mühe, ebenso kühl und leidenschaftslos zu sein wie er. Damon betrachtete die Platte des Tisches und suchte kurz in den Schubladen. »Hier sind nur ein paar kleine Dinge«, stellte er fest. »Zwei oder drei Matrix-Steine der ersten Ebene oder nicht einmal das, mit denen man Knöpfe befestigen kann, mehr nicht. Bist du sicher, daß du nie gesehen hast, wo sie anderes in dieser Art hat?« Noch bevor er sie den Kopf schütteln sah, wußte er die Antwort.

»Nie. Ich wollte mich in diesen Teil ihres Lebens nicht – eindrängen.«

»Wie schade, daß ich nicht der Terraner bin«, meinte Damon bitter. »Dann könnte ich sie direkt fragen.« Widerstrebend legte er die Hände um den Sternenstein in seinem Lederbeutel, langsam zog er ihn heraus, schloß die Augen und versuchte, etwas wahrzunehmen. Wie immer, wenn er das kalte, glatte Juwel berührte, empfand er den Stachel der Furcht. Einen Augenblick später ging er zögernd auf Callistas Bett zu. Das Bettzeug war immer noch durcheinandergeworfen und zerknüllt, als habe niemand, weder Magd noch Herrin, es übers Herz gebracht, den letzten Eindruck ihres Körpers dort zu vernichten. Damon fuhr sich mit der Zunge über die Lippen, bückte sich, faßte unter das Kissen, trat zurück und hob das Kissen vorsichtig hoch. Darunter lag auf dem feinen Leintuch eine kleine seidene Hülle, fast – aber nicht ganz – flach. Der Umriß des Juwels zeichnete sich durch die Seide ab.

»Callistas Sternenstein! Also haben ihre Entführer ihn ihr nicht weggenommen.«

Ellemir versuchte, sich an Andrews genaue Worte zu erinnern. »Er sagte – Callista hat nicht gesagt, man habe ihr ihren Sternenstein weggenommen. Sie hat gesagt: ›*Sie* können mir nur meine Juwelen wegnehmen, falls eins davon mein Sternenstein sein sollte.‹ Oder doch so ungefähr. Der Sternenstein ist die ganze Zeit hier gewesen.«

»Wenn ich ihn gehabt hätte, wäre es mir vielleicht gelungen, sie in der Überwelt zu sehen«, überlegte Damon laut. Dann schüttelte er den Kopf. Niemand außer Callista konnte den Stein benutzen. Sein Vorhandensein erklärte jedoch eins. Ohne ihn war es ihren Entführern möglich, sie in der Dunkelheit zu verbergen. Andernfalls hätte er Callista wahrscheinlich aufgespürt. Er hätte seinen eigenen Stein auf ihren fokussieren können . . . Sinnlos, jetzt darüber nachzudenken. Er streckte die Hand nach dem Stein aus und zog sie wieder zurück.

»Du nimmst ihn«, befahl er, und als sie zögerte: »Du bist mit ihr blutsverwandt, ihre Zwillingsschwester. Deine Schwingungen sind den ihren ähnlicher als meine. Wenn du ihn anfaßt, wird es Callista weniger Schmerz bereiten als bei jedem anderen Menschen. Trotz der isolierenden Seide besteht Gefahr, aber sie ist bei dir am geringsten.«

Behutsam hob Ellemir die seidene Hülle auf und ließ sie in den Ausschnitt ihres Kleides gleiten. *Hoffentlich nützt es uns irgend etwas,* dachte Damon. Mit ihrem Sternenstein hätte Callista sich besser gegen ihre Entführer wehren können. Vielleicht aber auch nicht. Allmählich festigte sich in ihm der Verdacht, wer auch immer sie gefangenhalte, müsse ebenfalls ein Matrix-Juwel benützen. Damit war er stärker als Callista, und sein oberster Wunsch war, sie machtlos zu halten. Denn er wußte, frei und bewaffnet stellte Callista eine Gefahr dar.

Die Katzenwesen. Die Katzenwesen, Zandru sollte sie alle holen! Aber wie und wo hatten sich die Katzenwesen genug Wissen angeeignet, um mit den Matrix-Juwelen auch nur zu experimentieren? *Die Wahrheit ist,* dachte Damon, *niemand von uns weiß etwas über die Katzenwesen, aber wir haben den bösen Fehler gemacht, sie zu unterschätzen. Einen tödlichen Fehler? Wer kann es sagen?*

Nun, wenigstens hatten sie Callistas Sternenstein nicht in die Hände bekommen.

Damon und Ellemir waren halbwegs die Treppe hinunter, als sie Aufruhr im Hof hörten, den Lärm von Reitern, das Läuten der großen Glocke. Ellemir keuchte auf, ihre Hand flog an ihr Herz. Damon erschrak; dann entspannte er sich.

»Das kann kein neuer Angriff sein«, sagte er. »Ich glaube, es sind Freunde oder Verwandte, sonst wäre Alarm gegeben worden.« *Und außerdem habe ich keine Warnung gespürt!*

»Wahrscheinlich kommt Lord Alton nach Hause«, meinte er. Ellemir blickte überrascht drein.

»Gleichzeitig mit dir habe ich auch Vater eine Botschaft geschickt. Aber ich hätte nicht gedacht, daß er während der Sitzungen des Comyn-Rates kommen würde, ganz gleich, wie dringend es war.« Sie sprang die Treppe hinunter, ihren grauen Rock bis zu den Knien hochraffend. Damon folgte ihr langsamer durch die großen Türen in den ummauerten Hof.

Dort herrschte Chaos. Bewaffnete, mit Blut bedeckt,

schwankten in ihren Sätteln. *Zu wenige*, dachte Damon, *für Dom Estebans Leibgarde*. Zwischen zwei Pferden hing eine primitiv aus immergrünen Zweigen geflochtene Bahre, und darauf lag der regungslose Körper eines Mannes.

Ellemir war am Eingang des Hofes stehengeblieben, und als Damon sie eingeholt hatte, traf ihn die Blässe ihres Gesichts wie ein Schlag. Sie hatte die Hände zu Fäusten geballt und die Nägel in die Handflächen gebohrt. Damon faßte sanft ihren Arm. Sie merkte gar nicht, daß er da war, so erstarrt war sie vor Schock und Entsetzen. Damon stieg die letzten Stufen hinunter und hielt schnell Umschau unter den erschöpften Gesichtern der Verwundeten. *Eduin ... Conan ... Caradoc ... wo ist Dom Esteban? Nur über ihre Leichen ...* Dann erhaschte er einen Blick auf das schwärzliche Adlerprofil und das eisengraue Haar des Mannes auf der Bahre, und es war wie ein Hieb in den Solarplexus, so schmerzhaft, daß er taumelte. *Dom Esteban! Bei allen Höllen – welch ein Zeitpunkt, um den besten Schwertkämpfer und Befehlshaber sämtlicher Domänen zu verlieren!*

Diener liefen hin und her und vergrößerten die scheinbare Verwirrung. Zwei der blutdurchtränkten Männer waren abgestiegen und banden vorsichtig die Bahre los. Die sie tragenden Pferde scheuten – *Das ist der Blutgeruch, daran gewöhnen sie sich nie!* –, und ein scharfer Schrei klang auf. Der Mann auf der Bahre fluchte fließend in vier Sprachen.

Also nicht tot, sondern sehr lebendig. Aber wie schwer verwundet? dachte Damon.

»Vater!« Ellemir lief auf die Bahre zu. Damon fing sie auf und hielt sie fest, bevor sie dagegenprallte. Das Fluchen hörte auf wie ein abgedrehter Wasserhahn.

»Callista, Kind ...« Die Stimme klang rauh vor Schmerz.

»Ellemir, Vater«, murmelte sie. Den Männern gelang es, die Bahre auf den Boden zu stellen, und Damon sah, daß die Heilerin sich durch die versammelten Diener drängte. In ihrer knappen Weise sagte sie: »Tretet zurück, das ist meine

Sache. Domna . . .« – zu Ellemir – ». . . auch für Euch ist hier nicht der richtigte Ort.« Ellemir ignorierte die Frau und kniete neben dem Verwundeten nieder. Ihre Lippen verzogen sich zu etwas, das ein Lächeln sein sollte.

»Ja, *Chiya*, da bin ich.« Die buschigen Augenbrauen zuckten. »Ich hätte nur mehr Männer mitbringen sollen.« Damon, der über Ellemirs gebeugten Rücken auf Dom Esteban hinabblickte, bemerkte in seinem Gesicht die Zeichen eines langen Kampfes mit dem Schmerz und mit etwas Schlimmerem. Mit etwas wie Furcht. Allerdings hatte noch niemand Furcht auf dem Gesicht von Esteban-Gabriel-Rafael Lanart, Lord Alton, gesehen, und so konnte man auch nicht wissen, wie sich Furcht auf diesem grimmigen und beherrschten Gesicht widerspiegeln würde . . .

»Jetzt fort mit dir, Kind. Schlachtszenen und Blut – kein Anblick für ein kleines Mädchen. Damon, bist du das? Verwandter, führe das Kind weg von hier.«

Und außerdem darfst du nicht fluchen, solange sie hier ist, dachte Damon. Er sah, daß die Zähne des alten Mannes seine Unterlippe malträtierten, und er kannte Dom Estebans eiserne Vorurteile. Damon legte Ellemir die Hand auf die Schulter, und nach einem Augenblick ließ sie es zu, daß er sie wegzog. Nun kniete sich die Heilerin neben die Bahre.

Damon hielt schnell Umschau im Hof. Dom Esteban war nicht der einzige, nicht einmal der am schwersten Verwundete. Einem der Männer halfen zwei Kameraden vom Pferd. Sie trugen ihn halb zu der Steinbank in der Mitte, wo sie ihn der Länge nach hinlegten. Sein Bein war mit einem Notverband umwickelt, durch den Blut sickerte. Damons Magen drehte sich bei dem Gedanken um, was darunterliegen mußte.

Ellemir befahl blaß, aber jetzt beherrscht, heißes Wasser, Verbandsleinen und Kissen zu bringen. »Die Wachstube ist zu kalt«, sagte sie zu Dom Cyril, dem ergrauten alten *Coridom* oder Haushofmeister. »Tragt sie in die Große Halle.

Laßt Betten aus der Wachstube hineinschaffen. Dort können sie leichter gepflegt werden.«

»Ein guter Gedanke, *vai domna*«, antwortete der alte Mann und hinkte auf den *Seconde* zu, der jetzt, wo Dom Esteban außer Gefecht war, als ranghöchster Offizier den Befehl über die Leibgarde von Armida hatte. Eduin war sein Name. Er war klein und knorrig, mit breiten Schultern und einem Habichtgesicht. Eine lange blutige Schmarre gab seinen Zügen ein wildes Aussehen. Der Ärmel seiner Jacke hatte Risse.

». . . unsichtbar!« hörte Damon noch. »Ja, ja, ich *weiß*, so etwas gibt es nicht, aber ich schwöre, wir konnten sie erst sehen, wenn sie tot waren, und dann – nun – dann fielen sie einfach aus der Luft. Sir, ich schwöre, es ist die Wahrheit. Wir hörten, wie sie sich bewegten, wir sahen sie *bluten* – aber sie waren nicht *da*!« Die Reaktion ließ den Mann am ganzen Körper beben, und unter dem verschmierten Blut war sein Gesicht totenbleich. »Wenn der *vai dom* nicht gewesen wäre . . .« Er sprach Dom Estebans Namen in seinem Bergdialekt als *Istvan* aus. »Hätten wir Lord Istvan nicht gehabt, wären wir alle umgebracht worden.«

»Niemand bezweifelt Eure Worte.« Damon trat vor und faßte den Mann bei den Armen; er schien kurz vor dem Umfallen zu sein. »Ich bin ihnen selbst begegnet, als ich das verdunkelte Land durchquerte. Wie seid ihr entkommen?« *Nicht so wie ich, der fortgelaufen ist und seine Männer zum Sterben zurückgelassen hat.* Plötzlich wurde ihm aus Ekel vor sich selbst und seiner Feigheit übel. Einen Augenblick lang fürchtete er zu ersticken. Dann zwang er sich, Eduin gefaßt zuzuhören.

»Ich bin mir nicht sicher. Wir ließen unsere Pferde im Schritt gehen, und ganz plötzlich scheuten sie und wollten durchgehen. Noch während ich versuchte, die Herrschaft über meins zurückzugewinnen, erklang dies – dies *Geheul*, und Dom Istvan hatte sein Schwert gezogen, und es war Blut darauf. Und dieser Katzenmann, der – der *materialisierte* einfach aus der Luft und fiel tot um. Dann sah ich Marcos mit durchgeschnittener Kehle umfallen und hörte Dom Istvan brüllen: ›Benutzt eure Ohren‹, und Caradoc und ich stellten uns Rücken an Rücken und schlugen mit unseren Schwertern in die Luft. Ich hörte ein Zischen und stieß danach, und ich fühlte, wie die Klinge eindrang, und da lag dieses Katzending sterbend im Schnee, und ich ... Irgendwie bekam ich die Klinge heraus und fuhr fort, nach allem zu hauen, was ich hören konnte. Es war wie ein Kampf im Dunkeln ...« Seine Augen schlossen sich, als wolle er da, wo er stand, einschlafen. »Kann ich etwas zu trinken haben, Lord Damon?«

Damon durchbrach die unheimliche Lähmung, die ihn in Bann hielt. Diener kamen mit Eimern voll warmem Wasser, Decken, Verbandzeug und dampfenden Krügen in den Hof gerannt. Er winkte schnell einen von ihnen herbei und fragte sich, wer hier Verstand genug gehabt hatte, zu dieser Stunde heißen *Firi* machen zu lassen. Er goß einen Becher voll und hielt ihn Eduin hin. Der Mann goß den heißen, starken Alkohol in sich hinein, als sei es mit Wasser gemischter Wein bei einem Bankett, und schüttelte sich. Damon sagte: »Geht in die Halle, Mann; Eure Wunden können dort besser versorgt werden.« Eduin schüttelte den Kopf. »Mir fehlt nicht viel, aber Caradoc ...« Er wies auf den schwergebauten braunbärtigen Mann, der mit geballten Fäusten auf der Steinbank lag. »Er hat eine Wunde am Bein.« Er ging zu seinem Freund und beugte sich über ihn.

»Lord Alton ...« murmelte Caradoc zwischen zusammengebissenen Zähnen. »Lebt er noch? Ich hörte ihn schreien, als man ihn aufhob.«

»Er lebt noch«, versicherte Damon ihm, und Eduin hielt Caradoc einen Becher mit dem starken Schnaps an die Lippen. Der Mann trank gierig, und Eduin sagte mit leiser Stimme: »Das wird er brauchen, wenn wir ihn bewegen. Helft mir, *vai dom*. Ich bin immer noch kräftig genug, um mit zuzufassen, und ich möchte ihn lieber selbst tragen, als den Dienern überlassen. Er hat den Streich aufgefangen, der mir zugedacht war.«

So vorsichtig wie möglich transportierten Damon und Eduin den schweren Caradoc die Treppe hinauf und in die Große Halle. Caradoc stöhnte und murmelte unzusammenhängend, als habe der starke Alkohol seine Selbstbeherrschung gelockert. Damon verstand: »Dom Esteban kämpfte mit geschlossenen Augen ... tötete fast ein Dutzend von ihnen ... viele von uns sind gefallen, noch mehr von ihnen ... hörte sie weglaufen, kann ich ihnen nicht verargen, mir war selbst zum Weglaufen zumute, aber einer von ihnen erwischte ihn, er fiel in den Schnee ... wir hielten ihn für tot, bis er anfing, uns zu verwünschen ...« Caradoc sank der Kopf auf die Brust. Bewußtlos hing er zwischen den beiden Männern, die ihn trugen.

Mit Damons Hilfe legte Eduin seinen Kameraden behutsam auf eins der Feldbetten, die hastig in der Halle aufgestellt worden waren, und deckte ihn fürsorglich mit warmen Decken zu. Für sich selbst wies er jede Hilfe zurück, als Dom Cyril mit Verbandzeug und Salbe kam, und erklärte, er sei so gut wie unverletzt geblieben. »... Aber Caradoc wird verbluten, wenn sich nicht sofort jemand um ihn kümmert! Helft *ihm!* Ich habe getan, was ich konnte, nur war das in der Kälte nicht viel.«

»Ich werde mein Möglichstes tun.« Damon biß die Zähne zusammen. Ihm wurde übel, aber wie alle Comyn-Gardisten, auch wenn sie nur kleine Abteilungen befehligten, hatte er eine gründliche Ausbildung in Feldspital-Techniken genossen. Und er hatte mehr gelernt als andere. Denn seines Ungeschicks im Schwertkampf wegen hatte er gemeint, zum Ausgleich für seine Mängel ein spezielles Wissen erwerben zu müssen. Aus dem Augenwinkel sah er, daß Andrew Carr in die Große Halle heruntergekommen war und erstaunt und entsetzt das blutige Bild betrachtete. Damon fing einen Gedanken auf: *Schwerter und Messer, an welchem Ort bin ich hier gelandet?* Dann vergaß er den Terraner völlig. »Die Heilerin ist bei Dom Esteban, aber das hier kann nicht warten. Dom Cyril, helft mir beim Verbinden.«

In der nächsten Stunde blieb ihm kein Gedanke für Andrew Carr und nicht einmal für Callista. Caradoc hatte eine Wunde an der Wade und eine zweite am Oberschenkel, aus der trotz der primitiven Aderpresse, die Eduin angelegt hatte, immer noch langsam Blut sickerte. Es war ein Kampf, die Blutung zu stillen, und eine schlechte Stelle für einen Druckverband: Eins der großen Blutgefäße in der Leiste war verletzt. Schließlich glaubte Damon, der Verband werde halten, und machte sich daran, die Fleischwunde an der Wade zu nähen – eine schmutzige Arbeit und eine, bei der ihm immer schlecht wurde. Als er damit fertig war, blutete die Wunde in der Lende schon wieder. Damon blickte auf den Mann nieder und dachte bitter: *Noch einer, den die verdammten Katzendinger auf dem Gewissen haben!* Unter Eduins bittendem Blick schüttelte er den Kopf.

»Weiter läßt sich nichts machen, *Com'ii.* Es ist eine schlechte Stelle.«

»Lord Damon, Ihr seid im Turm ausgebildet worden. Ich habe gesehen, wie die *Leronis* schlimmere Wunden als die hier mit ihrem Sternenstein geschlossen hat. Könnt Ihr denn gar nichts tun?« flehte Eduin. Er hatte sich allem Zureden widersetzt, sich auszuruhen oder zu essen oder seinen Freund einen Augenblick zu verlassen.

»O Gott«, murmelte Damon. »Ich habe weder die Geschicklichkeit noch die Kraft – es ist eine diffizile Arbeit. Ich könnte dabei sein Herz zum Stehen bringen, ihn töten . . .«

»Versucht es auf jeden Fall«, drängte Eduin. »Er wird sowieso in ein paar Minuten sterben, wenn Ihr die Blutung nicht stillen könnt.«

Nein, verdammt noch mal! hätte Damon am liebsten losgebrüllt. *Laßt mich in Ruhe, ich habe getan, was ich konnte . . .*

Caradac ist vor den Katzenwesen nicht davongelaufen. Wahrscheinlich hat er Esteban das Leben gerettet. Ihm ist es zu danken, daß Ellemir jetzt nicht vaterlos ist. Lebt Dom Esteban noch? Mir ist kein Augenblick geblieben, zu ihm zu gehen und mich zu überzeugen! Widerstrebend sagte er: »Ich will es versuchen. Aber erhofft Euch nicht zuviel. Es ist nur eine knappe Chance.«

Mit steifen Fingern suchte er nach dem Juwel an seinem Hals, zog es aus dem Beutel. *Jetzt muß ich die Arbeit einer Zauberin tun*, dachte er bitter. *Leonie sagte, wäre ich eine Frau, hätte man mich zur Bewahrerin gemacht ...*

Er starrte in den blauen Stein, konzentrierte sich mit aller Energie darauf, die Magnetfelder zu kontrollieren. Langsam, langsam fokussierte er sein gesteigertes Psi-Bewußtsein, vorsichtig tiefer und tiefer bis auf die molekulare Ebene und darunter, spürte die pulsierenden Blutzellen, den stockenden Herzschlag ... *vorsichtig, vorsichtig* ... Für einen Augenblick verschmolz sein Geist mit dem des bewußtlosen Mannes, ein dumpfer Strudel aus Furcht und Qual, eine wachsende Schwäche, während das kostbare Lebensblut verrann ... tiefer und tiefer, hinein in die Zellen, die Moleküle ... das zerrissene Blutgefäß, das Hervorströmen, der Druck ...

Jetzt ein Druck direkt gegen das verletzte Gefäß ... *telekinetische Psi-Kraft, die es zusammenhält ... Zusammenfügen der Zellen; Vorsicht, halte das Herz nicht an; laß da etwas lockerer* ... Damon war sich bewußt, daß er keinen Muskel regte, aber es war ein Gefühl, als befänden sich seine Hände in dem Körper des Mannes und hielten das verletzte Gefäß in festem Griff. Reine Energie drückte gegen das strömende Blut ...

Mit einem langen Seufzer zog er sich zurück. Eduin flüsterte: »Ich glaube, es hat aufgehört zu bluten.«

Damon nickte erschöpft. Heiter sagte er: »Bewegt ihn etwa eine Stunde lang nicht, bis der Klumpen geronnenen

Blutes hart genug ist, um zu halten. Legt Sandsäcke um ihn, damit er keine unwillkürliche Bewegung machen kann.« Nun, da die Blutung aufgehört hatte, sah man, daß die Wunde selbst keine große Sache war. »Eine schlechte Stelle, aber es könnte schlimmer sein. Einen halben Zoll weiter, und er wäre kastriert worden. Paßt gut auf, daß er stilliegt, und er wird wieder gesund werden. Im Namen der Hölle, Mann, steht auf! Was habt Ihr vor . . .«

Eduin war auf die Knie gefallen. Er murmelte die rituelle Formel: »Es ist ein Leben zwischen uns, *vai dom.*«

Damon erklärte scharf: »Es mag eine Zeit kommen, wo wir tapfere Männer wie Euch beide brauchen. Hebt Euer Leben dafür auf! Und jetzt, verdammt noch mal, wenn Ihr nicht geht und dafür sorgt, daß Ihr selbst Essen und Ruhe bekommt, schlage ich Euch nieder und setze mich auf Euch. Los, *Teniente* – das ist ein Befehl!«

Eduin murmelte benommen: »Dom Istvan . . .«

»Ich werde nachsehen, wie es um ihn steht. Laßt Eure eigene Wunde verbinden«, befahl Damon. Erst jetzt nahm er seine Umgebung wieder wahr. Ellemir überwachte immer noch mit bleichem Gesicht das Aufstellen von Betten für die Verwundeten und die Versorgung der weniger schwer Verletzten mit Essen. Die Heilerin saß immer noch neben Dom Esteban. Damon ging langsam zu ihr und bemerkte, als gehörte sein Körper jemand anderem, daß er beim Gehen schwankte. *Ich bin daran nicht mehr gewöhnt, verflucht.*

Auf Damons Frage hob die Heilerin den Kopf. »Er schläft; heute wird er keine Frage mehr beantworten. Das Schwert hat seine Nieren um eine Winzigkeit verfehlt, aber ich vermute, die Nerven seines Rückgrats sind verletzt. Er kann seine Beine überhaupt nicht bewegen, nicht einmal mit einem Zeh wackeln. Es *könnte* der Schock sein, ich befürchte jedoch Schlimmeres. Wenn er aufwacht – nun, entweder ist er dann vollkommen in Ordnung, oder er wird den Rest seines Lebens vom Gürtel abwärts tot sein. Wunden im Rückgrat heilen nicht.«

Wie im Traum verließ Damon die Heilerin. Er schüttelte langsam den Kopf. Nicht tot, nein. Aber wenn er tatsächlich vom Gürtel abwärts gelähmt war, konnte er ebensogut tot sein, würde er wahrscheinlich lieber tot sein wollen. Damon beneidete niemanden um die Aufgabe, dem wutschnaubenden alten Mann mitzuteilen, daß er die Rettung seiner Tochter anderen Händen überlassen mußte.

Wessen Händen? Meinen? Voll Schreck kam Damon zu Bewußtsein: Seit dem Augenblick, als er erkannte, daß Dom Esteban noch lebte, hatte er gehofft, sein älterer Verwandter – der Callista als ihr Vater schließlich am nächsten stand und dessen Ehre verlangte, jeden ihr zugefügten Schaden zu rächen – würde imstande sein, diese schreckliche Aufgabe zu übernehmen. Aber damit war es nun nichts.

Immer noch blieb es ihm überlassen – ihm und dem Erdenmann Andrew Carr.

Entschlossen verließ Damon die Große Halle, um sich auf die Suche nach Andrew Carr zu machen.

7

Was ist das nur für eine Welt? Schwerter und Messer – Räuber, Kämpfe, Entführungen. Carr hatte die Verwundeten gesehen, aber schnell entdeckt, daß er nur im Weg war und seine Gastgeber jetzt weder Zeit noch Aufmerksamkeit für ihn hatten. Deshalb hatte er sich wieder nach oben in das Zimmer zurückgezogen, das ihm angewiesen worden war. Er war nicht glücklich darüber, daß er seine Hilfe nicht angeboten hatte, doch das Haus wimmelte von Leuten, und sie alle wußten besser als er, was zu tun war. Sich abseits zu halten, dachte er, würde das beste sein.

Was würde nun geschehen? Den Worten der Diener hatte er entnommen – die meisten sprachen einen Dialekt, dem er kaum zu folgen vermochte –, daß dies der Herr des Besitztums war, Ellemirs Vater. Ob Damon, nun der Eigentümer, wieder daheim war, die Leitung der Unternehmungen behielt, die für Callistas Rettung geplant sein mochten? Andrew dachte so intensiv an Callista, daß es fast alles andere ausschloß. Dann, beinahe als hätten seine Gedanken sie zu ihm gezogen (vielleicht hatten sie das auch, Callista schien anzunehmen, daß ein solches Band zwischen ihnen vorhanden war), sah er sie vor seinem Bett stehen.

»Du bist also jetzt in Sicherheit, Andrew, und heil und gesund. Haben meine Verwandten sich dir gastfreundlich gezeigt?«

»Sie hätten nicht freundlicher sein können«, antwortete Andrew. »Aber wenn du in ihr Haus kommen kannst, warum können sie dich dann nicht sehen?«

»Ich wünschte, ich wüßte es. Ich kann sie nicht sehen, ich empfange ihre Gedanken nicht. Es ist, als sei das Haus leer, als spuke nicht einmal ein Geist darin! Oder als sei ich der spukende Geist – in meinem eigenen Heim!« Ihr Gesicht verzog sich zum Weinen. »Irgendwie ist es irgend jemandem gelungen, mich von allem, von jedem Menschen, den ich kenne, abzuschirmen. Ich wandere durch die Überwelt, und ich sehe nur fremde, vorübertreibende Gesichter, niemals erhasche ich auch nur einen Blick auf ein mir vertrautes. Sollte ich wahnsinnig geworden sein . . .?«

Andrew versuchte wiederzugeben, was Damon ihm mitgeteilt hatte. Langsam sagte er: »Damon glaubt, daß du dich in der Gewalt der Katzenwesen befindest, die anscheinend auch andere angegriffen haben, und daß sie dich gefangenhalten, damit du deinen Sternenstein nicht gegen sie einsetzen kannst.«

Callista antwortete: »Bevor ich den Turm verließ, sprach Leonie davon. Sie hatte den Verdacht, im verdunkelten Land sei etwas nicht in Ordnung und es würden dort nicht überwachte Steine benutzt – oder mißbraucht. Du bist Terraner – weißt du, was ich mit den Steinen meine?«

»Ich habe keine Ahnung«, gestand Andrew.

»Das ist altüberliefertes Wissen dieser Welt; ihr würdet es Wissenschaft nennen. Die Matrix-Steine, unter uns sprechen wir von Sternensteinen, werden auf den menschlichen Geist eingestimmt und verstärken die Psi-Kräfte. Man kann damit Energie von einer Form in die andere umwandeln. Alle Materie, alle Energie und Kraft stellt nichts weiter als Schwingungen dar, und wenn man die Schwingungsbreite ändert, nimmt die Materie oder Energie eine andere Form an.«

Andrew nickte. Das verstand er. Es hörte sich an, als wolle sie, ohne die wissenschaftliche Ausbildung des Terranischen Imperiums zu besitzen, die Atomfeldtheorie von Masse und Energie erklären, und sie machte es besser, als es ihm mit seinen sämtlichen Kenntnissen gelungen wäre. »Und du kannst mit diesen Steinen umgehen?«

»Ja. Ich bin Bewahrerin und im Turm ausgebildet, die Leiterin eines Kreises von Telepathen, die diese Steine zur Transmutation von Energie benutzen. Und alle Steine, die wir in Gebrauch haben, die auf individuelle Gehirne eingestimmt sind, werden von dem einen oder anderen der Türme aus überwacht. Verwenden darf ein Mensch sie erst, wenn er von einer Bewahrerin oder einem Techniker ausgebildet worden ist und wir überzeugt sind, daß er keinen Schaden anrichten wird. Die Steine sind sehr, sehr mächtig, Andrew. Die der höheren Ebenen, die großen, könnten diesen Planeten erschüttern wie einen Bratvogel, der im Backofen platzt. Deshalb machte es uns angst, als wir entdeckten, daß jemand oder *etwas* im verdunkelten Land wahrscheinlich einen sehr großen Stein oder mehrere Steine benutzt, ohne Überwachung und ohne Ausbildung.«

Andrew rief sich Damons Worte ins Gedächtnis zurück. »Damon sagte, so etwas habe es schon gegeben, aber niemals hätten Nichtmenschen es gewagt.«

»Damon hat vergessen, was er im Geschichtsunterricht gelernt hat«, stellte Callista fest. »Tatsache ist, daß unsere früheren Vorfahren die ersten Steine von dem *Chieri*-Volk erhielten, das damit umgehen konnte, als wir noch Wilde waren, und einen so hohen Entwicklungsstand erreicht hatte, daß es die Steine nicht mehr brauchte. Heutzutage kümmern sich die *Chieri* kaum noch um die Menschheit, und wenige heute lebende Menschen haben jemals einen gesehen. Ich wünschte, ich könnte dasselbe von den Katzenwesen sagen, verflucht sollen sie sein!« Sie holte tief Atem. »Oh, ich bin müde, so müde, Andrew. Würde Evanda es doch geben, daß ich dich *berühren* könnte! Ich glaube, ich werde noch verrückt, allein in der Dunkelheit. Nein, ich bin nicht mißhandelt worden, ich habe nur den kalten Stein und das tropfende Wasser so satt, und meine Augen schmerzen von der Dunkelheit, und ich kann das Essen und das Wasser, das sie mir geben, nicht zu mir nehmen, weil es nach ihnen stinkt . . .«

Es machte Andrew halb wahnsinnig, daß er sie schluchzen hörte und unfähig war, sie zu erreichen, zu berühren, irgendwie zu trösten. Er wollte sie in die Arme nehmen, sie an sich drücken, ihre Tränen versiegen lassen. Und da stand sie vor ihm und sah so wirklich, so fest aus! Er sah sie atmen und die Tränen über ihr Gesicht laufen, und doch war er nicht einmal fähig, ihre Fingerspitzen zu fassen. Hilflos bat er: »Nicht weinen, Callista. Irgendwie werden Damon und ich dich finden, und wenn er es nicht schafft, versuche ich es allein!«

Plötzlich den Kopf hebend, sah er Damon mit weit aufgerissenen Augen im Eingang stehen. Den Atem vor Erstaunen einziehend, fragte er: »Ist Callista *hier*?«

»Ich kann nicht glauben, daß du sie nicht siehst«, gab Andrew zurück. Wieder spürte er dies merkwürdige Suchen nach einem Kontakt, das wie ein Eindringen in sein Gehirn war, und diesmal wies er Damon nicht zurück. Wenigstens erfuhr Damon auf diese Weise, daß er die Wahrheit sprach.

»Ich habe nie wirklich an dir gezweifelt«, versicherte Damon. Seine Verwunderung und Bestürzung standen ihm im Gesicht geschrieben.

»Damon ist hier? Damon!« rief Callista mit zitternden Lippen. »Du sagst, er ist hier, und ich kann ihn nicht sehen. Wie ein Geist, ein Geist in meinem eigenen Heim und im Zimmer meines Bruders . . .« Sie machte einen verzweifelten Versuch, das Weinen zu bezwingen. Andrew spürte, welche Anstrengung es sie kostete, ruhig zu erscheinen. »Sag Damon, er muß meinen Sternenstein finden. *Sie* haben ihn nicht gefunden, ich trug ihn nicht. Sag ihm, ich pflege ihn nicht um den Hals zu tragen, wie er es mit seinem tut.«

Andrew wiederholte dies laut für Damon. Er kam sich wie ein in Trance versetztes Medium vor, das angebliche

Botschaften von einem körperlosen Geist weitergibt. Der Gedanke ließ ihn erschauern; körperlose Geister waren für gewöhnlich tot.

Damon faßte nach dem Riemen um seinen Hals und sagte: »Ich hatte vergessen, daß sie das weiß. Sag ihr, Ellemir hat ihn, sie fand ihn unter ihrem Kissen, und frage . . .«

Andrew wiederholte Damons Worte, und Callista unterbrach: »Das erklärt, warum – ich wußte, *irgendwer* hatte meinen Stein berührt, aber wenn es Ellemir war . . .« Ihre schattenhafte Gestalt flackerte, als gehe die Anstrengung, bei ihnen zu bleiben, über ihre Kräfte. Auf Andrews besorgten Ausruf antwortete sie flüsternd: »Ich bin sehr schwach – mir ist, als sterbe ich – oder vielleicht . . . beobachtet den Stein.« Damit verschwand sie. Andrew blickte entsetzt auf die Stelle, wo sie eben noch gewesen war. Als Damon hörte, was Callista gesagt hatte, lief er den Flur hinunter und rief nach Ellemir.

Endlich tauchte sie auf. »Wo warst du?« fragte er gereizt.

Erstaunt und verärgert sah sie ihn an. »Was ist los mit dir? Meine Kleider waren von Blut durchtränkt; ich habe Verwundete gepflegt. War es nicht mein gutes Recht, zu baden und mich umzuziehen? Auch die Diener haben es getan!«

Wie ähnlich und wie unähnlich Callista, dachte Andrew. Er empfand einen völlig irrationalen Groll darüber, daß diese hier frei umherging, ein Bad und frische Kleider genoß, während Callista irgendwo allein im Dunkeln weinte.

»Den Sternenstein, schnell«, verlangte Damon. »Wir können darin sehen, ob Callista lebt und gesund ist.« Er erklärte Andrew, daß immer, wenn ein Matrix-Arbeiter ums Leben kam, auch sein Sternenstein »starb«, Farbe und Glanz verlor. Ellemir holte den Stein hervor, ihn vorsichtig nur durch die isolierende Seide anfassend. Er pulsierte so hell wie je zuvor.

Damon meinte: »Sie ist erschöpft und verängstigt, aber körperlich ist sie in guter Verfassung, sonst würde der Stein nicht so leuchten, Andrew! Wenn sie wieder zu dir kommt, sag ihr, sie muß sich zwingen zu essen und zu trinken, damit sie bei Kräften bleibt, bis wir zu ihr gelangen. Warum hat sie wohl so darauf bestanden, daß wir ihren Sternenstein suchen?«

Andrew streckte die Hand danach aus. »Darf ich . . .?«

Damon zögerte. »Es ist gefährlich. Niemand kann einen Stein benutzen, der auf einen anderen eingestimmt ist.« Dann fiel ihm ein: Callista war Bewahrerin, und diese Frauen besaßen die unglaubliche Fähigkeit, sich auf einen fremden Stein einzustimmen. Die leiseste Berührung seines Steins durch Ellemir war eine Qual gewesen, obwohl sie ihm damit das Leben gerettet hatte. Dagegen hatte Leonie den Stein viele Male in Händen gehalten, und es hatte ebensowenig weh getan, als habe sie ihm die Hand auf die Wange gelegt. Bei seiner Ausbildung war der Sternenstein der Bewahrerin benutzt worden, bis er gelernt hatte, seinen eigenen auf den Rhythmus seines Gehirns und seiner Energien einzustimmen. In dieser Zeit hatte er in so engem Kontakt mit Leonie gestanden, daß sie weit offen füreinander gewesen waren. *Noch jetzt würde ein einziger Gedanke sie zu mir bringen,* dachte er.

Andrew nahm Damons Gedanken wahr. *Es ist, als sende er mir seine Überlegungen zu. Ob er das weiß?* Leise begann er: »Wenn Callista und ich nicht auf irgendeine Weise sehr eng verbunden wären, würde sie nicht ständig zu mir zurückkommen.« Er zögerte kurz. Es widerstrebte ihm, mehr zu enthüllen. Dann sagte er sich, daß er um Callistas willen, um ihrer aller willen nichts zurückhalten durfte, auch wenn es privat und ganz persönlich war. Mit möglichst ruhiger Stimme gestand er: »Ich – ich liebe sie, wißt ihr. Ich werde alles tun, was ihr für das Beste haltet, ganz gleich, was es mich kostet. Über diese Dinge wißt ihr mehr als ich. Ich bin vollständig in euren Händen.«

Damons erste Reaktion war Widerwillen. (*Dieser Fremde, dieser Außenweltler! Allein schon seine Gedanken beflecken eine Bewahrerin!*) Nein, das war ungerecht. Andrew war kein Fremder. Wie es auch geschehen, wie es zustandegekommen sein mochte, dieser Erdenmann hatte *Laran*. Und was die Liebe zu einer Bewahrerin anging, so hatte er selbst Leonie sein Leben lang geliebt, und sie war deswegen nicht böse gewesen, hatte es nicht als Aufdringlichkeit empfunden. Natürlich hatte sie auf sein Begehren niemals auch nur mit einem Atemzug geantwortet; sie hatte seine Liebe auf eine völlig geschlechtslose Weise akzeptiert. Callista war wahrscheinlich ebenso imstande, sich, wenn sie es wünschte, gegen die Gefühle dieses Mannes zu verteidigen.

Andrew bekam es langsam satt, alles, was geschah, durch Damons Augen zu sehen. »Eins verstehe ich einfach nicht«, sagte er. »Warum muß eine Bewahrerin unbedingt Jungfrau sein? Ist das ein Gesetz? Etwas Religiöses?«

»Es ist immer so gewesen«, antwortete Ellemir, »seit der fernsten Vergangenheit.«

Das war natürlich kein Grund, dachte Andrew.

Damon spürte seine Unzufriedenheit. »Ich weiß nicht, ob ich es richtig erklären kann – es ist eine Sache der Nervenenergien. Ein Mensch hat davon nur eine bestimmte Menge. Man lernt seine Energieströme zu schützen, sie mit größter Wirkung zu benutzen, sich richtig zu entspannen, die Kräfte zu bewahren. Nun, was verbraucht die meiste Energie? Sex natürlich. Manchmal kann man ihn sich zunutze machen, um Energien zu kanalisieren, aber dem sind Grenzen gesetzt. Und wenn man auf die Matrix-Juwelen eingestimmt ist – also, der Energie, die *sie* enthalten, sind keine Grenzen gesetzt, menschlichem Fleisch und Blut, menschlichen Gehirnwellen aber wohl. Für einen Mann ist es ziemlich einfach. Er kann sich nicht mit Sex überladen, denn dann funktioniert er sexuell überhaupt nicht. Matrix-Telepathen stellen das ziemlich bald fest. Sie müssen mit Sex sparsam sein, wenn sie genug Energie für ihre Arbeit behalten wollen. Für eine Frau ist es jedoch leicht . . . nun, sich zu überladen. Deshalb muß eine Frau sich entscheiden, ob sie keusch leben oder völlig darauf verzichten will, sich auf die komplexeren Matrix-Muster einzustimmen. Denn das könnte sie sehr schnell umbringen, und es wäre kein schöner Tod.«

Damon fiel eine Geschichte ein, die Leonie ihm zu Beginn seiner Ausbildung erzählt hatte. »Ich habe dir schon gesagt«, fuhr er fort, »daß es nicht leicht ist, eine Bewahrerin zu vergewaltigen – doch es ist möglich, und es ist schon vorgekommen. Da war einmal eine Bewahrerin – sie war eine Prinzessin des Hauses Hastur –, und es herrschte einer der Kriege, in denen solche Frauen als Schachfiguren benutzt wurden. So wurde Lady Mirella Hastur entführt und vergewaltigt. Danach ließ man sie vor dem Stadttor wieder frei, weil die Feinde glaubten, jetzt sei sie nicht mehr fähig, ihre Macht gegen sie einzusetzen. Aber die andere Bewahrerin im Turm war getötet worden, und es war sonst niemand da, um die Arilinn bestürmenden Truppen aufzuhalten. Deshalb verschwieg Lady Mirella, was man ihr angetan hatte, und ging in die Schirme und kämpfte stundenlang gegen die Angreifer. Als die Schlacht vorüber war und alle Feinde tot oder sterbend vor den Stadttoren lagen, kam sie von den Schirmen herunter und fiel tot zu den Füßen ihrer Helfer nieder, ausgebrannt wie eine Fackel. Leonies Großmutter war zu der Zeit *Rikhi* und Unter-Bewahrerin. Sie sah Lady Mirella sterben und berichtete, nicht nur ihr Sternenstein sei geschwärzt gewesen, auch ihre Hände hätten ausgesehen, wie von Feuer verbrannt, und ihr Körper war versengt von den Energien, die sie nicht mehr hatte kontrollieren können. In Arilinn hat man ihr ein Denkmal errichtet«, schloß Damon. »Wir erweisen ihrem Andenken jedes Jahr zur Festnacht die Ehre, aber ich glaube, das Denkmal soll eine Warnung für alle Bewahrerinnen sein, die leichtfertig mit ihrer Macht umgehen – oder mit ihrer Keuschheit.«

Andrew dachte schaudernd: *Vielleicht ist es gut, daß ich Callista nicht berühren konnte. Nur möchte ich wissen, ob*

Damon mir diese Geschichte erzählt hat, damit mir später keine dummen Gedanken kommen!

Damon wandte sich Ellemir zu. »Gib ihm den Stein, Kind. Berühre ihn im Anfang nur ganz leicht, Andrew. Wirklich nur ganz leicht. Deine erste Lektion: Fasse einen Sternenstein niemals hart an. Behandele ihn immer, als sei er ein lebendes Wesen.« *Muß ich jetzt die Arbeit einer Bewahrerin tun, um ihn zu unterrichten, wie Leonie mich unterrichtet hat?*

Andrew nahm den Stein von Ellemirs ausgestreckter Hand. Er hatte Damons grollenden Gedanken aufgefangen und hätte gerne gewußt, was den schlanken Comyn-Lord so ärgerte. Waren hier alle Telepathen Frauen, so daß Damon glaubte, seine telepathische Begabung schade seiner Männlichkeit? Nein, das konnte nicht sein, sonst hätte Damon nicht selbst einen der Steine besessen. Aber Andrew spürte, daß da *etwas* war. Der Sternenstein fühlte sich ein bißchen warm an, noch durch die Seide. Andrew hatte erwartet, er werde kalt und hart wie jedes andere Juwel sein. Statt dessen lag er mit der Wärme eines Lebewesens auf seiner Handfläche.

Damon sagte mit leiser Stimme: »Nun entferne die Seide. Sehr behutsam und langsam. Sieh den Stein nicht direkt an.«

Andrew wickelte die isolierende Seide auf und sah Ellemir zusammenzucken. Sie flüsterte: »Das habe ich gespürt.«

»Bedecke ihn wieder, Andrew«, befahl Damon schnell. Andrew gehorchte, und Damon fragte Ellemir: »Hat es geschmerzt, als er ihn berührte?«

»Nicht eigentlich *geschmerzt*«, antwortete Ellemir mit zusammengezogenen Brauen, offensichtlich bemüht, ihre Reaktion ganz exakt wiederzugeben. »Ich habe es nur – gespürt. Als berühre mich eine Hand. Ich kann nicht sagen, wo. Es war nicht einmal richtig unangenehm. Nur – irgendwie intim.«

Damon runzelte leicht die Stirn. »Du entwickelst *Laran*«,

stellte er fest. »Daran läßt sich nicht zweifeln. Es mag uns helfen.«

Ellemir blickte ängstlich drein. »Damon! Ist es – gefährlich für mich? Ich bin keine Jungfrau.«

Zwillingsschwester einer Bewahrerin und so unwissend? entsetzte Damon sich innerlich. Dann merkte er, daß sie echte Angst hatte. Schnell beruhigte er sie: »Nein, nein, *Breda*. Gefährlich ist es nur für Frauen, die auf den höchsten Ebenen in den Schirmen oder mit den mächtigsten Steinen arbeiten. Du kannst vielleicht, wenn du erschöpft von der Liebe oder schwanger an die Arbeit gehst, heftige Kopfschmerzen oder einen Ohnmachtsanfall bekommen. Nichts Schlimmeres. In den Türmen gibt es viele Frauen, die nicht nach den Gesetzen leben, die für eine Bewahrerin gelten.«

Ellemir wirkte erleichtert und etwas verlegen. Andrew erkannte, daß so etwas nicht zu den Dingen gehörte, mit denen die Mädchen hierzulande vor Fremden herausplatzen. Obwohl die sexuellen Tabus hier anders sein mußten als unter den Terranern, schien es eine Menge davon zu geben.

Damon sagte: »Ellemir, berühre ganz kurz meinen Stein. Leicht – vorsichtig.« Er biß die Zähne zusammen und wikkelte den Stein aus.

Andrew sah ihm zu, und es machte ihm den Eindruck, als bereite sich Damon seelisch auf einen Tiefschlag vor. Ellemir legte ihre Fingerspitzen leicht auf den Stein, und Damon seufzte nur ein bißchen.

Also haben Ellemir und ich uns irgendwie aufeinander eingestimmt, dachte Damon. *Das ist zu verstehen. Bei einer solchen Sympathie geschieht es immer. Wenn wir uns noch näherkommen, wenn wir miteinander ins Bett gehen, lernt sie vielleicht sogar, meinen Stein zu benutzen. Nun, wenn ich einen guten Grund brauchen würde ...* Er lachte verlegen auf, denn er merkte, daß er seine Gedanken wieder mit voller Kraft abstrahlte, sowohl auf die Frau, um die sie sich drehten, als auch auf den Mann, der nach den üblichen Begriffen immer noch ein Fremder war. Doch daran mußten sich alle gewöhnen. Es würde schlimmer werden, bevor es besser wurde.

»Was es uns auch nützen mag«, sagte er laut, und Andrew bemerkte die Anspannung und Furcht in seiner Stimme, »anscheinend kann Ellemir meinen Stein anfassen, ohne mir weh zu tun. Das hilft. Was dich betrifft, Andrew, so *glaube* ich, daß ich dich auf Callistas Stein ohne Gefahr für sie einstimmen kann. Das ist ein Risiko, das wir eingehen müssen. Du bist unsere einzige Verbindung zu ihr. Was wir zu tun haben . . .«

Andrew warf ihm einen eigentümlichen Blick zu. »Was genau *werden* wir denn tun?«

»Ich bin mir noch nicht sicher. Einen festen Plan kann ich erst machen, wenn Dom Esteban aufwacht. Callistas Vater hat auf jeden Fall ein Mitspracherecht.« *Außerdem*, dachte Damon grimmig, *werden wir bis dahin wissen, ob er an der Rettungsaktion teilnehmen kann.* »Aber was wir auch unternehmen, Callista muß darüber informiert werden. Und selbst wenn sie verletzt oder getötet werden sollte . . .« – er sah Ellemir zusammenzucken – ». . . müßten wir immer noch gegen den Feind ziehen, der im verdunkelten Land sein Unwesen treibt.«

Andrew dachte: *Ich mache nur Callistas wegen mit; auf mehr lasse ich mich nicht ein.* Aber als er in Damons hohläugiges Gesicht sah, brachte er es nicht fertig, das laut auszusprechen. Er hielt immer noch den verhüllten Stein in der Hand.

Damon seufzte schwer. »Wickele ihn wieder aus. Berühre ihn – ganz leicht. Ellemir?«

»Ja. Auch jetzt habe ich es gespürt.«

Behutsam hielt Andrew den Stein in beiden Handflächen. Er saß auf einem niedrigen Sessel neben dem Fenster; Damon stand vor ihm. »Ich treffe besser Vorsichtsmaßnahmen, daß so etwas wie letztes Mal nicht wieder passiert«, sagte

Damon. Er ließ sich mit gekreuzten Beinen auf dem dicken Teppich nieder und zog Ellemir zu sich herunter.

Andrew sah die Angst in Damons Augen und fragte sich: *Ist das so gefährlich?*

Damons graue Augen begegneten dem Blick des Erdenmannes. »Ja, das ist es. Täusche dich nicht. Leute, die diese Fähigkeit anwenden, ohne die entsprechende Ausbildung zu haben, können ungeheuren Schaden anrichten. Ich darf dir nicht verschweigen, daß auch du ein Risiko eingehst. Jemanden auf eine Matrix einzustimmen ist für gewöhnlich Aufgabe einer Bewahrerin. Ich bin keine.« *Leonie sagte, wenn ich als Mädchen geboren worden wäre, hätte man mich zur Bewahrerin gemacht.* Zum ersten Mal war diese Erinnerung nicht von Selbstverachtung und von Zweifeln an seiner Männlichkeit begleitet. Statt dessen empfand Damon eine schwache Dankbarkeit. Vielleicht rettete es ihnen allen das Leben.

Andrew beugte sich zu ihm vor, Callistas Stein in den Händen. »Damon, du weißt, was du tust, nicht wahr? Würde ich dir nicht vertrauen, hätte ich dich gar nicht erst damit anfangen lassen. Akzeptieren wir also, daß es ein Risiko darstellt, und machen wir von da an weiter.«

»Das ist der einzige Weg«, nickte Damon. »Ich wünschte . . .« Er beendete den Satz nicht.

Ich wünschte, wir hätten Zeit genug, Leonie holen zu lassen. Aber würde sie billigen, was ich tue – daß ich einen Fremden, einen Terraner, auf eine Bewahrerin einstimme? Auch wenn unser Ziel ist, Callista das Leben zu retten? Callista wußte, welche Risiken eine Bewahrerin auf sich nehmen muß, bevor sie sich dem Turm gelobte. Leonie kennt diesen Erdenmann nicht so, wie ich ihn kenne, wie Callista ihn kennt.

Ich habe nie in meinem Leben etwas gegen Leonies Willen getan. Doch sie hat mir geraten, mein eigenes Urteilsvermögen zu gebrauchen, und genau das werde ich jetzt tun.

Andrew sagte mit leiser Stimme: »Welche Aufgabe fällt mir denn zu? Vergeßt nicht, daß ich gar nichts über diese Psi-Dinge weiß.« Seine Finger spielten unruhig auf dem Sternenstein. Dann erinnerte er sich an Damons Warnung und hielt sie ruhig. Er dachte: *Es ist, als ob – ich muß so vorsichtig sein, als hielte ich Callistas Leben zwischen den Händen.* Der Gedanke erfüllte ihn mit unaussprechlicher Zärtlichkeit. Ellemir hob den Kopf und sah ihn verständnisvoll an. *Sie ist Callista ähnlicher, als ich gedacht habe.*

Damon erklärte: »Ich werde in deinen Geist eindringen, werde meine Gehirnwellen, das elektrische Kraftfeld meines Gehirns auf der gleichen Wellenlänge wie deins resonieren lassen, wenn du es auf diese Weise leichter verstehst. Dann werde ich versuchen, das Feld *deines* Gehirns dem von Callistas Stein anzugleichen, damit du auf genau der richtigen Frequenz funktionierst. Das wird dich in engeren Kontakt mit ihr bringen, und vielleicht kannst du uns dann zu ihr führen.«

»Du weißt nicht, wo sie ist?«

»Ich habe nur eine allgemeine Vorstellung«, antwortete Damon. »Du sagtest, sie habe von tropfendem Wasser und Dunkelheit gesprochen. Das klingt mir nach den Höhlen von Corresanti; es sind die einzigen Höhlen innerhalb von einem Tagesritt, und die Katzenwesen werden es nicht wagen, Callista über der Erde und im Licht der Sonne gefangenzuhalten. Und das Dorf Corresanti liegt innerhalb der Grenzen des verdunkelten Landes. Nach der Einstimmung auf Callistas Sternenstein wirst du uns als Richtstrahl dienen und *genau* feststellen, wo man sie versteckt. Und dann sagst du es uns.«

Andrew folgte all dem mit einigen Schwierigkeiten. »Offenbar bist du ein Experte im Umgang mit diesen Steinen. Warum kannst du sie damit nicht selbst finden?«

»Zwei Gründe«, gab Damon zurück. »Wer auch immer Callista in seiner Gewalt hat, hält nicht nur ihren Körper im Dunkeln gefangen, sondern es ist ihm gelungen, ihren Geist auf einer Ebene der Überwelt so abzuschirmen, daß keiner von uns imstande ist, sie zu erreichen. Frag mich nicht, wie sie es gemacht haben. Dazu ist bestimmt eine sehr mächtige Matrix benutzt worden.« *Von der Großen Katze, die ich gesehen habe*, dachte er. *Nun, vielleicht werden wir ihr die Schnurrhaare versengen.*

»Der zweite Grund: Emotional steht Callista in enger Verbindung mit dir. Damit ist die Hälfte unserer Arbeit schon getan. Wenn wir einen unbenutzten Stein für dich hätten, würde ich ihm einfach *deine* Frequenzen eingeben, und dann wäre es dir ein leichtes, uns zu Callista zu führen, weil du bereits Kontakt mit ihr hast. Aber da wir Callistas eigenen Stein zu Hilfe nehmen müssen, der auf *sie*, auf ihren Körper und ihr Gehirn, eingestimmt ist, bedeutet er nur für jemanden, der sich im Gleichklang mit ihr befindet, keine Gefahr. Ohne dich hätte ich es vielleicht mit ihrer Zwillingsschwester versucht. Doch die Tatsache, daß Callista zu dir und nur zu dir kommen kann, macht dich zu der logischen Wahl.« Abrupt erklärte Damon: »Ich schiebe es schon wieder hinaus. Sieh in den Stein.«

Andrew senkte den Blick auf das blitzende, leuchtende Blau. Tief im Inneren des Steins bewegten sich kleine Farbbänder wie ein schlagendes Herz. Callistas Herz.

»Ellemir. Du mußt uns beide überwachen.« Damon empfand eine fast körperliche Sehnsucht nach den ausgebildeten Frauen der Turmkreise, die diese Arbeit kannten und fast automatisch Kontakte mit bis zu sieben oder acht in dem Kreis arbeitenden Telepathen auf einmal hielten. Ellemirs *Laran* war eben erst erweckt worden und ungeschult. »Wenn einer von uns zu atmen vergißt, wenn wir in ernsten physischen Schwierigkeiten zu sein scheinen, holst du uns einfach heraus.«

Auch sie hatte Angst. »Ich will – es versuchen.«

»Versuchen ist zu wenig. Du besitzt Talent. *Benutze* es, Ellemir, wenn dir das Leben deiner Schwester etwas bedeutet. Oder meins. Wärest du ausgebildet, könntest du dich einschalten und unsere Atmung und unseren Herzschlag regulieren, sobald sie zu versagen beginnen. Aber es genügt mir, wenn du uns, falls das geschieht, wieder an die Oberfläche bringst.«

»Ängstige sie nicht«, bat Andrew. »Ich weiß, sie wird ihr Bestes tun.«

Damon holte tief Atem und konzentrierte sich ganz auf den Stein. Furcht schoß hoch wie eine Flamme von einem geschlagenen Feuerstein. Sein Herz setzte aus; er zwang es weiterzuschlagen. *Ich schaffe es. Ich kann es. Leonie sagte, ich könne es.* Er entspannte sich. Sein Atem ging ruhig, sein Herz pulsierte in dem langsamen Rhythmus des Steins. Er begann, seine Anweisungen für Andrew zu formulieren. *Gib auf die Lichter im Stein acht. Laß Ruhe in deine Seele einziehen. Spüre deinen ganzen Körper in diesem Rhythmus pulsieren.*

Andrew empfing den Gedanken – *Nimm den Rhythmus auf* – und hätte gern gewußt, wie so etwas genau gemacht wurde. War es möglich, den eigenen Herzschlag auf diese Weise zu verändern? Im Zentrum für Medizin und Psychiatrie hatte man ihn gelehrt, mit einer Biofeedback-Maschine Alpha-Rhythmen zu erzeugen, um einzuschlafen oder sich völlig zu entspannen. Ein so großer Unterschied bestand gar nicht. Er versuchte, sich dem Pulsieren des Steins exakt anzupassen. *Es ist, als spüre ich Callistas Herz pochen.* Er wurde sich seines eigenen Herzschlags bewußt, des Hämmerns seines Blutes in den Schläfen, all der kleinen inneren Geräusche und Empfindungen und Rhythmen. Der Sternenstein auf seinen Handflächen flackerte schneller und heller, und Andrew spürte, daß sein Körper einen entschieden arhythmischen Kontrapunkt dazu lieferte. *Jetzt weiß ich, was Damon von mir erwartet. Ich muß die beiden Rhythmen in Einklang miteinander bringen.* Er begann, tief und langsam zu atmen, um wenigstens seine Atmung auf den Sternenstein abzustimmen. *Callistas Rhythmus? Nicht denken. Konzentrieren!* Es war ihm schon fast gelungen, als die Harmonie wieder verlorenging. Er spürte den Adrenalinstoß – *Callista?* – und hörte, daß Ellemir fast keuchend Luft holte. Dann zwang er sich zur Ruhe, normalisierte seine unregelmäßige Atmung. Zu seiner eigenen Verwunderung sah er, daß dadurch auch das Pulsieren des Sternensteins ruhiger wurde.

Jetzt waren seine Atmung und das Pulsieren des Sternensteins eins, nur sein Herzschlag paßte nicht dazu. *Konzentriere dich. Gleiche dich an.* Seine Augen schmerzten, Übelkeit stieg in ihm auf. Der Stein drehte sich – Andrew kniff die Augen zu, drängte den Brechreiz zurück, aber er sah das Licht und die kriechenden Farben noch durch die geschlossenen Lider.

Er stöhnte laut, und das Geräusch brach die wachsende Einheit in Stücke. Damon hob schnell den Kopf, und Ellemir blickte verstört auf.

»Was ist los?« fragte Damon leise, und Andrew brachte mühsam hervor: »Seekrank.« Der Raum schien langsam um ihn zu kreisen, und er streckte eine Hand aus, um sich im Gleichgewicht zu halten. Auch Ellemir war blaß geworden.

Damon fuhr sich mit der Zunge über die Lippen. »So etwas kann passieren. Verdammt. Du bist zu neu darin. Ich wünschte . . . Aldones! Ich wünschte, wir hätten etwas *Kirian.* Ohne das . . . Ellemir, weißt du genau, daß keiner da ist?«

»Ich bin davon ehrlich überzeugt.«

Damon dachte: *Ich selbst fühle mich auch nicht gerade wohl. Leicht wird das nicht gehen.*

Andrew erkundigte sich: »Wie kommt es zu dieser Wirkung?« und empfing Damons ungeduldigen Gedanken: *Ist das der richtige Zeitpunkt, dumme Fragen zu stellen?* Ungläubig nahm Andrew wahr, daß Damons Ärger sich wie ein blaßrotes Glühen um ihn ausbreitete. »Der Raum ist . . .

aus den Fugen«, sagte er, lehnte sich zurück und schloß die Augen wieder.

Damon riß sich zusammen. Es wäre auch dann keine einfache Aufgabe, wenn sie sich alle in völliger Harmonie befänden. Fingen sie an zu streiten, wurde sie *unmöglich*. Andrew mußte zusammen mit Fremden eine schwierige und ihm neue Arbeit leisten und dabei gegen die Übelkeit und die Schmerzen ankämpfen, die davon herrührten, daß die bisher unbenutzten Psi-Zentren seines Gehirns gewaltsam geöffnet wurden. Da durfte er nicht von ihm verlangen, daß er die Kontrolle behielt. Das mußte er tun, er ganz allein. Alle in Rapport zu halten, war das Amt der Bewahrerin. *Das Amt einer Frau. Aber ob Mann oder Frau, im Augenblick ist es mein Amt.*

Damon entspannte sich. »Es tut mir leid, Andrew. Irgendwann macht das jeder einmal durch. Dich trifft es besonders hart, und ich wünschte, ich könnte dir helfen. Dir wird übel, erstens, weil du Teile deines Gehirns benutzt, die für gewöhnlich brachliegen. Und zweitens, weil deine Augen und dein Gleichgewichtssinn und alles übrige auf deine Bemühungen reagieren, automatische Funktionen unter Kontrolle des Willens zu bringen. Entschuldige meine Gereiztheit. Ein gewisses körperliches Unbehagen kann auch ich nicht ganz ausschließen. Bemühe dich, deine Augen nicht auf etwas Bestimmtes zu richten, und lehne dich in die Kissen zurück. Die Übelkeit wird wahrscheinlich in ein paar Minuten vorübergehen. Tu dein Bestes.«

Andrew saß bewegungslos mit geschlossenen Augen, bis das Schwanken ein bißchen nachließ. *Er versucht, mir zu helfen.* Die körperlichen Sensationen waren wie die Nebenwirkungen einer Droge, und der Brechreiz war nicht von der Art, daß es ihm Erleichterung verschafft hätte, sich zu übergeben. Es war ein eigentümliches Kribbeln in den Eingeweiden, und auf den Innenseiten seiner Augenlider zuckten Lichter. Nun, umbringen würde ihn das nicht; er hatte mehr als einmal einen schlimmeren Kater gehabt. »Ich bin in Ordnung«, sagte er und fing Damons überraschten, dankbaren Blick auf.

»Eigentlich ist es ein gutes Zeichen, wenn dir in diesem Stadium schlecht wird«, meinte Damon. »Es zeigt, daß sich tatsächlich etwas tut. Wollen wir es noch einmal versuchen?«

Andrew nickte. Diesmal ging es leichter, und er brauchte keine Anweisungen, um sich auf den Rhythmus innerhalb des Matrix-Steins zu konzentrieren. Er brauchte auch gar nicht in den Stein hineinzusehen; er spürte sein Flackern mit den Fingerspitzen. Nein, es war im Grunde kein körperliches Gefühl. Andrew versuchte, genau festzustellen, woher es kam, und verlor es. Kam es darauf an, woher es kam? Wichtig war, daß er dafür offenblieb. Da war es wieder! (*Ein Teil meines Gehirns, den ich nie zuvor benutzt habe?*) Bald atmete er synchron mit dem unsichtbaren Pulsieren. Nach einer Zeit, in der ihm war, als taste er im Dunkeln nach einem flüchtigen Rhythmus, folgte der Herzschlag.

Doch der Kampf war noch lange nicht beendet. Hatte er eine Stimme des vielfach hämmernden Orchesters gerade gebändigt, entschlüpfte ihm eine andere und begann mit einem rebellischen Tick-Tack, jetzt in seinem Inneren, jetzt außerhalb von ihm. Dann mußte er wieder lauschen und es analysieren und irgendwie einfangen und vorsichtig, Schlag für Schlag, wieder einfügen. Endlich war es geschafft. Er ruhte in einem großen, pochenden Herz, wurde von einem grenzenlosen Meer gewiegt, der Körper und das Gehirn, die Arterien, die Zellen seiner Muskeln, das leichte Pulsieren in seinen Geschlechtsorganen, alles schwang in ein und demselben Rhythmus ... *Als sei ich innerhalb des Juwels und bewegte mich zusammen mit all den kleinen Lichtern ...*

Andrew – ein ganz leises Flüstern, Teil des großen Wogens.

Callista? Keine Frage. Eine Antwort war unnötig. *Als lägen wir beieinander in einer grenzenlosen schwingenden Dunkelheit. Ja, auch das wird kommen. Aneinanderge-*

schmiegt wie Zwillinge im Mutterleib. Sein Bewußtsein formulierte in diesem Augenblick keine Gedanken; da war nur eine ungezielte Wahrnehmung. Wie aus weiter Ferne tauchte die Frage auf, ob er jetzt erreicht habe, was mit der Einstimmung auf den Geist eines anderen gemeint war. Ja, er war in engem Kontakt mit Callista. Kurz spürte er auch Ellemir, und ohne daß er es wollte, empfand er auch mit ihr eine etwas beunruhigende Intimität. Ihm war, als liege er völlig entblößt mit beiden Frauen zusammen, und das schien ganz natürlich zu sein, kein Grund, sich zu wundern oder zu schämen. Dann wanderte sein Bewußtsein eine Ebene höher, und sein Körper war wieder da, kalt und naß vor Schweiß. Die Nähe Damons war ihm nicht ganz angenehm, weil er sich zwischen ihn und Callista schob. Und er wollte mit Damon auch nicht so eng verbunden sein. Es war nicht dasselbe, seine Textur unterschied sich irgendwie, störte. Andrew kämpfte und keuchte, würgte beinahe, und ihm war, als klopfe das Herz in seinen Händen laut. Plötzlich flammte gleißendes Licht auf, und sie alle verschmolzen miteinander. (Für einen kurzen Augenblick sah er Damons Gesicht, und erschreckenderweise war es, als blicke er in einen Spiegel.) Ohne Übergang fand er sich in seinem eigenen Körper wieder, und Callista war verschwunden.

Andrew lehnte sich in seinen Sessel zurück. Ihn schwindelte immer noch, aber die akute Übelkeit war vorüber. Damon kniete neben ihm und blickte ihm besorgt in die Augen.

»Andrew, bist du in Ordnung?«

»Mir geht es . . . prima«, stieß Carr verlegen hervor. »Zum Teufel, was . . .«

Ellemir – er merkte auf einmal, daß sie eine Hand ihm, die andere Damon gereicht hatte – drückte seine Hand leicht. Sie sagte: »Ich habe Callista nicht gesehen. Aber sie war für einen Augenblick *da.* Andrew, verzeih mir, daß ich an dir gezweifelt habe.«

Andrew war die Situation merkwürdig peinlich. Er wußte

genau, daß er sich nicht aus seinem Sessel entfernt, daß er nichts außer Ellemirs Fingerspitzen berührt und daß Damon ihn überhaupt nicht berührt hatte, und doch hatte er das bestimmte Gefühl, es sei etwas Tiefgreifendes und beinahe Sexuelles zwischen ihnen allen geschehen, Callista, die gar nicht da war, eingeschlossen. »Wieviel von dem, was ich empfunden habe, war real?« fragte er.

Damon zuckte die Schultern. »Eine Frage der Definition. Was ist *real?* Alles und nichts. Oh, die Visionen . . .« Er erkannte die Natur von Andrews Verlegenheit. »Das. Laß es mich so erklären. Wenn das Gehirn eine Erfahrung macht, die keiner anderen vorher gemachten gleicht, visualisiert es sie in vertrauten Bildern. Ich hatte ein paar Sekunden lang den Kontakt verloren – doch ich kann mir vorstellen, daß du starke Emotionen gehabt hast.«

»Ja«, gestand Andrew fast unhörbar.

»Es war eine ungewöhnliche Emotion, deshalb assoziierte dein Verstand sie sofort mit einer vertrauten, ebenso starken, die zufällig sexueller Natur war. Ich meinte, über ein Hochseil zu balancieren, ohne hinunterzufallen, und dann fand ich etwas, woran ich mich festhalten konnte. Aber . . .« – plötzlich grinste er – ». . . sehr viele Menschen denken in sexuellen Bildern, also mach dir deswegen keine Gedanken. Ich bin daran gewöhnt, das ist jeder, der sich jemals in einem direkten Rapport hat zurechtfinden müssen. Jeder hat seine individuellen Bilderfolgen. Du wist sie bald wie Stimmen auseinanderhalten können.«

Ellemir murmelte: »Ich hörte immerzu Stimmen in verschiedenen Tonlagen, die schließlich in Harmonie zusammenfanden und in einem gewaltigen Chor sangen.«

Damon beugte sich vor und berührte ihre Wange leicht mit den Lippen. »Das war also die Musik, die ich hörte?«

Andrew erinnerte sich, daß er irgendwo im Hintergrund ebenfalls sich zusammenfindende Stimmen vernommen hatte. Musikalische Visionen, dachte er ein bißchen belustigt, sind sicherer und weniger enthüllend als sexuelle. Forschend betrachtete er Ellemir, lotete seine Gefühle für sie aus und stellte fest, daß er gleichzeitig auf zwei Ebenen dachte. Auf der einen war er mit Ellemir intim, als sei er seit langem ihr Liebhaber, als verstehe er sie sehr gut und fühle sich als ihr Beschützer. Auf einer anderen Ebene war er sich noch deutlicher bewußt, daß dies Mädchen ihm fremd war, daß er nur ihre Fingerspitzen berührt und auch nicht die Absicht hatte, jemals mehr als das zu tun. Das verwirrte ihn.

Wie kann ich gleichzeitig diese fast sexuelle Verbundenheit mit ihr spüren und gleichzeitig an ihr als Person überhaupt kein sexuelles Interesse haben? Vielleicht hat Damon recht, und ich habe nur unbekannte Emotionen in bekannte Vorstellungen visualisiert. Denn das gleiche Gefühl von Intimität und Verbundenheit habe ich Damon gegenüber, und das stört mich wirklich. Er bekam Kopfschmerzen davon.

Damon sagte: »Ich habe Callista auch nicht gesehen, und ich war nicht richtig mit ihr in Kontakt, und doch habe ich gespürt, daß Carr es war.« Er seufzte vor körperlicher Müdigkeit, aber sein Gesicht war friedlich.

Das geruhsame Zwischenspiel war kurzlebig. Im Augenblick lebte Callista und war gesund, und Andrew mußte es sofort merken, wenn ihr jemand etwas antat. Aber wie lange, überlegte Damon, würde sie am Leben bleiben? Entdeckten die Feinde, daß Callista jemanden draußen erreicht hatte, jemanden, dem es möglich war, Retter zu ihr zu führen – nun, dann lag es auf der Hand, wie die Rettung zu vereiteln war. Andrew konnte eine tote Callista nicht erreichen. Und das war so einfach und offenkundig, daß sich Damon die Kehle zusammenschnürte. Fingen die Entführer irgendeinen Hinweis auf, was er zu tun versuchte, kamen sie auf den leisesten Verdacht, daß die Retter unterwegs waren, mochte Callista nicht mehr lange genug leben, um gerettet zu werden.

Warum hatten sie sie bisher am Leben gelassen? Wieder sagte Damon sich, er dürfe die Katzenwesen nicht nach menschlichen Begriffen beurteilen. *Wir wissen gar nichts über die Gründe, aus denen sie dies oder jenes tun.*

Er erhob sich und blieb schwankend stehen. Nach dieser anstrengenden telepathischen Arbeit brauchte er Essen, Schlaf und Ruhe. Die Nacht war weit vorgeschritten. Ihn quälte der Gedanke, daß äußerste Eile vonnöten war. Mühsam bewahrte er sich davor, umzufallen. Er blickte auf Ellemir und Andrew nieder. *Jetzt, wo die Dinge wieder in Bewegung gekommen sind, müssen wir bereit sein, uns mit ihnen zu bewegen,* dachte er. *Wenn ich als Bewahrer arbeite, ist dies meine Verantwortung – dafür zu sorgen, daß sie nicht in Panik geraten. Ich habe die Leitung, und ich muß mich um sie kümmern.*

»Wir brauchen alle Essen«, sagte er, »und Schlaf. Und wir können gar nichts unternehmen, bevor wir wissen, wie schwer Dom Esteban verwundet ist. Davon hängt jetzt alles ab.«

8

Am nächsten Morgen stieg Damon in die Große Halle hinunter und fand Eduin mit bleichem, besorgtem Gesicht vor der Tür warten. Auf Damons Frage nickte er kurz. »Caradoc geht es recht gut, Lord Damon. Aber Lord Istvan . . .«

Das sagte Damon alles, was er zu wissen brauchte. Esteban Lanart war aufgewacht – und war immer noch unfähig, sich zu bewegen. Es war entschieden. Damon überkam ein unheimliches Gefühl, als stehe er auf Treibsand. Was nun? *Was nun?*

Also mußte er es tun. Seine Kiefermuskeln spannten sich. Im Grunde hatte er es die ganze Zeit gewußt. Von dem Augenblick der Vorausschau an (*Früher als ich denke, und es wird ein Unglück für uns alle sein*) hatte er gewußt, daß die Aufgabe letzten Endes ihm zufallen würde. Er war sich immer noch nicht sicher, wie er sie angehen sollte, aber wenigstens stand jetzt fest, daß er die Bürde nicht auf die stärkeren Schultern seines Verwandten abladen durfte.

»Weiß er es, Eduin?«

Eduins Habichtgesicht verzog sich zu einer Grimasse des Mitleids. »Glaubt Ihr, irgendwer müsse es ihm eigens *sagen?* Aye. Er weiß es.«

Und wenn er es noch nicht wüßte, würde er es in dem Augenblick erkennen, wo er mich sieht. Damon schob die Tür zur Seite und wollte eintreten. Eduin faßte ihn am Arm.

»Könnt Ihr für ihn nicht tun, was Ihr für Cardoc getan habt, Lord Damon?«

Bedauernd schüttelte Damon den Kopf. »Ich bin kein

Wundertäter. Eine Blutung zu stillen ist nichts. Als das geschafft war, konnte Caradocs Wunde heilen. Ich habe nichts geheilt; ich habe nur getan, was Caradocs Wunde von selbst getan hätte, wenn man sie hätte verbinden können. Ist der Nerv des Rückgrats durchtrennt – dann kann keine Macht dieser Welt ihn wiederherstellen.«

Eduin schloß kurz die Augen. »Das habe ich befürchtet. – Lord Damon, gibt es Neuigkeiten über Lady Callista?«

»Wir wissen, daß sie im Augenblick am Leben und gesund ist«, antwortete Damon. »Doch es ist Eile geboten. Deshalb muß ich Dom Esteban sofort sprechen und Pläne machen.«

Er öffnete die Tür. Ellemir kniete neben dem Bett ihres Vaters. Die anderen Verwundeten hatte man in die Wachstube gebracht, ausgenommen Caradoc, der an der hinteren Wand der Halle unter seinen Decken fest zu schlafen schien. Esteban Lanart lag flach auf dem Rücken. Sein schwerer Körper war von Sandsäcken umgeben, die verhinderten, daß er sich von einer Seite auf die andere drehte. Ellemir fütterte ihn, nicht gerade sehr geschickt, mit einem Kinderlöffel. Der Lord war ein sehr großer, kräftiger, rotbärtiger Mann mit dem strengen Adlergesicht seines Clans. Seine langen Koteletten und seine buschigen Augenbrauen wurden grau, sein Bart war dagegen immer noch leuchtend rot. Er war wütend, und die Breispritzer in seinem Bart wirkten unangemessen. Sein grimmiger Blick wandte sich Damon zu.

»Guten Morgen, Verwandter«, grüßte Damon.

Dom Esteban gab zurück: »Gut, sagst du? Wenn ich hier liege wie ein vom Blitz getroffener Baum und meine Tochter – meine Tochter ...« Zornig hob er die geballte Faust, schlug gegen den Löffel, bekleckerte sich noch mehr mit Brei und schnaubte: »Nimm das Dreckszeug da weg! Es ist nicht mein Magen, der gelähmt ist, Mädchen!« Er sah ihr erschrockenes Gesicht und legte ihr unbeholfen die Hand auf den Arm. »Tut mir leid, *Chiya*. Ich habe Grund genug, mich zu ärgern. Aber gib mir etwas Anständiges zu essen, nicht diesen Babypamps!«

Ellemir hob hilflos die Augen zu der Heilerin, die in der Nähe stand. Diese zuckte die Schultern, und Damon meinte: »Gib ihm, was er möchte, Ellemir, falls er nicht fiebert.«

Das Mädchen erhob sich und ging hinaus, und Damon trat an das Bett. Es war kaum vorstellbar, daß Dom Esteban nie wieder von diesem Bett aufstehen würde. Dies harte Gesicht sollte nicht auf einem Kissen liegen, dieser kraftvolle Körper sollte sich in der gewohnten straffen, militärischen Art bewegen.

»Ich will dich gar nicht erst fragen, wie du dich fühlst, Verwandter«, sagte Damon. »Aber hast du noch große Schmerzen?«

»Fast keine, so seltsam es ist«, antwortete der Verwundete. »Eine so kleine, kleine Wunde wirft mich um! Es ist kaum mehr als ein Kratzer. Und doch . . .« Er schlug die Zähne in die Unterlippe. »Man hat mir gesagt, daß ich niemals mehr gehen werde.« Seine grauen Augen forschten in einem so verzweifelten Flehen in Damons Gesicht, daß der jüngere Mann in Verlegenheit geriet. »Ist das wahr? Oder ist die Frau eine solche Närrin, wie sie zu sein scheint?«

Damon senkte den Kopf, ohne zu antworten. Nach einer Weile meinte Dom Esteban mit müder Resignation: »Das Unheil verfolgt unsere Familie. Coryn ist vor seinem fünfzehnten Jahr ums Leben gekommen, und Callista, Callista – ich muß Fremde um Hilfe bitten, demütig, wie es einem Krüppel geziemt. Es gibt niemanden meines Blutes, der mir helfen kann.«

Damon ließ sich vor dem alten Mann auf die Knie nieder. Mit fester Stimme erklärte er: »Die Götter mögen verhüten, daß du unter Fremden Hilfe suchst. Ich beanspruche dieses Recht – Schwiegervater.«

Die buschigen Augenbrauen hoben sich bis fast an den

Haaransatz. Endlich sagte Dom Esteban: »Also daher weht der Wind? Ich hatte andere Pläne mit Ellemir, aber . . .« Eine kurze Pause, dann: »Ich glaube, in dieser unvollkommenen Welt geht nichts so, wie wir es planen. Also sei es. Aber der Weg wird kein leichter sein, auch wenn du Callista findest. Ellemir hat mir etwas erzählt – eine verworrene Geschichte von Callista und einem Fremden, einem Terraner, der irgendwie in Rapport mit ihr gelangt ist und uns sein Schwert oder seine Dienste oder so etwas angeboten hat. Er muß mit dir darüber sprechen, wer er auch sein mag. Mir kommt es sehr merkwürdig vor, daß einer der *Terranan* die geziemende Ehrerbietung für eine Bewahrerin zeigt.« Sein Gesicht verfinsterte sich. »Fluch diesen Bestien! Damon, was ist in den Bergen geschehen? Noch vor wenigen Jahren waren die Katzenwesen ein scheues Volk, das in den Wäldern lebte, und niemand hielt sie für intelligenter als die kleinen Leute in den Bäumen! Auf einmal greifen sie uns wie Teufel an, als sei ein böser Gott unter ihnen erschienen, sie hetzen die Trockenstädte gegen uns auf – und Land, auf dem unser Volk seit Generationen gelebt hat, liegt wie verhext unter einer dunklen Wolke. Ich bin ein Pragmatiker, Damon, und ich glaube nicht an Hexerei! Und jetzt kommen sie unsichtbar aus der Luft wie die Zauberer alter Märchen.«

»Sie sind nur allzu wirklich, fürchte ich.« Damons Gesicht war ernst. »Ich bin ihnen im verdunkelten Land begegnet, und zu spät fiel mir ein, daß ich sie mit meinem Sternenstein hätte sichtbar machen können.« Seine Hand wanderte zu dem Lederbeutel an seiner Kehle. »Sie haben meine Eskorte abgeschlachtet. Eduin berichtete, du habest deine Männer gerettet, sie fast allein herausgehauen. Wie . . .?« Wieder einmal überkam Damon das Gefühl der Unzulänglichkeit.

Dom Esteban hob die lange, breite Schwertkämpferhand vom Bett und betrachtete sie wie erstaunt. »Ich weiß es selbst nicht recht«, sagte er langsam, krümmte und streckte die Finger, drehte die Hand, um ihre Innenfläche anzusehen, drehte sie zurück. »Ich muß das andere Schwert in der Luft gehört haben . . .« Er zögerte, und als er weitersprach, schwang eine seltsame Verwunderung in seiner Stimme mit. »Nein, ich habe es nicht gehört. Erst als ich mein Schwert schon gezogen und hochgerissen hatte.« Er blinzelte verwirrt. »Das ist manchmal so. Das hat es schon gegeben. Man dreht sich plötzlich um und stellt sich zum Kampf, und es stürmen Angreifer auf einen los, die man andernfalls nicht mehr rechtzeitig gesehen hätte.« Er lachte heiser. »Gnädige Avarra! Hört euch die Prahlereien des alten Mannes an!« Dann ballten sich seine Hände zu Fäusten. Der Arm zitterte vor Wut. »Prahlereien? Warum nicht? Was kann ein Krüppel anderes tun?«

Vom besten Schwertkämpfer der Domänen zu einem hilflosen Invaliden – schrecklich! Und doch, dachte Damon widerstrebend, lag ein Element der Gerechtigkeit darin. Dom Esteban hatte niemals Toleranz für die leiseste körperliche Schwäche bei anderen gezeigt. Nur um seinem Vater zu beweisen, daß er Mut besaß, war Coryn die hohen Klippen hinaufgeklettert, vor denen er sich fürchtete, und hatte sich zu Tode gestürzt . . .

»Zandrus Höllen«, fluchte der alte Mann. »So steif, wie meine Gelenke in den letzten drei Wintern geworden sind, hätte das Knochenweh es in einem oder zwei weiteren Jahren auch geschafft. Besser, noch einen letzten großartigen Kampf gehabt zu haben.«

»Er wird nicht schnell vergessen werden«, versicherte Damon ihm und wandte sich ab, damit Dom Esteban das Mitleid in seinen Augen nicht sah. »Zandrus Höllen, wie wir dein Schwert jetzt gegen die verfluchten Katzenwesen gebrauchen könnten!«

Dom Esteban lachte freudlos. »Mein Schwert? Das ist einfach – nimm es, du kannst es gern haben.« Sein Gesicht verzog sich zu einer bitteren Grimasse, die ein Grinsen vorstellen sollte. »Ich fürchte nur, du wirst es selbst schwingen müssen. Ich kann dir nicht helfen.«

Damon nahm die unausgesprochene Verachtung wahr – *Kein jemals geschmiedetes Schwert könnte einen Schwertkämpfer aus dir machen* –, aber es kränkte ihn nicht. Die einzige Dom Esteban gebliebene Waffe war seine Zunge. Und Damon hatte sich sowieso nie etwas auf sein Geschick im Waffenhandwerk eingebildet.

Ellemir kehrte zurück. Sie stellte ein Tablett mit fester Nahrung für ihren Vater neben dem Bett ab und begann, das Fleisch zu schneiden. Dom Esteban erkundigte sich: »Was hast du nun für Pläne, Damon? Du willst doch nicht selbst gegen diese Katzenwesen ins Feld ziehen?«

Damon antwortete ruhig: »Ich sehe keine Alternative, Schwiegervater.«

»Es wird eine Armee erfordern, sie auszulöschen.«

»Nehmen wir uns das für das nächste Jahr vor«, sagte Damon. »Unser Problem ist, wie wir Callista schnell aus ihrer Gewalt befreien. Es bleibt uns nicht soviel Zeit, daß wir eine Armee aufstellen könnten. Noch wichtiger, wenn wir mit einer Armee anrückten, würden sie sie als erstes umbringen. Es ist Eile vonnöten. Wir wissen jetzt, wo sie ist . . .«

Dom Esteban starrte ihn an, vergaß, einen Mundvoll Fleisch zu kauen, und schluckte ihn ganz hinunter. Er würgte ein bißchen und winkte Ellemir, ihm zu trinken zu geben. Dann sagte er: »Ihr wißt es. Wie habt ihr das zustande gebracht?«

»Der *Terranan* hat es geschafft«, gestand Damon. »Nein, ich weiß auch nicht, wie es sich abgespielt hat. Ich hatte keine Ahnung, daß es unter den Außenweltlern so etwas wie unser *Laran* gibt. Aber er hat es, und er ist in Kontakt mit Callista.«

»Ich zweifle nicht daran«, sagte Esteban. »Ich habe in Thendara ein paar von ihnen kennengelernt, als sie wegen des Baus der Handelsstadt verhandelten. Sie sind uns recht ähnlich. Ich habe erzählen hören, in grauer Vorzeit seien Terraner und Darkovaner eine einzige Rasse gewesen. Allerdings verlassen sie ihre Stadt kaum. Wie ist dieser Mann hierher gekommen?«

»Ich will nach ihm schicken, dann kannst du es von seinen eigenen Lippen hören«, schlug Ellemir vor. Sie winkte einem Diener und gab ihm den Auftrag, und nach kurzer Zeit kam Andrew Carr in die Große Halle. Damon beobachtete, wie der Erdenmann sich vor Dom Esteban verbeugte, und stellte fest, daß diese Leute wenigstens keine Wilden waren.

Von Damon dazu aufgefordert, gab Carr einen kurzen Bericht, wie er mit Callista in Kontakt gekommen war. Esteban blickte ernst und nachdenklich drein.

»Ich kann nicht behaupten, daß ich mich darüber freue«, meinte er. »Daß eine Bewahrerin einen so engen Kontakt mit einem Fremden, einem Mann außerhalb ihrer eigenen Kaste, eingeht, ist ein noch nie dagewesener Skandal. In der Frühzeit der Domänen hat es auf Darkover Kriege aus geringeren Anlässen gegeben. Aber die Zeiten ändern sich, ob uns das gefällt oder nicht, und so, wie die Dinge jetzt stehen, ist es vielleicht wichtiger, Callista vor den Katzenwesen als vor der Schande eines solchen Rapports zu retten.«

»Schande?« Andrew Carr stieg das Blut ins Gesicht. »Ich habe nichts Böses oder Unehrenhaftes gegen sie im Sinn, Sir. Ich wünsche ihr nur das Beste, und ich habe mich erboten, zu ihrer Befreiung mein Leben zu riskieren.«

»Warum?« fragte Esteban kurz. »Sie kann Euch nichts sein, Mann. Eine Bewahrerin hat Jungfräulichkeit gelobt.«

Damon hoffte, Carr würde Verstand genug haben, über seine emotionale Verbundenheit mit Callista zu schweigen. Da er ihm nicht ganz traute, fiel er ein: »Dom Esteban, er hat sein Leben bereits riskiert, um einen Kontakt mit ihr herzustellen. Für einen Mann seines Alters ist es nicht leicht, ohne Ausbildung mit einem Sternenstein zu arbeiten.« Sein Blick beschwor Andrew: »Halt den Mund, laß es dabei bewenden.«

Dom Esteban verfolgte das Thema jedoch nicht weiter, sei

es vor Schmerz oder aus Sorge. Er wandte sich Damon zu: »Du weißt also, wo Callista ist?«

»Wir haben Grund zu der Annahme, daß sie sich in den Höhlen von Corresanti befindet«, erwiderte Damon, »und Andrew kann uns zu ihr führen.«

Dom Esteban schnaubte. »Es liegt eine Menge Gegend zwischen hier und Corresanti, und sie ist voll von Katzenwesen und verheerten Dörfern. Ihr müßtet einen halben Tag in das verdunkelte Land hineinreiten.«

»Das läßt sich nicht ändern«, stellte Damon fest. »Ihr habt es geschafft, euch durchzuschlagen, was beweist, daß es möglich ist. Wenigstens können sie uns nicht unsichtbar überfallen, solange ich meinen Sternenstein habe.«

Esteban dachte darüber nach, nickte bedächtig. »Ich hatte vergessen, daß du im Turm ausgebildet bist. Und was ist mit dem Erdenmann? Wird er mitgehen?«

»Ja«, erklärte Andrew. »Ich scheine die einzige Verbindung zu Callista zu sein. Außerdem habe ich ihr geschworen, daß ich sie retten werde.«

Damon schüttelte den Kopf. »Nein, Andrew. Nein, mein Freund. Gerade *weil* du die einzige Verbindung zu Callista bist, dürfen wir dein Leben nicht aufs Spiel setzen. Würdest du getötet, und wenn es durch einen Unfall geschähe, spürten wir sie vielleicht nie mehr auf oder kämen zu spät oder fänden nur noch ihre Leiche. Du bleibst in Armida und hältst durch den Sternenstein Kontakt mit mir.«

Hartnäckig schüttelte Carr den Kopf. »Hör zu, ich gehe mit. Ich bin viel größer und stärker, als du glaubst. Ich habe mich auf einem halben Dutzend Welten herumgetrieben. Ich kann für mich selbst sorgen, Damon. Teufel, Mann, ich bin zäher als *du*!«

Damon seufzte. *Vielleicht ist er das wirklich; er hat den Blizzard überlebt. Ich hätte es, verirrt auf einer fremden Welt, nicht geschafft.* »Du magst recht haben«, gab er nach. »Wie gut bist du mit dem Schwert?«

Damon las dem Erdenmann die Überraschung und das Zögern vom Gesicht ab. »Das weiß ich nicht. Bei uns sind Schwerter nicht in Gebrauch, außer zu sportlichen Zwecken. Aber ich könnte es lernen. Ich lerne schnell.«

Damon hob die Augenbrauen. »So leicht ist das nicht.« *Seine Leute benutzten Schwerter nur zu sportlichen Zwekken? Wie verteidigen sie sich dann? Mit Messern, wie die Trockenstädter, oder mit den Fäusten? Wenn das so ist, mögen sie stärker sein als wir. Oder sind die Terraner weiter gegangen als wir mit unserem Vertrag und haben alle tödlichen Waffen geächtet?*

Er rief: »Eduin!«, und der große Gardist, der in der Nähe der Tür wartete, kam gelaufen. »*Vai dom?*«

»Geht in die Waffenkammer und bringt mir zwei Übungsschwerter.«

Bald darauf kehrte Eduin mit zwei der aus Holz und Leder gefertigten Waffen zurück, die beim Training im Schwertkampf verwendet wurden. Damon nahm eine in die Hand und hielt die andere Carr hin. Der Erdenmann betrachtete neugierig den langen stumpfen Stab aus biegsamem Holz, der am Rand und an der Spitze mit geflochtenem Leder überzogen war. Er ergriff ihn ungeschickt. Damon runzelte die Stirn und fragte geradeheraus: »Hast du schon jemals in deinem Leben eine Schwert angefaßt?«

»Ich habe ein bißchen Fechtsport betrieben. Ein Champion bin ich nicht.«

Das glaube ich gern, dachte Damon und setzte den ledernen Kopfschutz auf. Über die rechte Schulter sah er Carr durch das Gitter an, das sein Gesicht schützte. Die Übungsschwerter waren so elastisch, daß die Gefahr der Verletzung eines Knochens oder inneren Organs gering war, aber Augen und Zähne waren verwundbar. Carr stellte sich ihm frontal gegenüber. *Die Brust exponiert,* dachte Damon, *und er hält das Ding, als wolle er das Feuer damit schüren.*

Andrew trat vor. Damon hob sein Schwert ganz wenig und

schlug Andrews Waffe zur Seite. Als der große Mann das Gleichgewicht verlor, traf ihn die Lederspitze an der Brust. Dann senkte Damon die Spitze. Er schüttelte den Kopf. »Siehst du, mein Freund? Und ich bin kein Schwertkämpfer. Ich würde kein halbes Dutzend Hiebe im Kampf gegen einen halbwegs tüchtigen Mann überstehen. Dom Esteban oder Eduin hier würden mir das Schwert aus der Hand schlagen, noch bevor ich es hochgebracht hätte.«

Carr blieb stur. »Ich bin überzeugt, daß ich es lernen kann.«

»Nicht mehr rechtzeitig«, warnte Damon ihn. »Glaub mir, Andrew, ich habe mit diesen Schwertern zu üben begonnen, bevor ich acht Jahre alt war. Die meisten Jungen fangen mindestens ein Jahr früher an. Du bist stark – das sehe ich. Du bist sogar ziemlich schnell mit den Füßen. Aber selbst nach einer Woche intensiven Trainings würdest du bei einem Kampf auf der Stelle getötet. Und wir haben nicht einmal eine Woche. Wir haben nicht einmal einen Tag. Vergiß es, Andrew. Du hast etwas Wichtigeres zu tun, als ein Schwert zu schwingen.«

»Und du glaubst, *du* bist fähig, eine Schar von Schwertkämpfern gegen die Katzenwesen zu führen?« fragte Dom Esteban ironisch. »Eduin könnte in Sekunden mit dir machen, was du mit dem Erdenmann gemacht hast.«

Damon blickte auf den bewegungslos daliegenden Mann hernieder. Esteban hatte das Essenstablett weggewinkt und musterte ihn scharf. In seinen Augen funkelte etwas wie Zorn. »Zeige etwas Verstand, Damon. Ich habe dich in der Garde behalten, weil die Männer dich mögen und du ein guter Organisator und Verwalter bist. Aber das ist eine Aufgabe für einen Meister des Schwertes. Glaubst du vielleicht, du könntest es mit Schwertkämpfern aufnehmen, die es fertiggebracht haben, die Wache hier auf Armida niederzumetzeln und Callista aus ihrem Bett zu rauben? Verheirate ich meine Tochter an einen Idioten?«

Ellemir fuhr auf: »Vater, wie kannst du es wagen! So darfst du nicht mit Damon sprechen!«

Damon machte ihr ein Zeichen, still zu sein. Er sah den alten Mann offen an. »Das weiß ich, Verwandter. Ich weiß über meine Mängel wahrscheinlich besser Bescheid als du. Trotzdem, kein Mann kann mehr geben als sein Bestes, und dies ist mein Recht. Ich bin jetzt Callistas nächster Verwandter, abgesehen von Domenic, und der ist noch keine siebzehn.«

Esteban lächelte grimmig. »Ich bewundere deinen Mut, mein Sohn. Ich wünschte nur, deine Fähigkeiten würden ihm entsprechen.« Er hob die Fäuste und hämmerte in einem Wutanfall auf das Kissen. »Zandrus Höllen! Hier liege ich, zerbrochen und nutzlos wie Durramans Esel, und all mein Können und all mein Wissen ...« Dann war der Anfall vorüber, und er sagte mit schwächerer Stimme als zuvor: »Wenn ich Zeit hätte, dich zu unterrichten – du bist gar nicht so hoffnungslos. Doch wir haben keine Zeit, keine Zeit. Du sagst, mit deinem Sternenstein kannst du ihre verfluchte Illusion der Unsichtbarkeit zunichte machen?«

Damon nickte. Eduin trat vor und kniete neben dem Bett nieder. »Lord Istvan, ich schulde Lord Damon mein Leben. Laßt mich mit ihm nach Corresanti gehen.«

Damon war tief gerührt. »Ihr seid verwundet, Mann. Und Ihr kommt gerade erst aus der Schlacht.«

»Trotzdem«, beharrte Eduin. »Ihr habt gesagt, ich sei mit dem Schwert besser als Ihr. Laßt mich mitgehen und Euch bewachen, Lord Damon. Eure Aufgabe ist es, den Sternenstein zu tragen.«

»Gnädige Avarra«, murmelte Dom Esteban vor sich hin, »*das* ist die Lösung!«

»Ich werde froh über Eure Gesellschaft und Euer Schwert sein. wenn Ihr Euch imstande fühlt mitzukommen.« Damon legte Eduin die Hand auf die Schulter. In seinem sensitivierten Zustand überwältigte ihn die Ausstrahlung von Loyalität und Dankbarkeit dieses Mannes. Fast beschämte es ihn. »Aber Ihr steht im Dienst von Lord Esteban. Er muß Euch die Erlaubnis geben.«

Beide Männer wandten sich Esteban zu, der bewegungslos dalag. Seine Augen waren geschlossen, seine Brauen zusammengezogen. Damon fürchtete schon, sie hätten den Verwundeten überanstrengt, doch dann merkte er, daß hinter den geschlossenen Augen ein sehr aktives Nachdenken stattfand. Plötzlich hoben sich Estebans Lider.

»Wie gut bist du eigentlich mit diesem Sternenstein, Damon?« fragte er. »Ich weiß, du hast *Laran*, du hast Jahre im Turm verbracht, aber hat Leonie dich nicht hinausgeworfen? Wenn der Grund Unfähigkeit war, wird es nicht klappen, sonst ...«

»Das war nicht der Grund«, stellte Damon ruhig fest. »Leonie hatte nichts an meinen Fähigkeiten auszusetzen, sie meinte nur, wegen meiner zu großen Sensibilität könnte meine Gesundheit leiden.«

»Sieh mir in die Augen. Ist das die Wahrheit oder Eitelkeit, Damon?«

Manchmal, dachte Damon, verabscheute er den brutalen alten Mann richtig. Er begegnete Estebans Blick, ohne mit der Wimper zu zucken. »Wie ich mich erinnere, hast du selbst genug *Laran*, um es herauszufinden.«

Estebans Mundwinkel zuckten wieder in diesem freudlosen Grinsen. »Von irgendwoher hast du den Mut bekommen, dich mir zu widersetzen, Verwandter, und das ist ein gutes Zeichen. Als Junge hattest du Angst vor mir. Liegt das nur daran, daß ich nie mehr von diesem Bett aufstehen werde?« Er fixierte Damon – es war, als halte er ihn in festem Griff – und erklärte dann kurz und bündig: »Ich entschuldige mich, daß ich an dir gezweifelt habe, Verwandter. Aber die Sache ist zu wichtig, als daß irgend jemandes Gefühle, auch meine eigenen, geschont werden könnten. Meinst du, mir gefällt der Gedanke, daß ein anderer Mann meine Lieblingstochter retten wird? Davon abgesehen – dein *Laran* ist beachtlich. Hast du einmal die Geschichte von Regis V. gehört? Damals waren die Hasturs Könige, es war, bevor die Krone auf die Elhalyn-Linie überging.«

Damon durchstöberte stirnrunzelnd sein Gedächtnis nach alten Legenden. »Verlor er nicht ein Bein in der Schlacht am Dämmerungspaß . . .?«

»Nein«, berichtigte ihn Dom Esteban, »er verlor sein Bein durch Verrat, als Meuchelmörder ihn im Schlaf überfielen. Nun konnte er nicht mehr zu einem Zweikampf antreten, von dem die gute Hälfte des Hastur-Landes abhing. Er schickte an seiner Stelle seinen Bruder Rafael, und dieser, ein mönchischer Mann mit wenig Geschick im Schwertspiel, duellierte sich hintereinander mit sieben Gegnern und tötete sie alle. Von da an bis heute ist Burg Hastur am Rande der Berge fest in Hastur-Händen geblieben. Und Rafael vollbrachte es, weil Regis, der zu Bett lag und noch nicht fähig war, aufzustehen und an Krücken zu humpeln, mit seinem Bruder durch dessen Sternenstein in Kontakt stand. So trug der mönchische Rafael Regis' Schwert in den Kampf und schwang es mit Regis' ganzer Kraft.«

»Ein Märchen«, meinte Damon. Trotzdem lief ihm ein merkwürdiges Prickeln das Rückgrat hinauf und hinunter.

Dom Esteban bewegte den Kopf, so weit es die Sandsäcke zuließen, und fuhr heftig auf: »Bei der Ehre der Alton-Domäne, Damon, das ist kein Märchen! In alter Zeit beherrschten wir diese Kunst, aber heutzutage haben die Comyn weder die Kraft noch den Wunsch, ein solches Wagnis einzugehen, und die Sternensteine überlassen sie hauptsächlich den Frauen. Wenn ich jedoch genau wüßte, daß du das Können deiner Vorväter besitzt . . .«

Langsam begriff Damon, worauf Dom Esteban hinaus wollte. »Aber . . .«

»Du hast doch keine Angst? Du wirst die Berührung der Alton-Gabe doch ertragen können?« forschte Dom Esteban.

»Denke daran, daß sie dich in die Lage versetzen wird, mit meinem Schwert gegen die Katzenwesen zu kämpfen, als ob ich selbst es führte!«

Damon schloß die Augen. Er sagte ehrlich: »Darüber muß ich nachdenken. Es wäre nicht leicht.«

Andererseits – war es der einzige Weg zu Callistas Rettung?

Dom Esteban war der einzige Mann auf der Welt, der fähig war, sich aus einem Überfall der Katzenwesen herauszuhauen. Er, Damon, war wie ein Hase vor ihnen davongelaufen und hatte seine Männer zum Sterben zurückgelassen. Er mußte ganz sicher sein. Das war eine Entscheidung, die ihm niemand abnehmen konnte. In diesem Augenblick gab es in der Halle niemanden außer Dom Esteban und ihm selbst.

Damon trat dicht an das Bett und blickte auf den hilflosen Mann herab. »Wenn ich mich weigere, Verwandter, dann nicht, weil ich Angst habe, sondern weil ich bezweifele, ob du es, krank und verwundet, wie du bist, fertigbringst. Ich wußte nicht, daß du die unverfälschte Alton-Gabe geerbt hast.«

»O ja, ich habe sie.« Esteban maß ihn mit einem furchterregenden Starren. »Ich glaubte nur immer, in der Zeit, in der wir leben, brauchte ich keine andere Gabe als meine Kraft und mein Geschick im Umgang mit Waffen. Was meinst du, woher Callista soviel *Lara* hat, daß sie unter sämtlichen Mädchen der Domänen als Bewahrerin ausgewählt wurde? Die Alton-Gabe ist die Fähigkeit, einen Rapport zu erzwingen, und ich habe in meiner Jugend etwas an Ausbildung genossen. Stell mich auf die Probe, wenn du Lust hast.«

Ellemir kam und legte ihre Hand in die Damons. »Vater, du darfst so etwas Schreckliches nicht tun.«

»Schrecklich? Warum, mein Mädchen?«

»Es verletzt das strengste Gesetz der Comyn: Kein Mensch darf Geist und Seele eines anderen beherrschen.«

»Wer hat von seinem Geist und seiner Seele gesprochen?«

Die grauen Augenbrauen des alten Mannes krochen wie große Raupen zu seinem Haaransatz hoch. »Was ich beherrschen will, sind sein Schwertarm und seine Reflexe, und ich *kann* sie beherrschen. Und es wird mit seinem Willen und seiner Zustimmung oder gar nicht geschehen.« Er streckte den Arm aus, zuckte zusammen und lag wieder still zwischen den Sandsäcken. »Du mußt dich entscheiden, Damon.«

Andrew wirkte blaß und besorgt, und Damon fühlte sich nicht viel anders. Ellemirs Hand zitterte in der seinen. Langsam erklärte er: »Für Callista würde ich Schlimmerem zustimmen. Wenn Ihr nur stark genug seid, Lord Esteban.«

»Könnte ich meine verdammten nutzlosen Beine bewegen, würde ich mit schwereren Wunden als dieser *kämpfen*!« gab Dom Esteban zurück. »Nimm das Übungsschwert. Eduin, Ihr nehmt das andere.«

Damon stülpte den korbgeflochtenen Kopfschutz über und wandte Eduin die rechte Seite zu. Der Gardist salutierte. Er stand ganz lässig mit gegrätschten Beinen da. Die Schwertspitze ruhte auf dem Boden. Furcht durchflutete Damon.

Natürlich kann Eduin mich mit diesem Holzschwert nicht schwer verletzen, und mir soll es auch auf ein paar Beulen und blaue Flecken nicht ankommen. Aber mein ganzes Leben lang hat dieser verdammte alte Mann mich wegen meiner Ungeschicklichkeit verhöhnt. Nun soll ich mich vor Ellemir zum Narren machen . . . mich wieder von ihm demütigen lassen . . .

Estebans Stimme kam wie von weither. »Dein Sternenstein ist isoliert, Damon. Enthülle ihn.«

Damon tastete nach dem Lederbeutel, zog ihn auf, spürte das warme, schwere Matrix-Juwel unten an seiner Kehle. Er gab Ellemir den Beutel zum Halten. Ihre Finger streiften ermutigend seine Hand.

Esteban befahl: »Tritt zurück, Ellemir. Und Ihr auch, *Ter-*

ranan. Stellt Euch an die Tür und paßt auf, daß keine Diener hereinkommen. Mit den Übungsschwertern läßt sich nicht viel Unheil anrichten, aber trotzdem . . .«

Ellemir und Andrew gehorchten widerstrebend. Damon und Eduin umkreisten sich langsam, die schweren Holzschwerter in der Hand. Damon war sich des harten mentalen Griffes bewußt, in dem Dom Esteban ihn hielt (*Was habe ich zu Andrew gesagt? Du wirst bald lernen, Menschen an ihren Visionen wie an ihren Stimmen zu erkennen!)*, und hatte ein seltsames Dröhnen in den Ohren, wie von starkem Druck. Er sah Eduins Schwert hochkommen, und bevor er wußte, was er tat, beugten sich seine Knie, vollführte sein Arm von selbst einen schnellen, wirbelnden Hieb. Er hörte das Schnellfeuer *Peng-peng-peng!* der aufeinandertreffenden Holzschwerter, dann sah er eine unglaubliche Folge von Bildern: Eduins erstauntes Gesicht mit seiner schartigen frischen Wunde, Andrews Überraschung, seinen eigenen hochfliegenden Arm. Ein rascher Schritt zurück, eine Finte. Eduins Schwert flog ihm aus der Hand und durch die Halle. Es landete beinahe vor Andrew Carrs Füßen. Der Erdenmann bückte sich und hob es auf. Allmählich ließ das Dröhnen in Damons Kopf nach.

Esteban fragte ruhig: »Glaubst du mir jetzt, Verwandter? Ist es dir jemals gelungen, Eduin zu treffen, geschweige denn, ihn zu entwaffnen?«

Damon atmete stoßweise, und sein Herz ging wie ein Schmiedehammer. Er dachte: *So schnell habe ich mich noch nie in meinem Leben bewegt.* In ihm mischten sich Furcht und Groll. *Das war die Hand eines anderen, der Geist eines anderen hat meinen Körper kontrolliert.*

Und doch . . . Bei einem Feldzug gegen die verdammten Katzenwesen, die seine Eskorte getötet hatten, wäre Dom Esteban der am besten geeignete Anführer gewesen. Und er würde in den Kampf ziehen, wenn er könnte.

Damon hatte sich im Grund nie gewünscht, ein Schwertkämpfer zu sein. Das lag ihm nicht. Aber er war den Katzenwesen noch etwas schuldig. Seine Männer hatten ihm vertraut, und er hatte sie im Stich gelassen. Und Reidel war sein Freund gewesen. Wenn er es mit Dom Estebans Hilfe schaffen konnte, hatte er dann das Recht, sich zu weigern?

Esteban lag ganz still zwischen seinen Sandsäcken, nur daß er gedankenverloren seine Finger bog und streckte. Er sprach kein Wort, er sandte Damon nur einen triumphierenden Blick zu.

Damon dachte: *Verdammt sei der Mann, er genießt es! Aber schließlich, warum auch nicht? Er hat sich bewiesen, daß er doch nicht ganz nutzlos ist.*

Damon legte das Übungsschwert hin. Von dem nackten Juwel an seiner Kehle empfing er blitzartige Impressionen. Staunen und Schreck von Eduin, Verwirrung von Andrew, Bestürzung von Ellemir. Er versuchte, sie alle auszuschließen, und trat wieder an das Bett.

Wort für Wort stieß er hervor: »Ich bin einverstanden. Verwandter. Wann können wir aufbrechen?«

9

Als sie aufbrachen, war es schon fast Mittag, und Andrew, der sie vom Dach aus wegreiten sah, dachte, es sei doch ein sehr kleines Häuflein, das da gegen eine Armee von Nichtmenschen zog. Das sagte er auch zu Ellemir, die neben ihm stand, bis zu den Ohrläppchen mit einem schweren, grünblau karierten Schal vermummt. Sie schüttelte den Kopf. »Stärke allein würde ihnen nichts nützen. Damon trägt die einzige Waffe, auf die es ankommt – den Sternenstein.«

»Ich habe den Eindruck, als werde er – beziehungsweise dein Vater – kräftig um sich schlagen müssen«, sagte Andrew.

»Das wird nur davor bewahren, getötet zu werden«, antwortete Ellemir. »Aber es ist schon anderen Schwertkämpfern mißlungen, in das verdunkelte Land einzudringen. Das wissen die Katzenwesen ganz genau. Ich bin überzeugt, sie haben geglaubt, mit Callista auch ihren Sternenstein entführt zu haben. Sicher haben sie mit ihrer illegalen Matrix ausspioniert, daß Callista sich hier aufhielt, und da hofften sie, ihren Stein zu erbeuten. Vielleicht haben sie sogar angenommen, sie könnten Callista zwingen, ihn gegen uns einzusetzen. Menschen hätten gewußt, daß eine Bewahrerin eher sterben würde. Offenbar fangen die Katzenwesen erst an, diese Dinge zu lernen – und deshalb dürfen wir immer noch hoffen.«

Das ist noch ein Glück, dachte Andrew grimmig. Hätten die Katzenwesen mehr über Bewahrerinnen gewußt, dann hätten sie Callista nicht entführt, sondern sie mit zerschnittener Kehle in ihrem Bett liegenlassen. An Ellemirs entsetztem Gesicht sah er, daß sie seinen Gedanken gefolgt war.

Leise sagte Ellemir: »Damon macht sich Vorwürfe, weil er weggelaufen ist und nicht verhindert hat, daß seine Männer abgeschlachtet wurden. Aber er hat richtig gehandelt. Wenn sie ihn *mit seinem Sternenstein* lebendig gefangen hätten . . .«

»Ich dachte, außer unter ganz besonderen Umständen könne niemand den Stein eines anderen benutzen.«

»Nicht, ohne dem Eigentümer des Steins furchtbaren Schaden zuzufügen. Meinst du, das hätte die Katzenwesen gestört?« fragte sie fast verächtlich und verstummte.

Die Reiter waren nur noch als drei kleine Punkte am Horizont zu erkennen. Damon und zwei Schwertkämpfer der Garde.

Voll Bitterkeit dachte Andrew: *Ich hätte mitreiten sollen. Es ist meine Aufgabe, Callista zu retten. Statt dessen sitze ich hier in Armida herum, von keinem größeren Nutzen als Dom Esteban. Von geringerem Nutzen. Er kämpft an ihrer Seite.*

Er hatte mitreiten wollen. Bis zum letzten Augenblick hatte er geglaubt, daß er mitreiten würde, daß sie ihn brauchten, damit er sie zu Callista führte, zumindest dann, wenn sie in die Höhlen eingedrungen waren. Schließlich war er der einzige, der Callista erreichen konnte. Damon war nicht einmal mit seinem Sternenstein dazu imstande. Aber Damon hatte strikt abgelehnt.

»Nein, Andrew, es ist unmöglich. Der beste Leibwächter der Welt wäre keine Garantie dafür, daß du nicht durch einen Zufall ums Leben kommst. Sollten wir angegriffen werden, bist du absolut unfähig, dir selbst zu helfen, ganz zu schweigen von einem anderen. Es ist nicht deine Schuld, mein Freund, aber wir brauchen unsere ganze Kraft dazu, in die Höhlen zu gelangen und Callista herauszuholen. Die Minute, die wir darauf verwenden müssen, dich zu verteidigen, könnte den Unterschied zwischen Leben und Tod bedeuten.

Und – bedenke auch dies – falls wir getötet werden . . .« – seine Lippen spannten sich – ». . . kann es nach uns jemand anders versuchen. Wirst *du* getötet, wird Callista in den Höhlen sterben, am Hunger oder an Mißhandlungen oder an einem Messer in ihrer Kehle, wenn die Katzenwesen entdekken, daß sie ihnen nicht von Nutzen ist.« Damon legte Andrew bedauernd die Hand auf die Schulter. »Glaub mir, ich weiß, wie dir zumute ist. Aber es ist der einzige Weg.«

»Und wie wollt ihr sie dort ohne mich finden? Du hast selbst gesagt, auch mit deinem Sternenstein kannst du es nicht!«

»Mit Callistas Sternenstein«, antwortete Damon. »*Du* hast Zugang zur Überwelt. Und du kannst auch mich erreichen. Sobald ich im Inneren der Höhlen bin, führst du uns mit ihrem Stein zu ihr.«

Andrew war sich immer noch nicht klar darüber, wie das vor sich gehen sollte. Trotz der gestrigen Demonstration hatte er nur die nebelhafteste Vorstellung, *wie* es funktionierte. Er hatte es *gesehen*, er hatte es *gespürt*, aber achtundzwanzig Jahre des Unglaubens ließen sich nicht in achtundzwanzig Stunden auslöschen.

Neben ihm auf der Brustwehr erschauerte Ellemir. »Sie sind fort. Es hat keinen Sinn, hier draußen in der Kälte herumzustehen.« Sie drehte sich um und verschwand durch die Tür, die in das oberste Stockwerk von Armida führte. Langsam folgte Carr ihr.

Er wußte, Damon hatte recht – oder besser gesagt, er vertraute darauf, daß Damon wußte, was er tat –, aber wütend war er trotzdem. Seit Tagen, seit er den Entschluß gefaßt hatte, wenn er den Schneesturm überlebte, würde er Callista irgendwie finden und retten, hatte ihm das Bild vor Augen gestanden, wie er in ihr einsames, dunkles Gefängnis eindrang, sie auf seinen Armen davontrug . . . *Ein verdammter romantischer Traum,* dachte er verdrießlich. *Wo ist der Schimmel, auf dem ich mit ihr davongaloppieren wollte?*

Er hatte noch nie eine Welt kennengelernt, auf der im Ernst mit Schwertern gekämpft wurde. Für ihn war ein Schwert entweder ein Ausstellungsstück an der Wand eines Museums oder ein Sportgerät. Er hätte gern ein Gewehr oder einen Laser gehabt – das würde einem Katzenmann schnell den Garaus machen –, und hatte das offen ausgesprochen. Damon sah ihn daraufhin so entsetzt an, als schlage er Massenvergewaltigung, Kannibalismus und Völkermord vor, und wies auf den sogenannten Vertrag hin. Andrew hörte nicht recht zu – man schenkt technischen Einzelheiten einer Eingeborenenkultur nie besondere Aufmerksamkeit –, aber es mußte sich dabei um ein Gesetz handeln, das den Gebrauch aller tödlichen Waffen verbot, sofern ein Mann sich bei ihrer Benutzung nicht gleichfalls in Lebensgefahr begab. Damon behauptete, dieser Vertrag gelte schon seit – waren es ein paar hundert oder ein paar tausend Jahre? – auf ganz Darkover, was sein Name für den Planeten zu sein schien. Bei den Zahlen war Andrew sich nicht ganz sicher. Seine Sprachkenntnisse hatten sich verbessert, doch perfekt war er noch nicht. Jedenfalls schoß man hier nicht mit Gewehren, während der Schwertkampf sich zur schönen Kunst entwikkelt hatte.

Kein Wunder, daß sie ihre Kinder schon trainieren, bevor sie aus den kurzen Hosen herausgewachsen sind. In Anbetracht des scheußlichen Wetters auf diesem Planeten hätte Andrew gern gewußt, ob Kinder hier überhaupt jemals kurze Hosen trugen. Ungeduldig verscheuchte er den Gedanken. Er ging in das Gästezimmer, das man ihm angewiesen hatte, trat ans Fenster, zog die Vorhänge zur Seite und sah nach, ob noch ein Schimmer von Damons davonreitender Gruppe zu erkennen war. Doch sie mußten schon hinter der nächsten Hügelkuppe verschwunden sein.

Andrew legte sich auf das Bett, die Hände im Nacken verschränkt. Früher oder später würde er wohl nach unten gehen und seinem Gastgeber ein paar höfliche Worte sagen müssen. Dom Esteban war ihm nicht sehr sympathisch; der Mann hatte sich große Mühe gegeben, Damon zu demütigen, aber er war ein Invalide und sein Gastgeber. Auch Ellemir gegenüber hatte Damon ein Gefühl der Verpflichtung. Er wußte nicht, was er ihr sagen sollte, so zerrissen, wie sie zwischen ihrer Angst um Callista und Damon und ihrer Sorge um ihren Vater war. Aber wenn er irgend etwas tun oder sagen konnte, das ihr seine Teilnahme bewies, mußte er es tun.

Callista, Callista, dachte er, *das ist schon eine Welt, auf die du mich geholt hast!* Und doch war er merkwürdigerweise bereit, zu akzeptieren, was ihn hier erwartete.

Callistas Sternenstein an seinem Hals fühlte sich tröstlich warm an, wie ein Lebewesen. *Es ist, als berührte ich Callista selbst,* dachte er. *So nahe bin ich dem Gefühl noch nie gekommen.* Noch durch die isolierende Seide war es eine intime Berührung. Wo mochte sie sein? Ging es ihr gut? Weinte sie allein in der Dunkelheit?

Damon scheint anzunehmen, daß ich sie durch den Stein erreichen kann. Andrew zog ihn unter dem Hemdkragen hervor. Die graue Seidenhülle, in die er gewickelt war, schützte ihn davor, achtlos angefaßt zu werden. Damons Warnung im Sinn, entfernte er die Seide mit äußerster Vorsicht und einem merkwürdigen Zögern. *Es ist beinahe, als zöge ich Callista aus,* dachte er mit zärtlicher Verlegenheit, und gleichzeitig war er kurz davor, über diesen verrückten Gedanken in hysterisches Gelächter auszubrechen.

Als er den Stein in seiner Handfläche hielt, sah er sie plötzlich neben sich. Sie lag auf der Seite, ihr schönes Haar war verwirrt, ihr Gesicht war verschwollen, als habe sie wieder geweint. Das alles sah er in einem seltsamen bläulichen Licht, das nichts mit dem matten roten Sonnenlicht im Zimmer gemein hatte. Ohne Überraschung öffnete sie die Augen und sah ihn an.

»Andrew, bist du das? Ich fragte mich schon, warum du nicht eher zu mir gekommen bist«, flüsterte sie und lächelte.

»Damon ist unterwegs zu dir«, berichtete Andrew, und der Groll darüber, daß er nicht dabei war, daß er nicht derjenige sein würde, der Callista fand, kochte über. Er versuchte, es vor ihr zu verbergen, und machte sich zu spät klar, daß das nicht ging. In einer so engen Verbindung der Seelen konnte kein Gedanke verborgen werden.

Sie tröstete ihn liebevoll. »Du darfst nicht eifersüchtig auf Damon sein; er war für uns seit unserer Kinderzeit wie ein Bruder.«

Andrew schämte sich. *Es hat keinen Sinn, so zu tun, als sei ich nicht eifersüchtig. Ich muß das Gefühl überwinden.* Er rief sich ins Gedächtnis zurück, wie sympathisch Damon ihm war, wie nahe er sich ihm eine Weile gefühlt hatte, daß er für ihn tiefe Dankbarkeit empfand, weil Damon etwas tat, das er selbst nicht tun konnte, und er sah Callista ihm freundlich zulächeln. Irgendwie spürte er, daß er die erste und wichtigste der Barrieren überwunden hatte, die einen Fremden von dieser telepathischen Kultur ausschlossen, und daß er Callista deshalb weniger fremd vorkam.

Sie sagte: »Jetzt kannst du zu mir in die Überwelt kommen.«

Er sah sie hilflos an. »Ich weiß nicht, wie.«

»Nimm den Stein und blicke in sein Inneres«, wies sie ihn an. »Ich kann ihn sehen, weißt du. Ich sehe ihn wie ein Licht in der Dunkelheit. Aber du darfst nicht *hierher*kommen, wo mein Körper ist. Sollten meine Wächter dich entdecken, töten sie mich, um meine Rettung zu vereiteln. Ich werde zu dir kommen.« Ohne Übergang stand das Mädchen, das eben noch müde in der dunklen Höhle gelegen hatte, am Fuß seines Bettes vor ihm. »Lasse deinen festen Körper einfach zurück; trete aus ihm hinaus.«

Andrew richtete seinen Blick auf den Stein, kämpfte die leichte Übelkeit, die aufquellende Angst zurück. Callista hielt ihm die Hand hin. Ein merkwürdiges Prickeln durchlief ihn, und plötzlich stand er aufrecht (obwohl er sich gar nicht bewegt hatte), und unter sich sah er seinen Körper auf dem Bett liegen, in die schweren, fremdartigen Sachen gekleidet, die Damon ihm gegeben hatte, den Stein in den Händen.

Auf der Ebene der Überwelt streckte er seine Hand aus, und zum ersten Mal faßte er die Callistas. Sie fühlte sich ätherisch und nicht eigentlich körperlich an, und doch war es eine richtige Berührung. Er spürte es, und an Callistas Gesicht sah er, daß auch sie es spürte.

Sie flüsterte: »Ja, du bist wirklich, du bist hier. Oh, Andrew, Andrew . . .« Sie sank an seine Schulter. Es war, als umarmte er einen Schatten, und doch hatte ihr Körper in seinen Armen Gewicht, Wärme und Duft, und ihr Haar kitzelte sein Gesicht. Am liebsten hätte er sie an sich gedrückt und mit Küssen bedeckt, doch etwas an ihr – ein leichtes Zögern, ein Zurückzucken – hinderte ihn, seinem Impuls nachzugeben.

Einer Bewahrerin darf ich mich nicht einmal in Gedanken nähern. Sie ist sakrosankt. Unberührbar.

Callista hob ihre schattenhafte Hand und legte sie sanft an seine Wangen. »Später wird Zeit genug sein, über all das nachzudenken, wenn ich bei dir bin – wirklich bei dir, dir wirklich nahe.«

»Callista – du weißt, daß ich dich liebe«, brachte er zögernd heraus. Ihre Lippen zitterten.

»Ich weiß es, und es kommt mir merkwürdig vor, und unter anderen Bedingungen würde ich wohl Angst haben. Aber du bist zu mir gekommen, als ich so schrecklich allein war und fürchtete, getötet oder gefoltert oder vergewaltigt zu werden. Es haben mich schon Männer begehrt«, sagte sie sehr einfach, »und natürlich bin ich mit Methoden, die ich dir beim besten Willen nicht erklären kann, gelehrt worden, in gar keiner Weise darauf zu reagieren, nicht einmal in Gedanken. Bei manchen Männern war das – eklig, als kröchen Insekten über meinen Körper. Aber ein paar hat es gegeben, da hätte ich mir fast gewünscht – so, wie ich es mir jetzt bei dir wünsche –, ich wüßte, wie ich auf ihr Verlangen zu reagieren hätte, ja, vielleicht sogar, wie ich es erwidern könnte. Verstehst du das alles?«

»Eigentlich nicht«, antwortete Andrew nachdenklich, »aber ich will mir Mühe geben. Für meine Gefühle kann ich nicht, Callista, aber ich werde nie etwas tun, das du nicht willst.« Für eine Telepathin, dachte er, mußte schon ein wollüstiger Gedanke etwas von einer Vergewaltigung an sich haben. Galt es deswegen hier als unverschämt, eine junge Frau anzusehen? Sollte sie dadurch vor unpassenden Gedanken geschützt werden?

»Ich will dich auch«, gestand Callista schüchtern. »Ich bin mir nicht sicher, was das für ein Gefühl ist – wenn man jemanden liebt. Aber ich möchte, daß du weiter an mich denkst. Dann bin ich irgendwie weniger einsam. Allein im Dunkeln komme ich mir selbst nicht ganz wirklich vor.

Andrew wurde von unendlicher Zärtlichkeit ergriffen. Das arme Kind, durch Gehirnwäsche gegen jede Emotion konditioniert! Was hatten sie aus ihr gemacht? Wenn er nur irgend etwas tun, sie irgendwie trösten könnte ... Er war so verdammt hilflos, Meilen und Meilen von ihr entfernt, und Callista ängstigte sich allein im Dunkeln. Er flüsterte ihr zu: »Verlier den Mut nicht, mein Liebling. Wir werden dich bald da herausholen.« Kaum hatte er es ausgesprochen, als er sich in seinem Körper wiederfand. Er lag auf dem Bett, schwach und erschöpft. Wenigstens wußte er jetzt, daß Callista lebte und daß es ihr gutging – jedenfalls so gut, wie die Umstände es erlaubten, berichtigte er sich –, bis Damon sie befreite.

Eine Zeitlang lag er still und ruhte sich aus. Offenbar strengte telepathische Arbeit viel mehr an als körperliche Aktivität; er war fast genauso schlapp wie zu der Zeit, als er sich durch den Blizzard gekämpft hatte.

Gekämpft. Das wirkliche Kämpfen besorgte Damon. Irgendwo da draußen tat Damon die eigentliche Arbeit, schlug sich mit den Katzenwesen – und nach dem Anblick, den der sich nach Hause schleppende Trupp Dom Estebans geboten hatte, waren die Katzenwesen verdammt ernstzunehmende Gegner.

Damon hatte ihm versichert, von ihm, Andrew, hänge alles ab, sobald Damon im Innern der Höhlen sei. Vermutlich würde er es schaffen, dachte Andrew, jetzt, wo er wußte, wie man seinen Körper – was Callista gleich zu Anfang seinen »festen« Körper genannt hatte – verließ und in die Überwelt ging. Dann kam ihm ein schrecklicher Gedanke.

Callista befand sich auf einer Ebene der Überwelt, wo sie weder Damon oder Ellemir noch sonst jemanden von ihren Freunden erreichen oder auch nur sehen konnte. Er, Carr, fand irgendwie zu ihr. Hieß das, daß er *ihren* Teil der Überwelt aufsuchte, den einzigen, den die Katzenwesen Callista offenließen? Wenn das stimmte, war auch er nicht imstande, Verbindung mit Damon aufzunehmen! Und wie zum Teufel sollte er Damon in diesem Fall irgendwohin führen?

Der Gedanke setzte sich in seinem Kopf fest und ließ sich nicht mehr vertreiben. Wenn er Damon nun nicht einmal mit dem Sternenstein erreichte? Würde er ebenso wie Callista, einem Geist gleich, durch die Überwelt irren, unfähig, ein bekanntes menschliches Gesicht heraufzubeschwören?

Unsinn. Damon wußte, was er tat. Sie hatten gestern abend durch die Steine in Kontakt miteinander gestanden. (Wieder freute und störte ihn die Erinnerung an den Augenblick dieser merkwürdig intimen Verschmelzung.)

Trotzdem ... der Zweifel ließ sich nicht verjagen. Schließlich sagte sich Andrew, daß er sich nur auf einem einzigen Weg Gewißheit verschaffen könne. Noch einmal wikkelte er den Sternenstein aus seiner seidenen Hülle. Diesmal versuchte er nicht, aus seinem Körper in die Überwelt zu wechseln, sondern er konzentrierte sich mit aller Kraft auf Damon, indem er ständig seinen Namen wiederholte.

Der Stein bewölkte sich. Wieder mußte Andrew gegen die aufsteigende Übelkeit ankämpfen. (Würde er dieses Stadium je überwinden? Würde er je frei davon werden?) Er richtete seine Gedanken auf Damon. Tief im Inneren des blauen Steins – so wie er vor langer Zeit in der Handelsstadt Callistas Gesicht gesehen hatte – tauchten die winzigen Gestalten von Reitern auf. Andrew erkannte den flatternden Mantel in Grün und Gold, den Farben der Ridenow-Familie, wie Damon ihm erzählt hatte. Links und rechts von Damon ritten die beiden großen Gardisten. Über ihnen schwebte wie eine Bedrohung eine dunkle Wolke, und eine Stimme, nicht seine eigene, flüsterte in Andrews Gehirn: *Der Rand des verdunkelten Landes.* Ein Licht blitzte auf, Andrew verschmolz mit einem anderen Geist – er *war* Damon . . .

Damons Körper saß mit der Lässigkeit langer Übung im Sattel. Wer ihn nicht ganz genau kannte, hätte nie gemerkt, daß dieser Körper ohne Bewußtsein war und Damon selbst irgendwo *oben* dahinzog. Sein Geist durchwanderte das Land vor ihm, suchte, suchte . . .

Der Schatten erhob sich vor ihm, eine dichte Finsternis für seinen Geist, wie sie es für seine Augen gewesen war, und er hatte ein ebenso ungutes Gefühl wie bei dem letzten Ritt, als er seine nichtsahnenden Männer in den Hinterhalt geführt hatte . . . *Fürchte ich mich vor der jetzigen Situation, oder erinnere ich mich an die Furcht von damals?* Kurz ließ er sich in seinen Körper zurücksinken und spürte Dom Estebans Schwert, das locker in seiner rechten Hand lag, leicht zucken. Er mußte sich unter Kontrolle halten und durfte nur auf wirkliche Gefahren reagieren, sagte er sich. Dom Estebans Schwert hatte er statt seines eigenen mitgenommen, weil der alte Mann gemeint hatte: »Ich habe es in hundert Schlachten getragen. Kein anderes Schwert würde mir so gut in der Hand liegen. Es kennt meine Art und meinen Willen.« Damon hatte den Wunsch des Lords von Armida erfüllt und daran gedacht, daß der silberne Schmetterling, Callistas Haarspange, von ihrer Persönlichkeit geprägt war. Einen wieviel stärkeren Stempel mußte das Schwert tragen, auf das sich Dom Esteban über fünfzig Jahre lang in Kämpfen, Fehden, Überfällen verlassen hatte!

In den Griff des Schwertes hatte Damon eine der kleinen, nicht eingestimmten Matrizen der ersten Ebene eingesetzt, denen er auf den ersten Blick nur zugetraut hatte, Knöpfe festzuhalten. So klein sie war, resonierte sie in Harmonie mit seinem Sternenstein und erlaubte Dom Esteban, Kontakt nicht nur mit den Energienetzen seiner Muskeln und Nervenzentren, sondern auch mit dem Griff seines Schwertes zu halten.

Zauberschwert, dachte er halb spöttisch. Aber die Geschichte Darkovers war voll von solchen Waffen. Da war das legendäre Schwert Aldones' in der Kapelle zu Hali, eine so alte – und so furchtbare – Waffe, daß kein heute lebender Mensch wußte, wie sie zu schwingen war. Da war das Schwert Hasturs auf Burg Hastur, von dem es hieß, es dürfe nur zur Verteidigung der Ehre des Hauses Hastur gezogen werden, andernfalls verbrenne es die Hand, die es fasse, wie mit Feuer. Und das wiederum erinnerte ihn an Lady Mirella, deren Körper und Hände wie von Feuer verbrannt und geschwärzt worden waren ...

Seine Hand zitterte leicht auf dem Griff von Dom Estebans Schwert. Nun, er war auf einen solchen Kampf so gut vorbereitet, wie es ein Mann nur sein konnte: Er war im Turm ausgebildet, er war stark genug, daß Leonie gesagt hatte, als Frau wäre er zur Bewahrerin erwählt worden. Und was das übrige betraf – er war zur Rettung seiner Verwandten unterwegs, er erfüllte eine Pflicht in Stellvertretung seines zukünftigen Schwiegervaters und wahrte so die Ehre der Familie seiner zukünftigen Frau.

Eine Jungfrau bin ich natürlich nicht, dachte Damon mit einem Anflug von Humor, *aber ich bin fast so keusch, wie es bei einem erwachsenen Mann meines Alters überhaupt möglich ist. Ich habe nicht einmal mit Ellemir geschlafen, ob-*

wohl Evanda die Schöne weiß, wie gern ich es getan hätte. Im Geist sagte er das Keuschheitsbekenntnis auf. Er hatte es im Kloster von Nevarsin gelernt, wo er wie so viele Söhne der Sieben Domänen als Kind in der Schule gewesen war. Auch die Männer, die in den Turmkreisen arbeiteten, hielten sich an diese Gebote: Niemals Hand an eine unwillige Frau zu legen, niemals ein Kind oder eine Frau, die Jungfräulichkeit gelobt hatte, mit Begehren anzusehen, sich niemals an Frauen zu verschwenden, die allen zur Verfügung stehen.

Ich habe es im Turm so gründlich gelernt, daß es sich nie mehr abschütteln ließ, und wenn es mich bei einer Arbeit schützt, die im Grunde genommen die Arbeit einer Bewahrerin ist – nun, um so besser für mich und um so schlechter für die Katzenmenschen, Zandru hole sie in seine kälteste Hölle!

Er fiel zurück in seinen Körper, öffnete die Augen und betrachtete das Land vor sich. Dann ließ er sein Bewußtsein langsam und vorsichtig wieder nach oben steigen, während sein Körper aus alter Gewohnheit auf die Bewegungen des Pferdes reagierte. Er benutzte diese offenen, starrenden Augen dazu, sich über die vor ihm liegende physische Landschaft schicken zu lassen, die immer noch unter dem dunklen Nebel brütete.

Zuerst sah er sie als dunklere Klumpen am Rand jenes Schattens, dann erkannte er das dünne Netz von Kraftlinien, die sie an eine andere Energie, versteckt in einer Finsternis, die weder seine Augen noch die Macht seines Sternensteins durchdringen konnten, banden.

Dann sah er die bepelzten Körper, die diese Energie verbarg. Stumm und bewegungslos hockten sie zwischen kleinen Büschen, die ihnen, wenn sie sichtbar gewesen wären, längst nicht genug Deckung geboten hätten.

Katzen, die Mäuse beschleichen. Und wir sind die Mäuse. Er sah seine kleine Gruppe sich dem Hinterhalt nähern und begann, sich auf seinen Körper niederzusenken. *Schlage einen anderen Weg ein. Umgehe den Hinterhalt.*

Nein. Er blinzelte und spähte zwischen den Ohren seines Pferdes hindurch. Zweifellos würden die auf der Lauer liegenden Katzenwesen ihnen folgen, und wenn ein zweiter Hinterhalt vorbereitet war, gerieten sie zwischen die beiden Gruppen. Deshalb begnügte Damon sich damit, sich nach Eduin umzusehen und ihn zu warnen: »Katzenwesen vor uns. Haltet euch bereit.«

Ganz auf seinen Sternenstein konzentriert, verließ er seinen Körper abermals. Er schwebte über den Katzenwesen, studierte die dünnen Kraftlinien, die ihre Körper vor seinen physischen Augen verbargen, merkte sich das Muster, in dem diese Linien von der Dunkelheit ausfächerten. Wo und wann konnte dies Netz zerrissen werden?

Die Muskeln der Katzenkörper, die er in der Überwelt deutlich sah, spannten sich, als er und seine Männer in Sicht kamen. Die Feinde zogen kurze, krumme Schwerter – wie Klauen. Und immer noch wartete Damon, bis die geduckten Gestalten auf die Füße kamen und über den Schnee rannten, geräuschlos auf ihren weichen Fußpolstern. Damon griff tief in den Sternenstein hinein, zielte eine Entladung, die wie ein Blitz war, auf das sorgfältig gewobene Netz und riß es entzwei.

Er war zurück in seinem Körper, als die Katzenwesen, die nicht ahnten, daß ihre magische Unsichtbarkeit verschwunden war, auf die Reitergruppe zustürmten. Bevor Damon die volle Kontrolle über seinen Körper zurückgewonnen hatte, bäumte sein Pferd sich auf und schrie vor Angst. Damon reagierte einen Sekundenbruchteil zu spät und glitt in den Schnee. Eins der Katzenwesen sprang auf ihn los. Etwas, das nicht ganz Furcht war, erfaßte ihn, während er die Hand tastend in den Korb von Dom Estebans Schwert schob.

... Meilen entfernt regte sich in der Großen Halle von Armida Dom Esteban Lanart im Schlaf. Seine Schultern zuckten, seine schmalen Lippen verzogen sich zu einem

Lächeln – oder einem Knurren –, das man auf zahllosen Schlachtfeldern an ihm gesehen hatte...

Damon rollte sich ab und sprang auf. Seine Hand riß das Schwert zu einem gewaltigen Streich aus der Scheide. Die Spitze schlitzte den weißbepelzten Bauch auf. Blut war auf der Klinge, die sich bereits gegen einen zweiten Katzenmann richtete.

Damon traf ihn in der Körpermitte, und er sah und fühlte, wie sich sein Handgelenk leicht drehte, um die Spitze nach unten zu führen. Stahl klirrte. Sein Bein vollführte einen kurzen Seitenschritt, und plötzlich grub sich sein Schwert in die Kehle des Feindes.

Einen Augenblick gerieten Eduin und Rannan in sein Blickfeld, beides vorzügliche Reiter wie alle Männer der Alton-Domäne. Sie drehten ihre verängstigten Pferde im Kreis und hieben auf die graubepelzten Körper ein, die sie umringten. Ein Katzenmann ging unter einem Tritt von Rannans Pferd zu Boden. Aber Damon hatte keine Zeit für seine Begleiter. Große grüne Augen funkelten ihn an, und ein Maul mit nadelscharfen Fängen öffnete sich zu einem drohenden Zischen. Das Geschöpf riß seine Klinge herum, schlug Damons Waffe beiseite und fuhr auf seine Augen los. So entsetzt Damon in seinem Inneren war, seine Klinge war bereits oben. Die beiden Schwerter klirrten zusammen. Er sah einen Funken aufstieben. Das knurrende Katzengesicht schoß auf ihn zu, und eine Sekunde lang kämpfte er mit der leeren Luft.

Die Gestalt seines Gegners flackerte, jetzt sichtbar, jetzt unsichtbar. Welche Macht auch hinter dem dunklen Rand des Schattens lauern mochte, sie versuchte, ihre Diener von neuem zu verstecken. Nackte Angst und Verzweiflung schüttelten ihn so schmerzhaft, daß er sich fragte, ob er verwundet worden sei. Dann machte er sich mit einem tiefen Atemzug klar, was er zu tun hatte, und konzentrierte sich auf den Sternenstein. Als er seinen Körper völlig Dom Estebans Geschicklichkeit überließ, betete er kurz darum, die Verbindung möge halten. Er vergaß seinen Körper (entweder war er bei Esteban sicher oder nicht, und so oder so konnte er nicht viel zum Gelingen beitragen) und schwang sich aufwärts in die Überwelt.

Die dunkle Wolke lag dräuend vor ihm, und von ihr gingen tastende Tentakel aus, die die wütenden roten Schatten der kämpfenden Katzenwesen zu umhüllen versuchten.

Damon faßte blindlings in die Kraftlinie und stellte fest, daß er ohne bewußte Anstrengung eine Klinge aus reiner Energie in seine Hand gebracht hatte. Er schlug damit auf den dünnen Schattenstoff ein. Das halbfertige Netz der Dunkelheit schrumpfte und verbrannte. Abgetrennte Tentakel schlängelten sich zitternd in die Wolke zurück, und die Enden verblaßten und verschwanden. Wirbel und Strömungen bildeten sich in der Schwärze, und in ihrer Mitte erschien ein großes Katzengesicht.

Damon hob seine glühende Klinge und stellte sich dieser Bedrohung. Irgendwo unter seinen Füßen nahm er undeutlich winzige Gestalten wahr, vier Wesen, kleiner als Hauskatzen, drei kleine Männer, und einer von ihnen . . . das war doch Dom Esteban, das war sein Seitenschritt, genauso löste er seine Klinge von der des Gegners . . .

Wieder wogte der dunkle Nebel, verschleierte die große Katze, und jetzt starrten ihn nur die glühenden Augen und das böse Grinsen an. In Damons Gehirn flüsterte es blödsinnig: »Ich habe schon oft eine Katze ohne Gehirn gesehen, aber ein Grinsen ohne Katze . . .?« Einen Sekundenbruchteil lang fragte er sich, ob er dabei sei, den Verstand zu verlieren.

Nur zwei der kleinen Katzenwesen waren noch auf den Füßen und kämpften unter ihm. Gleichmütig sah er eins fallen, durchbohrt von dem Schwert des Mannes, der zu Fuß focht. Einer der Reiter schlug das zweite nieder. Der wirbelnde Schatten bedeckte die großen glitzernden Augen. Ihr grünes Glühen verwandelte sich hinter der grauen Nebelwand in ein rotes Glühen wie das von weit entfernten brennenden Kohlen. Dann löschte der Nebel es aus. Ein schwarzer Pfeil aus Energie flog auf Damon zu, und er fing ihn mit seiner flammenden Klinge ab. Er wartete, aber die Gräue blieb undurchdringlich. Auch das letzte Schimmern der Katzenaugen war verschwunden, und schließlich gestattete Damon sich, erdwärts zu sinken, hinein in seinen Körper . . .

Es war Blut auf seinem Schwert und Blut auf dem hellgrauen Fell der verrenkten toten Katzen im Schnee. Damon setzte die Spitze seines Schwertes auf den Boden und wurde sich plötzlich bewußt, daß er am ganzen Körper zitterte.

Eduin wendete sein Pferd und ritt auf ihn zu. Seine Gesichtswunde war wieder aufgebrochen, und durch die blaue Salbe, die sie vor Frost bewahren sollte, sickerten Blutstropfen. Ansonsten schien er unverletzt zu sein. »Sie sind fort«, sagte er, und seine Stimme klang seltsam fern und müde. »Ich habe den letzten erledigt. Soll ich Euer Pferd einfangen, Lord Damon?«

Der Klang seines Namens riß Damon aus einem blinden, grundlosen Zorn auf Eduin, einem Zorn, den er nicht begriff. Er war nahe daran gewesen, den Mann zu verfluchen, ihn wütend zu beschimpfen, weil er *seine* Beute niedergeritten hatte. Es war der Zorn, der ihn so zittern ließ. Undeutlich erinnerte er sich, daß er das letzte Katzenwesen hatte angreifen wollen, und dann war Eduin an ihm vorbeigedonnert und hatte ihm den Sieg gestohlen.

»Lord Damon!« Eduins Stimme, nun kräftiger geworden, verriet, wie besorgt er war. »Seid Ihr verwundet? Was fehlt Euch, *vai dom?*«

Damon fuhr sich mit der schwitzenden Handfläche über die Stirn. Jetzt erst merkte er, daß er auf dem Rücken seiner Linken einen Kratzer hatte. Er sagte: »Ich habe mich beim Rasieren schon schlimmer geschnitten«, und in diesem Augenblick . . .

. . . In diesem Augenblick setzte Andrew Carr sich hoch und schüttelte den Kopf. Er schwitzte und zitterte in der Erinnerung an das, was er – *er?* – getan und gesehen hatte. In Damons Geist und Körper hatte er die ganze Schlacht miterlebt.

Damon war in Sicherheit. Und Andrew konnte den Kontakt mit ihm – *und* mit Callista halten.

10

Die nachmittäglichen Wolken sammelten sich, als Damon und seine Begleiter eine enge, grasüberwucherte Straße hinunter auf ein paar Häuser zuritten, die sich im Tal am Fuß einer Felswand zusammendrängten.

»Ist das das Dorf Correstani?« fragte Eduin. »In dieser Gegend kenne ich mich nicht besonders gut aus. Und außerdem –« sein Geist verfinsterte sich » – wirkt in diesem verdammten Nebel alles fremd. Ist das wirklich, der Schatten und die Dunkelheit, oder haben sie unsern Gehirnen etwas angetan, damit es uns dunkler vorkommt?«

»Ich glaube, die Dunkelheit ist wirklich«, antwortete Damon langsam. »Katzen sind keine Geschöpfe des Sonnenlichts, sondern nächtliche Räuber. Vielleicht stört ihren Anführer der helle Tag, und er hat Nebel über das Land gelegt, weil das den Augen seiner Leute angenehmer ist. Das ist mit Hilfe eines Sternensteins keine komplizierte Arbeit, aber natürlich käme bei uns keiner auf den Gedanken. Wir haben so schon wenig genug Sonnenlicht, sogar im Sommer.«

Keine komplizierte Arbeit. Aber sie erfordert Kraft. Wer auch der Katzen-Adept sein mag, er hat Kraft, und sie wächst schnell. Wenn es uns nicht bald gelingt, ihn zu entwaffnen, wird er irgendwann zu stark für jeden von uns sein. Unsere Aufgabe ist es, Callista zu retten. Aber wenn wir sie retten und dies Land unter dem Schatten liegen lassen, werden andere leiden. Nur dürfen wir erst dann gegen ihn ziehen, wenn Callista frei ist, sonst wird es sein erstes sein, sie zu töten.

Er war halbwegs darauf vorbereitet gewesen, was er zu sehen bekommen würde – Reidel hatte von »verdorrten Gärten« gesprochen –, aber das Ausmaß der Katastrophe überstieg seine Befürchtungen noch. Sie ritten an den kleinen Häusern und Höfen vorbei. Die Felder lagen im Dämmerlicht, vereinzelte Pflanzen welkten im Boden, die Entwässerungsgräben, voll von verfaulenden Pilzen, stanken, die großen Flügel der Windmühlen, gebrochen und zerrissen, hingen nutzlos herab. Hier und da drangen aus den Ställen die jämmerlichen Schreie nicht versorgter, verhungernder Tiere. Mitten auf der Straße, fast unter den Hufen von Eduins Pferd, saß ein zerlumptes Kind und nagte lustlos an einer schmutzigen Wurzel. Es blickte zu den Reitern auf, und Damon dachte, noch nie solche Hoffnungslosigkeit in einem Gesicht gesehen zu haben, das im weitesten Sinne menschlich genannt werden konnte. Aber das Kind weinte nicht. Entweder hatte es keine Tränen mehr, oder, wie Damon vermutete, es war einfach zu schwach. Die Häuser schienen verlassen zu sein, nur gelegentlich zeigten sich an einem Fenster ausdruckslose Gesichter, die sich matt dem Hufgeklapper zuwandten.

Eduin hielt die Hände vor das Gesicht und flüsterte: »Gesegnete Cassilda, beschütze uns! Etwas Derartiges habe ich seit dem letzten Mal, als das Waldläuferfieber im Tiefland wütete, nicht mehr gesehen! Was ist mit den Leuten hier geschehen?«

»Hunger und Angst«, stellte Damon kurz fest. »Und die Angst ist so groß, daß nicht einmal der Hunger sie auf die verdunkelten Felder treibt.« Er war so von Zorn erfüllt, daß er am liebsten laut geflucht hätte, aber er umklammerte seinen Sternenstein und normalisierte durch einen Willensakt seine Atmung. Noch ein Punkt gegen die Große Katze und ihre Diener, das Katzenvolk, das sie losgelassen hatte, sich in diesem unschuldigen Dorf zu belustigen.

Rannan, der andere Gardist, verfügte über kein solches Hilfsmittel, um sich zu beruhigen. Ihm war so elend zumute, daß sein Gesicht grün wirkte. »Lord Damon, können wir denn gar nichts für diese Leute tun?«

Damon zerriß es das Herz. »Was auch immer wir tun würden, wäre ein kleiner Verband auf einer tödlichen Wunde, Rannan, und wir würden dabei gleich zu Beginn ebenso wie sie überwältigt, so daß wir nur noch in einen Eingang kriechen, uns hinlegen und in Verzweiflung sterben könnten. Wir müssen im Herzen des Krebsgeschwürs zuschlagen und erst dann, wenn meine Verwandte in Sicherheit ist.«

»Woher sollen wir wissen, daß sie nicht bereits tot ist, Lord?«

»Ich würde es durch den Stein erfahren«, antwortete Damon. Das war einfacher als eine Erklärung, wie Andrew es erfahren und ihm mitteilen würde. »Ich schwöre euch, sollten wir hören, daß sie tot ist, werden wir alle unsere Kräfte zum Angriff sammeln und dies ganze Nest des Bösen ausrotten – bis zur letzten Klaue und zum letzten Schnurrhaar!« Entschlossen wandte er die Augen von dem trostlosen Anblick ab. »Kommt. Zuerst müssen wir zu den Höhlen.«

Und sind wir einmal dort, dachte er grimmig, *werden wir Schwierigkeiten haben, hineinzukommen und festzustellen, wo sie Callista unter der Erde versteckt halten.*

Er fokussierte seinen Geist auf den Stein und blickte zum Fuß der Bergkette hinüber. Als Junge hatte er einmal einen Ausflug dorthin gemacht, und er erinnerte sich, daß eine große Öffnung in die Höhlen von Corresanti führte. Vor Jahren waren sie als Obdach in den strengsten Wintern benutzt worden, wenn der Schnee so hoch auf den Kilghardbergen lag, daß weder Mensch noch Tier überleben konnten. Heute verwendete man sie zum Lagern von Lebensmitteln, zur Zucht eßbarer Pilze, zum Reifen von Wein und Käse und ähnlichem. Vielmehr hatten sie derartigen Zwecken gedient, bis das Katzenvolk in diesen Teil der Welt kam. Falls die Katzenwesen die Vorräte nicht aus purem Mutwillen zerstört hatten, müßten immer noch welche dort sein, dachte

Damon, mit denen man die verhungernden Leute hier bis zur nächsten Ernte durchbringen könnte. Vorausgesetzt, sie selbst kamen durch.

Er hatte jetzt den Eindruck, eine tiefe, fast greifbare Dunkelheit dränge vom schwarzen Rand des Felsens nach außen, einige Meilen von ihnen entfernt, da, wo der Eingang zu den Höhlen von Corresanti versteckt war. Also hatte er mit seinen Vermutungen recht gehabt. Die Höhlen von Corresanti waren das Zentrum des Schattens, der Brennpunkt des verdunkelten Landes. Irgendwo dort experimentierte eine monströse, nichtmenschliche Intelligenz blindlings mit monströsen, unbekannten Kräften. Damon war ein Ridenow, und die Ridenows waren für die Aufgabe gezüchtet worden, fremde Intelligenzen wahrzunehmen und mit ihnen zu kommunizieren. Die ererbte Gabe, die er in seinem Blut und seinen Körperzellen trug, machte sich jetzt bemerkbar und erfüllte ihn mit Entsetzen. Aber er meisterte die Regung und ritt stetig weiter durch die verlassenen Straßen des Dorfes.

Dabei hielt er Umschau nach irgendeinem menschlichen Gesicht, irgendeinem Lebenszeichen. War hier jeder einzelne vor Angst um den Verstand gekommen? Sein Blick fiel auf ein Haus, das er kannte. Als Junge hatte er darin einen Sommer verbracht – wie lange, wie sehr lange war das her! Sein Herz zog sich in einem schmerzhaften Krampf zusammen.

Ich habe seit Jahren keinen von ihnen mehr gesehen. Meine Pflegemutter heiratete einen der MacArans, einen Friedensmann von Dom Esteban, und ich pflegte sie im Sommer hier zu besuchen. Ihre Söhne waren meine ersten Spielgefährten. Plötzlich hielt Damon es nicht mehr aus. Er mußte wissen, was in diesem Haus vor sich ging!

Er hielt sein Pferd an, stieg ab und band das Tier an den Pfosten. Eduin und Rannan riefen ihm fragend zu. Als Damon nicht antwortete, stiegen auch sie ab, aber sie folgten ihm nicht zu den Eingangsstufen des Häuschens. Damon klopfte. Nichts als Schweigen antwortete ihm. Er öffnete die Tür. Nach einer Weile schlurfte ein Mann heran. Seine Augen waren leer, und er duckte sich weg wie aus Gewohnheit. Damon dachte benommen: *Das ist sicher einer von Alannas Söhnen. Ich habe als Junge mit ihm gespielt. Wie hat er sich verändert!* Er suchte nach dem Namen. Hjalmar? Estill?

»Cormac«, sagte er endlich, und die leeren Augen richteten sich auf ihn. Ein idiotisches Lächeln huschte über die Züge.

»Serva, dom«, murmelte der Mann.

»Was ist mit euch geschehen? Was – was wollen sie von euch, was geht hier vor?« Die Worte überstürzten sich. »Seht ihr die Katzenmänner oft? Was tun sie ...«

»Katzenmänner?« brabbelte Cormac, und seine tonlose Stimme hob sich ein klein wenig zur Frage. »Keine Männer – Frauen! Katzenhexen ... sie kommen in der Nacht und reißen einem die Seele in Stücke ...«

Damon schloß vor Qual die Augen. Stumpfsinnig wandte Cormac sich dem Inneren des Hauses zu. Für ihn hatten die Besucher aufgehört zu existieren. Damon stolperte fluchend zurück auf die Straße.

Er hörte Hufe klappern und drehte sich um. Einer nach dem anderen kamen Reiter schnell eine Straße herunter, die von einem Hügel oberhalb des Dorfes ins Tal führte. Hier in dem verwahrlosten Dorf hatten sie noch keine Pferde und kein Milchvieh oder sonstige Haustiere gesehen.

Schon waren die Reiter nahe genug, daß man sie deutlich erkennen konnte. Sie trugen Hemdmäntel und Hosen von fremdartigem Zuschnitt. Alle waren große, dünne Männer mit dichtem grobem hellem Haar, aber sie waren Menschen, keine Katzenwesen, falls es sich nicht um eine neue Illusion handelte ...

Der dunkle Nebel verschleierte immer noch wie düsteres Wasser alles, was nicht ganz in der Nähe war. Aber mit Hilfe seines Sternensteins erkannte Damon, daß es wirkliche Menschen auf wirklichen Pferden waren. Kein jemals geborenes Pferd hätte so lange still gestanden, daß ein Katzenmann hätte aufsteigen können. Auch waren das nicht die leeren Gesichter der Dorfbewohner, durch Terror apathisch geworden.

»Trockenstädter«, brummte Eduin. »Der Herr des Lichts sei mit uns!«

Damon fiel ein, wo er große, blonde, drahtige Männer wie diese schon gesehen hatte. Das Wüstenvolk drang nur selten in diesen Teil der Welt vor, aber gelegentlich begegnete man einer einzelnen Karawane, die stumm und rasch ihrer Heimat entgegenstrebte.

Und unsere Pferde sind bereits müde! Ob die Trockenstädter sich uns feindlich zeigen werden ...?

Er zögerte. Rannan faßte seinen Arm. »Auf was warten wir noch? Machen wir, daß wir hier wegkommen!«

»Sie brauchen nicht unbedingt Feinde zu sein«, gab Damon zu bedenken. Menschen würden sich dem Katzenvolk doch bestimmt nicht anschließen, um menschliche Ansiedlungen zu plündern und zu terrorisieren?

Eduins Mund war eine gerade, harte Linie. »Kleine Trupps von ihnen haben voriges Jahr an der Seite des Katzenvolkes gekämpft, und ich habe gehört, daß Katzenwesen den Trockenstädtern bei der Sache unten in Carthon geholfen haben. Sie treiben auch Handel miteinander. Zandru weiß, welche Waren sie anbieten und welche sie dafür bekommen, aber der Handel selbst ist Tatsache.«

Damon sank der Mut. Sie hätten auf der Stelle fliehen sollen. Dazu war es jetzt zu spät, also machte er das Beste daraus. »Die da sind vielleicht Händler«, sagte er, »und haben nichts mit uns zu schaffen.« Jedenfalls waren sie mittlerweile so nahe herangekommen, daß der an der Spitze reitende Trockenstädter sein Tier anhielt. »Wir müssen es einfach mit selbstsicherem Auftreten schaffen. Haltet euch bereit, aber zieht die Schwerter erst, wenn ich euch das Zeichen gebe oder sie uns angreifen.«

Der Anführer der Trockenstädter sah, lässig im Sattel sitzend, auf sie nieder, ein leichtes Hohnlächeln auf dem Gesicht – oder war es sein normaler Ausdruck? »*Hall-imyn*, bei Nebran! Wer hätte das gedacht?« Sein Blick wanderte die leere Straße hinunter »Was tut ihr immer noch hier?«

»Corresanti ist schon länger ein Dorf der Alton-Domäne, als Shainsa auf der Ebene steht«, gab Damon zurück. Er versuchte, die Reiter hinter dem Anführer zu zählen. Sechs, acht – zu viele! »Ebensogut könnte ich Euch fragen, ob Ihr von Euren normalen Handelswegen abgeirrt seid, und einen Geleitbrief von Lord Alton verlangen.«

»Die Tage der Geleitbriefe sind in den Kilghardbergen vorbei«, erklärte der Anführer. »Nicht mehr lange, und ihr müßt um Erlaubnis bitten, wenn *ihr* hier reiten wollt.« Ein träges Grinsen entblößte seine Zähne. Er stieg vom Pferd, und die Männer hinter ihm folgten seinem Beispiel. Damons Hand glitt in den Korbgriff seines Schwertes, und die kleine Matrix dort fühlte sich glatt und heiß in seiner Handfläche an ...

... Dom Esteban legte das Fleischbrötchen hin, das er gerade aß, und lehnte sich in seinen Kissen zurück. Seine Augen starrten. Der Diener, der ihm das Essen gebracht hatte, sprach ihn an, aber er antwortete nicht ...

»Es wird noch sehr lange dauern, bis ich um die Erlaubnis frage, das Land meiner Verwandten zu durchqueren«, sagte Damon. »Aber was tut *ihr* hier?« Seine Stimme klang in seinen eigenen Ohren schrill und schwach.

»Wir?« fragte der Trockenstädter. »Wir sind friedliche Händler, nicht wahr, Kameraden?« Von den Männern hinter ihm kam ein Chor von Zustimmungen. Besonders friedlich sahen sie nicht aus. *(Natürlich taten das Trockenstädter nie,* schoß es Damon in einem Sekundenbruchteil durch den Kopf.) Ihre Schwerter stachen von ihren Hüften in einem aggressiven Winkel griffbereit in die Höhe, und ihre Haltung war die von Prahlhänsen in einer Kneipe. Die Pferde begannen, nervös den Boden zu scharren, und ängstliches Schnauben füllte die Luft.

»Friedliche Händler«, bekräftigte der Anführer und spielte mit dem Verschluß seines Hemdmantels, »die ihren Geschäften mit der Erlaubnis des Herrn dieses Landes nachgehen. Wir erledigen ein paar kleine Aufträge für ihn.« Er riß die Hand aus dem Mantel, und sie hielt ein langes häßliches Messer. Gleichzeitig zog er sein langes, gerades Schwert aus der Scheide. »Werft eure Waffen weg«, schnarrte er, »und wenn ihr dumm genug seid, euch einzubilden, ihr könntet uns Widerstand leisten, seht euch einmal um!«

Eduins Hand packte mit schmerzhaftem Griff Damons Arm. Nach einem schnellen Blick aus dem Augenwinkel über die Schulter wußte Damon, warum. Aus dem dichten Wald am Ende der Straße kamen auf weichen Pfoten Katzenwesen getrottet. Sie schwärmten hinter den drei Gardisten aus, um ihnen den Rückweg abzuschneiden. Es waren zu viele. Damon versuchte gar nicht erst, sie zu zählen. Estebans Schwert war ihm wie von selbst in die Hand gesprungen, aber ihn übermannte Verzweiflung. Nicht einmal Dom Esteban konnte sich aus einer solchen Überzahl von Feinden heraushauen!

Die Trockenstädter rückten langsam näher, jeder in der einen Hand ein Messer, in der anderen ein Schwert. Damon hatte den Dolch, der an seinem Gürtel hing, ganz vergessen. Er erschrak, als seine Linke ihn herausriß und gegen den Feind hob. Dabei nahm er eine Position ein, die das genaue Gegenteil der ihm beigebrachten Haltung war: Er blickte über seine linke Schulter an dem ausgestreckten Dolch entlang auf den Feind, und sein Schwertgriff lag kalt an seiner rechten Wange. *Natürlich, Esteban war auf seinen Reisen durch die Trockenstädte gekommen, er wußte, wie die Wüstenbewohner kämpften . . .*

Kühl überlegte er, daß der Hinterhalt vorbereitet gewesen sein mußte. Wenn sie die Pferde herumgezogen und die Flucht ergriffen hätten, wie es die Trockenstädter sicher erwartet hatten, wären sie in die Katzenwesen hineingelaufen.

»Drauf!« befahl der Trockenstädter.

Es gab kein Entrinnen; die Alternativen waren Tod oder Übergabe. Damon schwankte unentschlossen. Er wußte nicht, was er tun sollte. Aber sein Körper wußte es. Die beiden Klingen des Trockenstädters fuhren auf ihn los, und Damon sah die Spitze seines Schwertes plötzlich sinken, scharf über Schwert und Dolch fegen und die beiden Waffen zur Seite schlagen, er fühlte seine Füße die Stellung wechseln und seinen Körper sich ducken.

Also glaubt Dom Esteban, wir könnten zehn Männer besiegen und davonkommen, dachte er ironisch und sah unbeteiligt zu, wie sein Schwert und sein Dolch sich gleichzeitig in die Seite des Anführers der Trockenstädter bohrten. Links und rechts von sich hörte er das Klirren von Stahl, und ein weiterer Feind versuchte, ihm in den Rücken zu kommen.

Damon wandte den Kopf, riß sein Schwert los und schwang es mit einer einzigen Bewegung des Unterarms herum. Der andere Mann, noch im Laufen, achtete nicht auf seine Deckung. Damon spürte, wie sich sein Gewicht verlagerte, und dann fuhr sein Schwert dem Mann zwischen die Rippen. Kurz kam Eduin in sein Blickfeld. Das Schwert des Gardisten schimmerte rot im letzten Sonnenlicht, und er rannte auf einen Trockenstädter zu, der zurückwich, Furcht im Gesicht ... Damon drehte sich, wehrte mit dem Dolch einen Stoß ab, der auf seine Kehle gezielt war. Sein Schwert traf einen Ellenbogen. Dann wand sich sein Gegner schreiend zu seinen Füßen, und Damons Magen krampfte sich bei dem Anblick des halb abgetrennten Arms zusammen ...

»Das sind Dämonen!« brüllte einer der Trockenstädter. »Das sind gar keine Menschen ...« Die noch lebenden Feinde ergriffen die Flucht, prallten gegen die Mauer der hinter ihnen stehenden Pferde. Sie hatten noch nie fünf Männer so schnell sterben gesehen ...

Dämonen ... die Trockenstädter waren, wie allgemein bekannt, ein abergläubischer Haufen ...

Einer der noch übrigen Feinde rief etwas in seiner eigenen Sprache, versuchte, seine Kameraden um sich zu sammeln, und griff Eduin an. Damon ignorierte ihn, tauchte tief in den Brennpunkt des Sternensteins hinein. Die Hand des Mannes war zu hoch ... und Damons Körper sprang hinzu, stieß das Schwert so geschickt unter dem Arm des Mannes durch, daß es keinen Knochen berührte. Der Feind fiel. Damon merkte gar nichts davon. Er griff in sein Unterbewußtsein hinein, in die dunklen Tiefen, wo er die Schreckgespenster seiner Kinderzeit verschlossen hielt, und beschwor einen Dämon herauf. Er war grau und schuppig, hatte Hörner und Klauen. Rauch und Flammen stoben aus seinen Nüstern. Damon schleuderte das Bild in die Linse des Sternensteins, projizierte es auf einen Punkt zwischen sich und den Trockenstädtern ...

Die Trockenstädter entflohen heulend, versuchten, ihre wild ausschlagenden Pferde einzufangen, die, verrückt geworden von dem Blutgeruch und den Katzenausdünstungen, durchgingen. Ein gellendes Gekreisch stieg von den Katzenwesen hinter ihnen auf. Damon ließ den Dämon – er wußte, daß sie alle ihn sahen – sich umdrehen und brüllend, Maul und Nüstern Flammen speiend, die Dorfstraße hinunter auf die Katzenwesen zurasen. Einige der Katzen verloren den Mut und liefen davon. Andere mochten sich sagen, daß diese Erscheinung nicht ganz das war, was sie zu sein schien, und versuchten, sie zu umgehen.

Blindlings tastete Damon nach den Zügeln seines Pferdes. Das verängstigte Tier bäumte sich und schlug aus, aber Damons Körper sprang mit einem Geschick in den Sattel, das sein eigenes so weit übertraf wie – *Dom Estebans natürlich.* Sein Geist dagegen ließ den Dämon unter den Katzenmännern wüten, links und rechts unter großem Gestank nach brennendem Katzenfell zuschlagen.

Einer der Katzenmänner kam Damon zu nahe, und er mußte sich gegen einen Hieb mit dem tödlichen, klauenkrummen Säbel verteidigen. Er hackte das Handgelenk ab, sah Säbel und Pfote zusammen fallen, zucken und liegenbleiben. Was aus dem Körper des Katzenmannes wurde, sah er nicht mehr, er zog sein Pferd bereits herum.

Etwas wie ein Blitz schlug in das schuppige Ungeheuer ein, das Damon erschaffen hatte. Es flammte in einer Säule aus grauem Staub und Rauch auf und verschwand. Damons Geist taumelte vor Entsetzen.

Es war Esteban, der das erschrockene Pferd lenkte, der die paar Katzenwesen niederschlug, die sich anschlichen und versuchten, dem Tier die Knieflechsen zu durchschneiden, der sicher auf die Straße gelangte, die zu den Höhlen hinaufführte. Undeutlich, wie aus großer Entfernung, nahm Damon wahr, was Esteban mit seinem Körper und seinem Pferd anstellte, aber er selbst flog in der Überwelt durch immer dicker werdenden, brodelnden Nebel auf den schwarzen Mittelpunkt des Schattens zu, aus dem unverschleiert und glühend wie das Herz eines Vulkans die schrecklichen Augen der Großen Katze funkelten.

Zu den flammenden Augen kamen Klauen. Sie griffen nach Damon, der sich drehen und wenden mußte, um ihnen zu entgehen. Damon wußte, wenn ihn auch nur die Spitze einer dieser tödlichen Klauen berührte, wurde er in seinen Körper zurückgeschleudert, und mit dem Körper konnte die Große Katze dann machen, was sie wollte, konnte ihn mit einem einzigen sengenden Atemzug töten.

Wovor fürchten sich Katzen? überlegte Damon. Sein Überwelt-Körper wuchs und fiel auf alle viere. Wo er sich vor den Katzenklauen geduckt hatte, materialisierte sich eine große, wabernde Wolfsgestalt. Er sprang die Katze an. Durch die Überwelt hallte ein grausiges Werwolfsgeheul wider, ein paralysierender Schrei, vor dem das Katzenwesen einen Augenblick lang flackerte und undeutlich wurde. Feueratem fuhr dem Wolf schmerzhaft in die Augen, er heulte vor Wut, und Damon spürte, daß er selbst im Blutrausch bebte. Er warf sich dem Katzending an die Kehle, die großen tropfenden Kiefer schlossen sich, die Zähne des Werwolfs bissen sich fest, Katzengestank verbreitete sich . . .

Die starke, bepelzte Kehle löste sich auf und verschwand zwischen den Zähnen. Noch einmal hörte Damon sich heulen. Er versuchte, die Dunkelheit anzuspringen, getrieben von einem wahnsinnigen Verlangen, zu reißen, zu zerfetzen, das Blut unter seinen Fängen hervorströmen zu fühlen . . .

Aber die Katze war fort, dahingeschmolzen, und Damon, zitternd und erschöpft bis in die Zehennägel, würgend von dem Blutgeschmack in seinem Hals, saß in seinem Sattel. Der Katzen-Adept war durch Damons Werwolf-Gestalt von der astralen Ebene vertrieben worden. Zum ersten Mal sah es so aus, als sei die Große Katze nicht unverwundbar. Denn die Straße lag bis zu den Höhlen hinauf leer da, und nichts war vor ihnen als die Leichen der Gefallenen.

11

Ein scharfer Schreck wie beim Fallen weckte Andrew Carr auf. Der kurze Wintertag ging zu Ende, im Zimmer dämmerte es, und in dem verblassenden Licht des Fensters erkannte er Callista am Fuß seines Bettes. Mit Erleichterung sah er, daß sie in einen Rock und eine lose Jacke gekleidet war und ihr Haar geflochten hatte. Nein, es war Ellemir, und sie hielt ein Tablett mit Essen in den Händen. »Andrew, du mußt etwas zu dir nehmen.«

»Ich habe keinen Hunger«, murmelte Andrew, noch wirr vom Schlaf und seltsamen Träumen – Riesenkatzen? Werwölfe? Wie mochte es um Damon stehen? Lebte Callista noch? Wie hatte er überhaupt schlafen können? Wie konnte Ellemir in einem solchen Augenblick von Essen reden?

»Du mußt aber essen.« Ellemir war seinen Gedanken gefolgt. Daran würde er sich erst noch gewöhnen müssen. Am besten fing er gleich damit an, sagte er zu sich selbst.

Ellemir setzte sich auf den Bettrand. »Matrix-Arbeit ist schrecklich anstrengend. Du mußt dir deine Kräfte erhalten, oder du wirst dich überladen. Ich wußte, daß dir nicht nach Essen zumute sein würde, deshalb habe ich Suppe und ein paar Sachen mitgebracht, die leicht zu schlucken sind. Ich weiß, wie du dich fühlst, aber *versuche* es, Andrew.« Listig brachte sie das eine Argument vor, das ihn überreden konnte:

»Damon kann Callista nicht erreichen. Im Inneren der Höhlen von Corresanti findet er sie im Dunkeln vielleicht nie; es ist ein fürchterliches Labyrinth aus dunklen Gängen. Ich bin einmal dort gewesen, und ich habe von einem

Mann gehört, der monatelang darin umhergeirrt ist. Als er herauskam, war er blind, und sein Haar war vor Angst weiß geworden. Deshalb mußt du bereit sein, wenn Damon dich ruft, damit du ihn zu Callista führst. Und dazu brauchst du Kraft.«

Widerstrebend, aber von der Richtigkeit ihrer Worte überzeugt, griff Andrew nach dem Löffel. Es war eine Fleischsuppe mit langen Nudeln, sehr kräftig und gut. Dazu gab es Nußbrot und ein scharfes Gelee. Nach dem ersten Bissen merkte er, daß er halb verhungert war, und aß alles auf, was sich auf dem Tablett befand.

»Wie geht es deinem Vater?« erkundigte er sich der Höflichkeit halber.

Ellemir kicherte. »Du hättest die Mahlzeit sehen sollen, die *er* vor einer Stunde weggeputzt hat. Und zwischen den einzelnen Bissen erzählte er mir, wie viele Katzenmänner er getötet habe . . .«

Andrew stellte nüchtern fest: »Ich habe es gesehen. Ich war *dort.* Sie sind schrecklich!« Er erschauerte. Es war also gar kein Traum gewesen; sein Geist war durch die vom Schatten der Großen Katze verwüsteten Dörfer gewandert. Andrew legte die letzte Brotkruste hin, konzentrierte sich auf den Sternenstein und den Kontakt mit Damon und sah sie . . . Sie näherten sich den Höhlen. Der Abhang vor ihnen war leer . . .

Diesmal war es leichter, in die Überwelt zu wechseln. Nach dem trüben Licht des sich neigenden Wintertages sah Andrew in dem matten blauen Schimmer dessen, was Callista das »Überlicht« nannte, besser als vorher. Blau? fragte er sich. Lag das daran, daß die Steine blau waren und das Licht irgendwie durch seinen Geist warfen? Er blickte auf seinen Körper hinunter, der auf dem Bett zurückgesunken war. Ellemir stellte gerade das Tablett auf den Fußboden, kniete neben ihm nieder und legte ihre Hand an die Pulsader, wie sie es bei Damon gemacht hatte.

Andrew entdeckte, daß er in der Überwelt nicht mehr die schweren Kleidungsstücke aus Pelz und Leder, von Ellemirs Diener ausgeliehen, trug. Er war statt dessen in Jacke und Hose aus dünnem grauem Nylon wie im Büro des Terranischen Hauptquartiers gekleidet. Auf seinem Kragen glänzten acht Edelsteine an einem schmalen Band, einer für jeden Planeten, auf dem er Dienst getan hatte.

Verdammt kalt für diesen Planeten. Teufel, das ist ja die Überwelt. Wenn Callista hier in ihrem zerrissenen Nachthemdchen herumlaufen kann, ohne zu erfrieren, was soll es mich kümmern? Schon hatte er sich weit von Ellemir entfernt, Armida verlassen. Er befand sich auf einer grauen, konturlosen Ebene mit schimmernden, Luftspiegelungen ähnlichen Hügeln am Horizont. *Und wo geht es hier zu den Höhlen von Corresanti?* fragte er sich und versuchte, sich in all der Gräue zu orientieren. Wie auf Flügeln des Gedankens getragen, flog er dahin.

In den Händen hielt er immer noch den Sternenstein oder vielmehr dessen Entsprechung in der Überwelt. Er sprühte leuchtende Funken wie ein Feuerwerk. Würde er ihn direkt zu Callista führen? Ja, schon sah er die Berge deutlich, von deren Mittelpunkt eine große dunkle Wolke ausging. Hatte Damon darin die Große Katze gesehen? Wurde dort Callista mit Hilfe des großen illegalen Matrix-Juwels gefangengehalten?

Andrew schüttelte sich und versuchte, nicht an die Große Katze zu denken. Noch besser war, sie in Gedanken in die Cheshire-Katze der terranischen Kindermärchen umzuwandeln, die große harmlose Katze, die gewaltig grinste und amüsante Konversation trieb. Oder in den Gestiefelten Kater. *Die Große Katze ist nur eine Gestalt aus einem Märchen,* redete Andrew sich zu, *und verdammt will ich sein, wenn ich ihretwegen nervös werde.* Instinktiv erkannte er, daß das der sicherste Weg war, sich vor der Macht der Großen Katze zu schützen. *Der Gestiefelte Kater*, ermahnte er sich. *Ich hoffe, Damon begegnet ihm nicht noch einmal . . .*

Als habe der Gedanke an Damon ihm die Richtung gewiesen, stand er plötzlich (obwohl seine Füße den Boden nicht ganz berührten) auf einem Abhang unmittelbar vor einer großen dunklen Höhlenöffnung, und ein Stück unter ihm kamen Damon und seine beiden Männer mit gezogenen Schwertern langsam den Berg herauf. Andrew hob die Hand, wollte Damon auf sich aufmerksam machen, und da erlebte er wieder diese merkwürdige *Verschmelzung* und sah die Welt durch Damons Augen ...

... *Flach atmen, die Füße so geräuschlos wie möglich aufsetzen! Wie wir es auf Kundschaftergängen beim Feldzug letzten Jahres tun mußten ...*

Große Katzen lagerten unverschämt vor dem Höhleneingang, auf ihrem Posten dösend. Sie waren der festen Überzeugung, daß die Macht, der sie dienten, sie wiederum beschützen werde.

Aber trotzdem waren sie Katzen. Bei dem leisen Streifen von Stiefeln durch Gras spitzten sie die mit Haarbüscheln versehenen Ohren, und sofort waren sie auf den Beinen, die Klauensäbel bereithaltend. Damon fand sich wieder, wie er in großen Sprüngen auf die ihm nächste Katze zuhielt. Das Schwert in seiner Hand war schon zum Leben erwacht. Die krumme Klinge der Katze fuhr in dieser seltsamen, zirkelnden Parade herab, verwischte sich vor seinem Körper zu einem Halbmond und schlug die Spitze von Damons Schwert nach unten und zur Seite. Damon sah seitlich von sich glänzenden Stahl aufblitzen.

Dann sah er auf sein Handgelenk nieder, als sein Arm hochschoß, und spürte die Klinge in seiner Hand zucken, als sein Gegner die erdwärts gerichtete Spitze traf, er hörte die um seinen Körper wirbelnde Schneide an seinem Ohr vorbeizischen und die bepelzte Schulter aufschlitzen. Der Katzenmann parierte; Damon sprang zurück, und der Krummsäbel schnitt einen Zoll vor seinen Augen durch die Luft. Das

Fechten mit den großen gekrümmten Klingen sah unbeholfen aus, und doch erforderte es Estebans ganzes Geschick, eine Schwäche in dieser wirbelnden Verteidigung zu finden. Eduin und Rannan kämpften ganz in der Nähe – Damon hörte ihre Schwerter hinter sich klirren. Sein Arm streckte sich in einer Finte – er wuße, daß es eine Finte war, weil seine Füße sich nicht bewegten. Der Klauensäbel sauste herunter. Dom Estebans Schwert verließ seine Bahn, schwang nach hinten und oben und landete zwischen den Katzenohren.

Damon zog sein Schwert fachmännisch aus dem blutigen Schädel. Rannan, das Hemd aufgerissen und naß von Blut, wurde von einem der tanzenden Krummsäbel in Bedrängnis gebracht. Damon kam ihm zu Hilfe; Hiebe prasselten auf den Kopf des Katzenmenschen nieder. Er sprang vor einem gewaltigen Streich zurück, der ihn entlang der Gürtellinie hätte halbieren können. Der Krummsäbel schwang herum und zielte jetzt auf seinen Kopf. Dann sah er, wie sein Handgelenk sich senkte und die lange, dünne Klinge durch das Knie des Feindes schnitt. Von neuem ging sein Arm in die Höhe, und als das Geschöpf schreiend vornüber fiel, senkte sich die Spitze von Dom Estebans Schwert in seine Kehle. Eduin und Rannan standen vor der Leiche des letzten Wachtpostens, und wieder empfand Damon für einen Augenblick diesen grundlosen Zorn Dom Estebans . . .

Damon schüttelte den Kopf. Ihm schwindelte, als sei er betrunken. Was tat er? Er öffnete die Augen und steckte das Schwert in die Scheide, und dabei wurde er sich der schmerzenden Muskeln am Handgelenk und unten an seinem Daumen bewußt, Muskeln, von denen er gar nicht gewußt hatte, daß er sie besaß. Ein bißchen schwankend wandte er dem blutigen Haufen aus grauen Fellen den Rücken, taumelte auf die Höhlenöffnung zu und gab Eduin und Rannan ein Zeichen, ihm zu folgen. Im Laufen sah er die Gestalt eines Mannes in fremdartiger Kleidung aus dünnem Stoff vor sich. Es dauerte eine Weile, bis er Andrew Carr erkannte ... und da drehte sich Andrew wenige Fuß von ihm entfernt um und winkte ihn vorwärts.

Andrew kam es merkwürdig vor, daß er Damon sehen konnte, wenn sich Damon nicht in der Überwelt befand, aber schließlich hatte er »hier unten« auch Callista gesehen. Vor Damon betrat er den Höhleneingang. Es war eine große dunkle Kammer, und zuerst war auch im Überlicht kaum etwas zu erkennen. Damon hatte den Eingang bereits passiert und wartete ungeduldig auf seine Männer. Eduin und Rannan schienen von einer Barriere aufgehalten zu werden, die für Andrew – und offenbar auch für Damon – unsichtbar war.

Einen Augenblick lang wirkte der Darkovaner verwirrt. Dann meinte er – und Andrew wußte weder jetzt noch später zu sagen, ob Damon laut gesprochen oder ob er ihn *denken* gehört hatte –: »Oh, natürlich. Vor dem Eingang liegt eine Abschirmung der ersten Ebene. Das bedeutet, wer keine Matrix trägt, muß hinein- oder hinaus*gelassen* werden.« Genau das war von der Großen Katze zu erwarten gewesen. Doch es mochte eine zusätzliche Schwäche darstellen. Nicht einmal mit einer Matrix konnte sie überall gleichzeitig sein. Aber wenn sie Glück hatten, wußte sie das noch nicht.

Langsam schritt Damon durch die große gewölbte Kammer, die den Eingang zu den Höhlen bildete. Irgendwo im Hintergrund tropfte Wasser. Durch die Höhlenmündung drang nur wenig Tageslicht, und weiter innen wurde es immer finsterer. Die Angst vor der Dunkelheit packte ihn. Er zögerte und forschte in seinen Erinnerungen. *Wenn ich als Junge herkam, gab es hier Fackeln, bei deren Schein man die Wände und die Pfade erkennen konnte.* Da sah er den Spektralkörper Andrews, der scheinbar aus der Wand hervortrat. Der Erdenmann glühte in einem schwachen blauen Licht, und in den Händen trug er etwas, das wie eine große, funkensprühende blaue Fackel aussah. *Die Matrix natürlich. Wird sie das Katzenwesen alarmieren? Wenn ich in die Überwelt gehen muß, um den Weg zu finden, wird es dann meinen Sternenstein bemerken?*

Jetzt war ein dröhnender, summender Laut zu vernehmen, wie von einem gigantischen Bienenschwarm. Seine Erinnerungen lieferten Damon die Erklärung. Es war eine mächtige, nicht abgeschirmte Matrix. Furcht preßte sein Herz mit eiserner Hand so zusammen, daß es ihn körperlich schmerzte. *Das Katzenwesen muß wahnsinnig sein! Wahnsinnig oder mächtiger als jeder Mensch, als jede Bewahrerin! Zum Umgang mit einem Matrix-Schirm dieser Größe braucht man einen Kreis von mindestens vier Telepathen!*

So große Matrizes entstanden nie auf natürliche Weise. In der Blütezeit der Sternenstein-Technologie waren sie künstlich hergestellt worden. Hatte die Große Katze diese hier gefunden oder *gemacht? Wie, in Zandrus neun Höllen, kontrolliert sie das Ding? Ich würde es nicht um mein Leben anfassen!* dachte Damon.

Wieder sah er Andrew, der ihm, umgeben von diesem bläulichen Glühen, winkte. Im Licht seines Sternensteins sah er massige kristalline Pfeiler, große steinere Dorne, die vom Boden emporstrebten oder von der Decke herabhingen. Überall in der feuchten Dunkelheit waren das Tropfen des Wassers und das furchterregende Dröhnen der Matrix zu vernehmen. Damon meinte, den Weg hinunter allein nach dem Gehör finden zu können. Aber das kam später. Jetzt mußte er erst Callista finden und sie nach draußen bringen, bevor die Große Katze merkte, daß er da war, und einen ihrer Gefolgsleute schickte, Callista die Kehle durchzuschneiden.

Hinten in der Kammer führten zwei Tunnel in Schwärze und ein schwaches, weit entferntes Schimmern. Damon blieb einen Augenblick unentschlossen stehen, bis er ein gutes Stück den linken Gang hinunter Andrew Carr stehen sah. Er folgte der undeutlichen Spektralgestalt. Nachdem er zweimal auf dem steinigen Boden gestolpert war – Andrew stieß sich in der Überwelt die Zehen natürlich nicht an –, konzentrierte er sich auf seinen Sternenstein, der ihm warm und schwer und nackt an der Kehle lag, und erzeugte vor sich eine Kugel aus Hexenlicht. Sie war matt und schwerfällig, und Damon vermutete, ihre Energie werde durch die Nähe der riesigen Matrix gedämpft, aber wenigstens hatte er nun ein bißchen Beleuchtung. *Und das ist eine verdammt gute Sache. Wie könnte ich mir den Weg hinaus freikämpfen, falls das nötig wird, und dabei in der anderen Hand eine Fackel halten?*

Andrew war wieder verschwunden. *Ja, so ist es richtig. Er wird Callista finden. Ihr sagen, daß Hilfe unterwegs ist,* überlegte Damon.

In der Dunkelheit jenseits des schwachen Hexenlichtes bewegte sich etwas. Eine Stimme erklang in der miauenden Sprache der Katzenwesen und ging plötzlich in Knurren über. Damon sah eine der krummen Klingen außerhalb des Lichtkreises aufblitzen. Das Dröhnen in seinem Kopf war schmerzhaft, nervtötend. Er zog sein Schwert und hob es, aber es lag tot und fremd in seiner Hand. *Dom Esteban ...* angstvoll suchte er den Kontakt herzustellen. Doch da war nichts, nur dieses Dröhnen, dieser alles auslöschende Laut, dieser *Schmerz.*

Die krumme Klinge sauste nach unten. Irgendwie brachte Damon das träge Metallding in seiner Hand nach oben, in die Bahn des Säbels, eine Barriere aus Stahl. Die Furcht würgte ihn, doch er stellte seinen müden Körper in Position, parierte automatisch, wagte nicht, sich zum Angriff zu exponieren. Er war allein, focht nur mit seinem eigenen dürftigen Können!

Die Barriere an der Höhlenöffnung! Dom Esteban konnte ihn durch die Barriere nicht erreichen! Und er dachte: *Ich bin tot!*

In einem Sekundenbruchteil erinnerte er sich an die Jahre langweiligen Unterrichts – immer der schlechteste Schwertkämpfer in seiner Altersgruppe, der ungeschickte, der für die

Kriegskünste nicht begabte Junge. Der Feigling. Langsam vor Angst, mit dem Gefühl, das Schwert durch dicken Sirup zu ziehen, parierte er die meisterhaften Zirkelhiebe. Er war dem Tod geweiht. Er war nicht einmal dann fähig, sich wirksam zu verteidigen, wenn sein Gegner in dem ihm gewohnten Stil focht. Wie sollte er diesen Meistern einer völlig fremden Technik standhalten? Er wich hastig zurück, sah aus dem Augenwinkel, daß ein zweiter Wachtposten gelaufen kam, um dem ersten beizustehen. Gleich würde er zwei gegen sich haben – wenn er noch so lange lebte. Der fürchterliche Krummsäbel holte zu einem Schlag aus, den er nicht hätte parieren können, obwohl er wußte, wie Esteban ihn abgeblockt hätte.

Der Säbel nahm den Weg, den er sich vorgestellt hatte. Da bemerkte er mit überquellender, wilder Erleichterung die Schwäche in der Position des Katzenmannes und stieß im gleichen Augenblick sein Schwert hinein. Der zweite Wachtposten kam an, gerade als Damon keuchend sein Schwert aus der Wunde riß. Er wandte sich dem neuen Gegner zu, wohl wissend, wie Esteban ihn attackieren würde, und während der Gedanke sich in seinem Gehirn bildete, flog sein Arm schon hoch und zurück. Die Klauenwaffe vollführte den Zirkelhieb, den sie alle zu benutzen schienen. Damon sprang vor und durchbohrte die Katzenkehle, noch während der Feind in einem schwachen Versuch, zu reversieren, seine Klinge traf.

Damon löste sein Schwert. Der dritte Katzenmann blieb geduckt stehen und begann sich zurückzuziehen. Er hielt den Säbel mit der Spitze nach unten in Kopfhöhe, bereit, sich zu verteidigen. Damon rückte ihm wachsam nach und wartete ...

Die Sekunden vergingen, und sein Körper tat nichts, was er ihm nicht befahl. Er konzentrierte sich auf die Verbindung ... nichts. Nur die pulsierende, hämmernde Überladung, von der gigantischen Matrix irgendwo tief unten in der

Höhle, außer Sicht, aber da, präsent, schrecklich. Dom Esteban konnte ihn hier nicht erreichen. *Hatte* ihn hier nicht erreicht. Damon ließ vor Schreck fast sein Schwert fallen, als es ihm klar wurde. Er war gar nicht in Kontakt mit Esteban gewesen, und doch hatte er zwei Katzenmänner getötet.

Und er würde noch einen dritten töten. Jetzt.

Warum nicht? Sein Verstand kannte sämtliche Tricks, er war von Meistern im Schwertkampf unterrichtet worden, nur in die Praxis hatte er sein Wissen nie umzusetzen vermocht ... vielleicht war das das Problem. Er hatte über das Leben mehr nachgedacht, als er es gelebt hatte, immer waren sein Körper und sein Geist getrennt gewesen. Der Kontakt mit Esteban mußte seine Nerven und Muskeln gelehrt haben, in der richtigen Art zu reagieren ...

Knurrend stürzte sich der Katzenmann auf ihn. Damon warf sich hin, das Schwert nach vorn streckend, mit der freien Hand auf dem Boden abgestützt. Der Krummsäbel zischte, ihn völlig verfehlend, über seinen Kopf weg, und etwas Nasses und Klebriges floß über seinen Arm. Mit einem scharfen Ruck befreite er sein Schwert und stand auf. Wo ging es jetzt zu Callista? Schnell, bevor die Große Katze merkt ...

Er hielt Ausschau nach Andrew und sah ihn einen Sekundenbruchteil lang am hinteren Ende des Ganges. Dann war Andrew wieder verschwunden ...

Andrew, ganz hingegeben an den Kampf, den er gemeisam mit Damon führte, hörte plötzlich einen Schrei, und gleichzeitig sah er Callista. Sie lag zu seinen Füßen auf dem Boden – und deshalb mußte er sich weiter nach unten begeben haben, auf eine tiefere Ebene der Höhlen, wo die Wände schwach grünlich phosphoreszierten. Callistas Augen waren entsetzt aufgerissen. Andrew erkannte ein sich anschleichendes Katzengeschöpf, nichts als eine schattenhafte Gestalt in der Dunkelheit. Callista sprang auf und wich zurück, die Arme in einer sinnlosen Geste der Verteidigung ausgestreckt. Das Katzenwesen hielt einen krummen Dolch in den Pfoten, und Andrew rannte darauf zu.

Ich brauche meinen Körper. Aus der Überwelt heraus kann ich ihr nicht helfen ... Ein paarmal schwankte er zwischen der Höhle, wo Callista blindlings vor dem Messer des Katzenmannes floh, und dem Dachzimmer zu Armida, wo Ellemir über seinen Körper wachte, hin und zurück, kämpfend, zerrissen. *Ich darf nicht in meinen Körper zurückkehren, ich muß bei Callista bleiben* ... Dann gab es einen blauen Blitz und einen schmerzhaften, betäubenden elektrischen Schlag, und Andrew fiel in der Höhle hart auf die Füße. Es war stockfinster bis auf das Glühen des Schwamms an den Wänden, und er verstauchte sich beim Aufkommen den Knöchel.

Mit einem drohenden Aufschrei stürzte er sich auf das Katzenwesen. *(Wie bin ich hergekommen? Wie? Bin ich überhaupt wirklich hier?)* Er stolperte, seine Zehen verfingen sich in losem Geröll. Andrew bückte sich nach einem großen Stein. Der Katzenmann fuhr knurrend zu ihm herum. Andrew hob den Stein hoch und schmetterte ihn dem Geschöpf gegen die Schläfe. Es fiel mit ohrenzerreißendem Geheul nieder, zuckte schwach und lag still. Der wuchtige Schlag hatte sein Gehirn über den ganzen Boden verteilt; Andrew rutschte darin aus und wäre beinahe gefallen.

Er sagte idiotisch: »Das entscheidet die Frage ja wohl, ich bin hier.« Er lief zu Callista, die sich gegen die Wand drückte und ihn staunend ansah.

»Liebling!« rief er. »Callista – Liebling – bist du in Ordnung? Haben sie dir etwas getan?« Er nahm sie in die Arme, und sie fiel schwer gegen ihn. Sie fühlte sich fest und warm und wirklich in seinen Armen an. Er drückte sie an sich und spürte, daß ihr ganzer Körper vor heftigem Schluchzen bebte.

»Andrew ... Andrew ... du bist es tatsächlich«, stammelte sie immer wieder.

Er preßte seinen Mund auf ihre nasse Wange und versicherte: »Ich bin es, und du bist jetzt in Sicherheit, Geliebte. In wenigen Minuten haben wir dich draußen – kannst du gehen?«

»Ich kann gehen.« Allmählich beruhigte sie sich. »Ich kenne den Weg hinaus nicht, aber ich habe gehört, daß an den Wänden Seile sind, so können wir uns zur Höhlenöffnung tasten. Wenn du mir meinen Sternenstein gibst, werde ich Licht machen«, sagte sie, sich endlich daran erinnernd, und Andrew reichte ihr den Stein. Callista nahm ihn beinahe zärtlich in die Hände. Das blaue Licht des Steins schimmerte blasser als das der Überwelt, es war jedoch hell genug, daß Andrew deutlich erkannte, wie sich ihr süßes, zartes Gesicht vor Angst verzerrte.

»Damon – o nein«, flüsterte sie. »Andrew! Andrew, hilf mir . . .« Sie faßte nach seiner Hand, und augenblicklich vereinigten sich ihre Gedanken.

Wieder erhielt Andrew diesen schmerzhaften elektrischen Schlag, und schon stand er auf dem Boden einer großen, teilweise beleuchteten Höhlenkammer, an deren hinterem Ende ein Juwel ähnlich dem Sternenstein in blendendem Glanz erstrahlte. Nur war es riesig und hell wie eine Bogenlampe, und es tat seinen Augen weh. Damon schritt darauf zu, und er sah sehr klein aus. Von neuem vereinigte sich Andrews Geist mit dem Damons. Durch Damons Augen erblickte er die hinter dem großen Stein kniende Gestalt. Ihre Pfoten waren geschwärzt, ihre Schnurrhaare abgesengt, und in ihr Fell waren große Löcher gebrannt. Damon hob sein Schwert . . .

Und fand sich in der Überwelt wieder. Vor ihm ragte die Große Katze auf, furchterregend in ihrer Majestät, höher als ein Baum. Sie blickte mit roten Augen wie Kohlen drohend auf ihn nieder, und ihr Knurren war ein welterschütterndes Brüllen. Sie hob eine Tatze. Damon zuckte zusammen, denn ein Schlag mit dieser Tatze würde ihn wegschleudern wie eine schwache Maus . . .

In diesem Augenblick schrie Callista auf. Zwei Riesenhunde – der eine stark und bullig, der andere schlank und wieselflink – sprangen dem Katzending an die Kehle. *Andrew und Callista!* Ohne nachzudenken, ließ sich Damon in seinen Körper zurückfallen, stürmte vorwärts und riß sein Schwert hoch. Er schlug auf die sich duckende Katze ein. Das Dröhnen verwandelte sich in ein Kreischen, ein wildes, knurrendes Geheul, wirre, abgehackte Schreie und Zischlaute, die den ganzen Raum füllten. Dom Estebans Schwert schwankte. Damon, die Hände mit Brandwunden bedeckt, hielt es mit aller Kraft fest und rannte es durch den Katzenkörper.

Die aufgespießte Katze zappelte und wand sich quietschend. Die große Matrix loderte auf und versprühte Flammen. Dann erstarb das Licht plötzlich. In der Höhle war es still und dunkel bis auf den schwachen Schimmer von Callistas Sternenstein. Sie standen alle drei dicht beieinander auf dem Steinfußboden, und Callista klammerte sich schluchzend und zitternd an die beiden Männer. Zu ihren Füßen lag ein geschwärztes, qualmendes Ding, das nach verbranntem Fell stank. Es hatte nur eine ganz schwache Ähnlichkeit mit einem Katzenmann oder sonst einem Wesen, das einmal lebendig gewesen war.

Vor ihnen hing eine große Matrix tot und glasig in ihrem Rahmen. Sie fiel heraus, rollte klirrend über den Höhlenboden, zerschellte und löste sich in nichts auf.

12

»Was wird denn jetzt mit dem verdunkelten Land geschehen?« fragte Andrew, als sie langsam durch die Dämmerung nach Armida zurückritten.

Damon hing müde im Sattel, aber in seinem Inneren war Frieden.

Sie hatten Lebensmittel und Wein in den Höhlen gefunden – offenbar hatten die Katzenwesen sich nicht die Mühe gemacht, die unteren Ebenen zu erkunden – und gut gegessen und getrunken. Es waren auch Kleidungsstücke da, darunter große Pelzdecken, aber Callista war vor ihnen zurückgeschaudert und hatte erklärt, nichts werde sie dazu bringen, jemals in ihrem Leben wieder Pelz zu tragen. Am Ende hatte Damon den Pelz Eduin gegeben und Callista in den schweren Wollumhang des Schwertkämpfers gewickelt.

Nun saß Callista vor Andrew im Sattel, an ihn geschmiegt, den Kopf an seine Schulter gelegt, und er ritt mit gesenktem Kopf, so daß seine Wange ihr Haar berührte.

Der Anblick weckte Damons Sehnsucht nach Ellemir – nun, das konnte warten. Er antwortete auf Andrews Frage, obwohl er sich nicht sicher war, ob Andrew ihn überhaupt hörte.

»Jetzt, wo die Matrix zerstört ist, haben die Katzenwesen die übernatürlichen Waffen der Unsichtbarkeit und der Dunkelheit verloren. Wir können Soldaten gegen sie schicken und sie niedermachen. Die meisten Dorfbewohner werden sich erholen, wenn die Dunkelheit verschwunden ist und sie keine Angst mehr zu haben brauchen.«

Unter ihnen im Tal sah Damon die Lichter von Armida. Spürte Ellemir, daß er heimkehrte, daß Callista gerettet und das verdunkelte Land gereinigt war? Damon lächelte. Der alte Mann mußte verrückt werden, in seiner Ungeduld zu erfahren, was geschehen war, nachdem er an der Barriere den Kontakt mit Damon verloren hatte. Wahrscheinlich glaubte Dom Esteban, der so lange Zeit verächtlich auf Damon als einen Schwächling herabgeblickt hatte, daß Damon Sekunden später abgeschlachtet worden war. Nun, das würde eine freudige Überraschung für den alten Mann geben, und die brauchte er auch als Ausgleich für den unvermeidlichen Schock, wenn er die Sache mit Callista und Andrew herausfand. Da konnten sie sich auf eine unangenehme Szene gefaßt machen, aber Dom Esteban schuldete ihnen etwas, und Damon war bereit, ihm den Arm zu verdrehen, bis er nachgab. Mit innigem Vergnügen stellte er fest, daß er sich darauf freute. Er hatte keine Angst mehr vor Dom Esteban. Er hatte vor *nichts* mehr Angst. Er lächelte und ließ sich zurückfallen, bis er neben Eduin und Rannan ritt. Die beiden Gardisten teilten sich den breiten Rücken eines Pferdes, weil sie ein Reittier an Andrew und Callista abgegeben hatten.

Andrew Carr merkte nicht einmal, daß Damon sich abgesetzt hatte. Callista lag warm in seinen Armen, und sein Herz war so voll, daß er kaum noch klar denken konnte. Er flüsterte: »Frierst du, Geliebte?«

Sie kuschelte sich eng an ihn. »Ein bißchen«, sagte sie leise. »Aber das macht nichts.«

»Nicht mehr lange, und du bist zu Hause, wo es warm ist und Ellemir sich um dich kümmern wird.«

»Ich friere lieber in der reinen Luft, als daß ich es in dieser stinkenden Höhle warm habe! Oh, die Sterne!« rief sie fast ekstatisch.

Sein Arm schloß sich fester um sie, denn sie war so müde, daß er fürchtete, sie könne fallen. Einladend schimmerten die Lichter von Armida aus dem Tal herauf.

Callista murmelte: »Es wird nicht leicht sein. Mein Vater wird wütend werden. Für ihn bin ich eine Bewahrerin, keine Frau. Es würde seinen Zorn schon erregen, wenn ich mein Amt niederlegen wollte, um irgendeinen Mann zu heiraten, ganz gleich, wen, und da du Terraner bist, macht es die Sache noch schlimmer.« Aber sie lächelte und schmiegte sich dichter an ihn. »Nun, er wird sich eben an die Idee gewöhnen müssen. Leonie stellt sich bestimmt auf unsere Seite.«

Das setzten sie alles als selbstverständlich voraus, dachte Andrew. Irgendwie mußte er das Terranische Hauptquartier benachrichtigen, daß er am Leben war – das war einfach –, und außerdem, daß er nicht zurückkehren werde. Das war nicht so einfach. Er würde noch lernen müssen, die neue Fähigkeit, die er an sich entdeckt hatte, zu benutzen. Danach – wer weiß? Irgend etwas konnte er sicher tun, um den Tag schneller herbeizuführen, an dem Terraner und Darkovaner aufhörten, sich gegenseitig als fremde Spezies zu betrachten.

Der Unterschied *konnte* nicht so groß sein. Das verrieten schon die Namen. Callista. Damon. Eduin. Caradoc. Esteban. Es gab Zufälle, aber an eine solche Häufung von Zufällen glaubte Andrew nicht. Auch wenn er kein Linguist war, weigerte er sich zu akzeptieren, diese Leute könnten eigenständig Namen entwickelt haben, die mit terranischen Namen fast identisch waren. Sogar *Ellemir* klang nicht fremdartig; als er den Namen zuerst hörte, hatte er gedacht, er laute *Eleanor*. Es waren terranische, genauer gesagt, westeuropäische Namen aus der Zeit, als diese geographischen Unterschiede auf der Erde noch eine Rolle gespielt hatten.

Dieser Planet war erst vor weniger als hundert Jahren vom Terranischen Imperium entdeckt worden, und die Handelsstadt stand noch keine fünfzig Jahre. Andererseits zeigte das bißchen, das er über diese Welt wußte, daß ihre Geschichte länger als die des Imperiums war.

Wie lautete die Antwort? Es wurde von »Verlorenen

Schiffen«, berichtet, die Terra vor Tausenden von Jahren, ehe es ein Imperium gab, verlassen hatten und spurlos verschwunden waren. Die meisten waren sicher zerstört worden – die Schiffe jener Zeit waren lächerliche Erfindungen gewesen, mit primitiven atomaren oder Materie-Antimaterie-Antrieben versehen. Trotzdem mochte eines von ihnen irgendwie überlebt haben. Andrew sagte sich, daß er es wahrscheinlich nie erfahren werde, aber vor ihm lag noch ein ganzes Leben, um es herauszufinden. So oder so, kam es darauf an? Er wußte alles, was er zu wissen brauchte.

Andrew zog Callista enger an sich. Unwillkürlich machte sie eine kleine abwehrende Bewegung, dann lächelte sie und rückte bewußt näher an ihn heran.

Er dachte: *Ich weiß gar nichts über sie.* Dann erinnerte er sich an diesen unglaublichen Augenblick der vierfachen Verschmelzung und totalen Verbundenheit, und da wurde ihm klar, daß er auch in diesem Fall alles wußte, was er wissen mußte. Es war ihm bereits aufgefallen, daß Callista nicht mehr vor einer zufälligen Berührung zurückschreckte. Mit großer Zärtlichkeit sagte er sich, diese Konditionierung gegen ein sexuelles Verlangen oder die Erwiderung eines Verlangens sei wenigstens nicht unwiderruflich, und sie hatten Zeit, sie konnten warten. Außerdem vermutete er, daß die Konditionierung durch die angstvollen Tage allein im Dunkeln und Callistas Sehnsucht nach menschlicher Gesellschaft brüchig geworden war. Auf die wichtigste Weise gehörten sie einander schon an, und der Rest würde mit der Zeit kommen. Davon war er überzeugt, und er ertappte sich bei dem Gedanken, ob die Vorausschau eines seiner neuen Psi-Talente sei, die er erforschen würde.

Als sie in das große Tor von Armida einritten, hatte ein leichter Schneefall eingesetzt. Vor weniger als einer Woche hatte er auf einem Felssims in einem heulenden Sturm gelegen und auf den Tod gewartet!

Callista erschauerte – hatte auch sie sich daran erinnert?

Andrew beugte sich zu ihr nieder und flüsterte liebevoll: »Wir sind gleich zu Hause, mein Herz.« Und er fand es nicht einmal merkwürdig, daß er an Armida als »Zuhause« dachte.

Er war einem Traum gefolgt, und der Traum hatte ihn hierher gebracht.

Bitte beachten Sie
die folgenden Seiten

Douglas Adams

Per Anhalter durch die Galaxis
Ullstein Buch 22491

Das Restaurant am Ende des Universums
Ullstein Buch 22492

Das Leben, das Universum und der ganze Rest
Ullstein Buch 22493

Macht's gut, und danke für den Fisch
Ullstein Buch 22494

»Eine bunte Parodie auf so ziemlich alle Klischees der Science Fiction ... Ein Trommelfeuer wirklich komischer Gags ... Ein echtes Lesevergnügen.«
Science Fiction Times

Marion Zimmer Bradley (Hrsg.)

Das Schwert des Chaos

Erzählungen

Moewig bei Ullstein
Nr. 63702

MOEWIG BEI Ullstein

Darkover ist inzwischen der bekannteste SF-Zyklus der USA. In diesem Band sind neun Erzählungen aus dem Darkover-Universum enthalten. Ausgewählt und zusammengestellt wurden sie von Marion Zimmer Bradley, der Schöpferin der Welt unter der roten Sonne.
Legenden zu dem berühmten Darkover-Zyklus

Marion Zimmer Bradley

Die Winde von Darkover

Roman

Moewig bei Ullstein
Nr. 62803

Bie Bestsellerautorin Marion Zimmer Bradley präsentiert hier einen weiteren Roman aus ihrem berühmten Darkover-Zyklus. Im Mittelpunkt stehen das tapfere Mädchen Melitta – und der Geisterwind mit seinen erschreckenden psychedelischen Auswirkungen.

MOEWIG BEI Ullstein